RANPO

Ⅱ

人間椅子

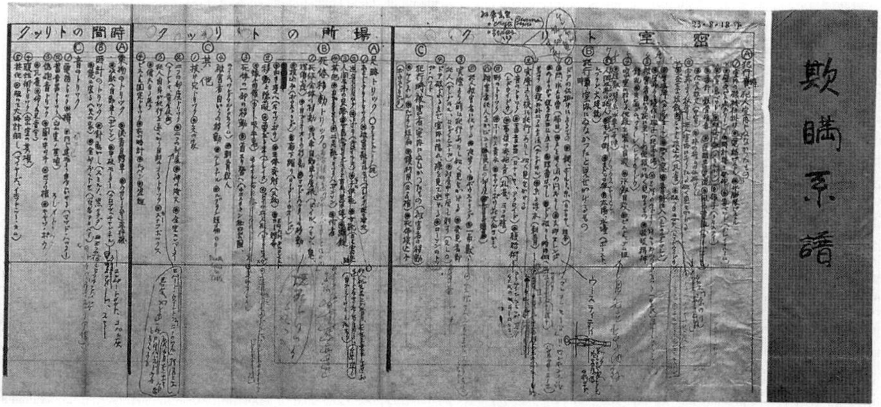

江戶川亂步〈欺瞞系譜〉｜作於昭和23年(1948)

目錄

永恆的江戶川亂步，全新的亂步體驗

／獨步文化編輯部

江戶川亂步出生於一八九四年，一九二三年以〈兩分銅幣〉躍上日本文壇後，之後創作不輟，直到一九六五年去世。在將近五十年的創作生涯中，亂步是小說家、是評論家、是毫不吝惜以自身影響力提攜後進的前輩、是團結了整個日本推理小說界的中心人物；而他的作品所留下的影響痕跡直到如今仍舊散見於各種創作當中。最有名的例子當推不論是否讀推理小說，但你一定聽過江戶川柯南和少年偵探團的大名。或者若你是日劇、日影愛好者的話，絕對也看過不少改編自亂步作品的日劇和電影。又或者如果你是日本搖滾粉絲的話，很可能知道有一支超酷炫的重金屬樂團就叫「人間椅子」。極端一點來說，日本男性所喜愛的官能小說的起源甚至能夠推至亂步在他後期的通俗小說中，所熱中描寫的怪人綁架名門千金的設定。從這些例子，可以清楚看出亂步的作品確實以各種形式影響著日本一代又一代的各種創作。

獨步文化從二〇一〇年起曾經推出了一系列包含了亂步從二次大戰前到二次大戰後，從小說到評論的作品，獲得了許多讀者的好評。今年（二〇一六）適逢獨步文化創立十週年，在這十年內，我們除了固定向讀者推介許多精采的推理小說之外，也不斷嘗試新的出版方向，期待能夠讓更多讀者和獨步介紹的作家、獨步出版的作品相遇，從中邂逅那位（本）改變一生的作家（品）。而這次將要以全新風格，再次新裝上市的江戶川亂步作品集，便是我們這番期待的具體呈現。

這次獨步文化嚴選出亂步在二次大戰前到戰中的作品和理由，分別如左：

一、《陰獸》：亂步從偵探小說轉型創作通俗懸疑小說的轉捩點。

二、《人間椅子》：亂步最奇特、最詭譎的短篇小說均收錄其中。

三、《孤島之鬼》：代表長篇作品，亂步自認生涯最佳長篇。

四、《D坂殺人事件》：日本推理小說史上三大名偵探之一的明智小五郎初次登場。

五、《兩分銅幣》：以出道作〈兩分銅幣〉為始，亂步的偵探小說大全。

六、《帕諾拉馬島綺譚》：另一代表長篇，亂步傾全力描寫出內心的烏托邦，既奇詭又美麗無雙。

這六部作品涵蓋了亂步喜愛的所有元素，亂步創作生涯中最出色、精粹的作品盡在其中。可說是亂步以詭異與怪誕為養分澆灌出來，長滿了各式奇花異草的絕美花園。為了讓許多對亂步只聞其名，還未曾實際讀過的讀者嘗試接觸亂步，並將亂步奇詭華麗的世界具體呈現於讀者眼前，我們特地邀請了長期活躍於日本漫畫界第一線的中村明日美子繪製新版封面。中村明日美子筆下自然散發著壓抑的情色感、自在遊走於艷麗官能與青春爛漫間的獨特風格，都與亂步不分年齡性別的魅力不謀而合。而一直想以自己的風格詮釋亂步作品的中村，在接到邀請後，也乾脆地一口答應，替台灣讀者帶來了她和亂步的精采合作。同時，我們也邀請日本新生代推理小說研究者諸岡卓真為尚未接觸過亂步的讀者撰寫全新導讀，藉由他的深入導讀，帶領讀者理解這位日本大眾文化史上的巨人最精采、最深刻的作品。

正如開頭所言，江戶川亂步在日本大眾小說史上留下了巨大的腳印，至今仍對日本的創作者發揮著難以估計的影響力。獨步文化也非常希望能透過這次新裝版的作品集的上市，讓已經熟悉亂步的讀者以新的角度認識亂步，尚未接觸亂步的讀者也能夠進入這座詭麗花園，悠遊其中，獲得一讀便難忘的閱讀體驗。

敬邀「亂步體驗」

／諸岡卓真（北海道情報大學准教授，亂步研究者）

一、前言——敬邀「亂步體驗」

接下來將初次接觸江戶川亂步的讀者真令人羨慕——當我為了撰寫這篇導讀而複習亂步作品時，我打從心底這麼認為。亂步的作品深深地刺激了人類對於觀看恐怖事物的慾望。他為我們帶來的體驗很強烈，有時甚至令我們感到暈眩。特別是在第一次閱讀時，會留下深刻的印象。

在日本，談論到江戶川亂步時，會使用「亂步體驗」這個詞彙。關於這個詞彙是誰首先提出的，並沒有定論，它的定義也模糊不清；在筆者的認知中，它是指初次接觸江戶川亂步作品時，所產生的終身難忘的經驗。奇特的是，在談論其他作家的時候，不太常出現這種說法。比方說在談論松本清張或東野圭吾的作品時，很少人會使用「清張體驗」或「東野體驗」這種說法。換而言之，「亂步體驗」這句話本身正顯示出在讀者的認知中，閱讀亂部作品的經驗是如此特異——特異到只能以「亂步體驗」來形容。據聞本作品集是針對台灣年輕讀者而編，想必對這些讀者來說，閱讀本作品集必定會成為他們終生難忘的「亂步體驗」。

二、一九二〇年代～三〇年代的江戶川亂步

江戶川亂步是日本最知名的推理小說家、評論家以及引薦人。優質的小說自不待言，其評論也對後世產生重大影響，此外他還設立日本偵探作家俱樂部（現為日本推理作家協會）、並創辦江戶川亂步獎，活躍而多方面的表現令推理界欣欣向榮。如今日本出版許多推理小說，擁有廣大讀者群，但若少了江戶川亂步這位絕代人才，恐怕難有此盛況。

亂步雖展現了如此多方面的活躍表現，然而本作品集的編纂重點，是要讓讀者了解他身為小說家的那一面。本作品集的收錄作品，多數為亂步一九二三年出道以來至一九三五年為止發

表的作品（第四卷收錄之〈凶器〉（一九五四年）、〈月亮與手套〉（一九五五年）例外）。首先我想概談亂步到這個時期為止的軌跡，同時介紹幾篇小說。

江戶川亂步本名為平井太郎，一八九四年生於三重縣名張町（現為名張市）。據說孩提時代母親為他朗讀報紙連載小說，是他對小說產生興趣的契機。就讀早稻田大學期間，他接觸了愛倫·坡與柯南·道爾的作品，因而立志赴美成為推理小說家。然而因為資金不足，只能放棄出國，此後他換了數個工作，度過一段沉潛的時光。

亂步作品初次問世是在一九二三年，他二十八歲時。出道作〈兩分銅幣〉（收錄於獨步新版亂步作品集第五本。另，此後凡收錄於本作品集的作品，收錄卷數皆以[]表示）於雜誌《新青年》四月號刊載。此時亂步仿照其敬愛的美國作家埃德加·愛倫·坡（Edgar Allen Poe）之名，取了筆名「江戶川亂步（Edogawa Rampo）」。〈兩分銅幣〉這部作品本身，也帶有愛倫·坡〈金甲蟲〉影響的痕跡。〈金甲蟲〉被認為是世界第一篇暗號小說，而暗號也是〈兩分銅幣〉中重要的主題。但亂步設計出日本特有的暗號，峰迴路轉的結局也值得一讀。當時日本的輿論不認為日本人有能力創作西方國家那種知性的偵探小說，〈兩分銅幣〉正是打破這種「常識」的作品。

此後的亂步接二連三發表作品。尤其到一九二六年為止這段期間，論質或論量，他的執筆速度著實令人驚異，〈D坂殺人事件〉[04]、〈心理測驗〉[04]、〈紅色房間〉[05]、〈天花板上的散步者〉[04]、〈人間椅子〉[02]（以上，一九二五年）〈帕諾拉馬島綺譚〉[06]、〈鏡地獄〉[02]（以上，一九二六年）等傑作陸續問世。此後執筆速度雖略為趨緩（即使如此還是創作了許多作品，不如說是從出道至一九二六年這段期間比較特殊），依然留下了〈陰獸〉（一九二八年，[01]）、〈孤島之鬼〉[03]、〈帶著貼畫旅行的人〉[02]（以上，一九二九年）等名作。

補充說明一下，一九二〇年代至三〇年代的日本推理作品有個特徵：比起邏輯性的推理，將焦點放在陰森氣氛或異常心理的作品要來得多。我們可以說亂步的作品也有這個傾向。亂步作品中算是本格推理的作品寥寥可數，僅有〈一張收據〉（一九二三年，[05]）、〈D坂殺人事件〉、〈黑手組〉（一九二六年，[04]）、〈何者〉（一九二九年，[04]）、〈火繩槍〉（一九三二年，[05]）。多數作品則傾力描寫罪犯或沉迷於異常興趣的人物心理，諸如〈紅色房間〉或〈天花板上的散步者〉、〈帕諾拉馬島綺譚〉、〈鏡地獄〉等。透過亂步所留下的評論，能看出他對描寫邏輯性推理的作品有深刻造詣以及憧憬；但以亂步本人的創作天賦來說，他遠遠擅長刻劃異常或陰森的事物。此外就像當時社會上流傳的說法「色情、獵奇、荒唐」所象徵，這也是個色情與獵奇事物膾炙人口的年代。

論及具體呈現亂步這種天賦的作品，絕不可錯過一九二九年發表的〈芋蟲〉[02]（刊載於雜誌上的標題為〈惡夢〉）。該作品描寫了一名因戰爭被迫截斷四肢，還失去說話能力的傷兵與妻子間異常的生活。其中沒有偵探登場，也沒有推理橋段，僅細膩描寫夫妻之間心理的擺盪。這部作品在當時引起諸多迴響，令江戶川亂步聲名大噪。而此時期的亂步，也逐漸被公認為足以代表「色情、獵奇、荒唐」時期的作家之一。

此後亂步著手創作以《怪人二十面相》（一九三六年，未收錄於本作品集）為首的少年偵探團作品，廣受歡迎，二戰後也在推理界積極挑起引薦人的任務，引介高木彬光與山田風太郎等頗具實力的作家出道。亂步於一九六五年去世，重新回顧他創作史上的表現，一九二〇年代至三〇年代期間，仍然可以說是他最鼎盛的時期。所以本作品集也可以說是濃縮了小說家亂步最極致的部分。

此外，二〇一五年適逢亂步歿後五〇周年，配合二〇一六年起版權公開，在日本也接連發表了各式各樣的活動企劃。如動畫《亂步奇譚》開播，出版社延請動畫《龍貓》與《神隱少女》的導演‧宮崎駿，為亂步的《幽靈塔》（一九三七年，未收錄於本作品集）繪製插畫，與書同捆發售。而《推理雜誌》（二〇一五年九月號）與《EUREKA》（二〇一五年八月號）等雜誌也製作了專題報導，令人感受到亂步的支持度至今未減。二〇一六年起，依故事內時間順序所收錄的明智小五郎作品集《明智小五郎事件簿》全十二冊（集英社）也將開始發售，作品新版持續發行，看來熱潮還將繼續延燒。

三、當代的「亂步體驗」

如同上一節開頭所述，江戶川亂步是日本最有名的推理作家。但此處的「有名」未必是來自於他在推理小說領域的高知名度。亂步的「有名」，在於連對推理毫無興趣的人也知道他的名字。

真正的名人，就算人們不知道他做了什麼，最少也會聽過他的大名。舉例來說，不懂音樂的人也知道披頭四，對籃球沒興趣也該聽過麥可‧喬丹。真正的知名人物就像這樣，連沒興趣的人都曾聽聞。也就是說，一個人的存在必須如此稀鬆平常，才有資格稱為真正的名人。

江戶川亂步在日本，正是這種定義下的名人。筆者在日本數間大學講授日本文學課程，每年總會在上課時以修課學生為對象，進行與推理相關的問卷調查。其中一項是測驗江戶川亂步的知名度，今年（二〇一六年）在三百一十四名作答者中，共有二百四十八名表示他們知道江戶川亂步。知名度高達七九・〇%，以結論來說，亂步比夏洛克・福爾摩斯系列作者柯南・道爾（七二・三%）或赫丘勒・白羅系列作者阿嘉莎・克莉絲蒂（六一・八%）更為知名。

只不過知名度雖高，學生們也未必十分了解亂步。筆者在講解亂步的經歷或作品時，時常聽到學生表示「我現在才知道亂步做了什麼」、「我想藉著這個機會開始讀亂步作品」。也就是說，對日本年輕人而言，江戶川亂步就是個「只聽過名字」的存在。

令學生特別訝異的是，亂步對日本推理界影響之巨大。根據蔓葉信博〈江戶川亂步與新型獵奇娛樂作品〉（《EUREKA》二〇一五年八月號），近年VOCALOID（註）樂曲中也出現了受亂步影響的作品；但在受影響作品中，現代日本年輕人最常接觸的，還是不得不提漫畫與動畫受到全國愛戴的《名偵探柯南》（青山剛昌）。

《名偵探柯南》在台灣據說也廣受歡迎，知道的讀者應該不少，作品中可見許多承襲江戶

註　VOCALOID為山葉公司所開發的電子音樂軟體，可藉由輸入旋律與歌詞，讓電子語音演唱歌曲。不少網友透過該軟體創作歌曲，逐漸形成獨特的次文化。以該軟體創作的歌曲即為VOCALOID樂曲，其中一些知名樂曲也成功打入主流樂壇。

川亂步之處。光是主角・江戶川柯南的名字便是取自亂步，毛利小五郎也是源於亂步筆下的名偵探・明智小五郎。柯南就讀的小學有個小孩組成的團體叫「少年偵探團」，這也是取自亂步作品。此外，柯南的對手・怪盜基德也近似怪人二十面相，還有一些更加刁鑽的致敬，例如工藤新一母親的假名與明智小五郎夫人名字同為「文代」。

其實在前述的問卷調查中，有個項目要作答者回答他們第一次接觸的推理作品與年齡。最多人回答的作品是《名偵探柯南》（不區分漫畫或動畫），較早約在三、四歲時接觸，晚一點的人也在十歲左右認識這部作品，達成與推理作品的初次接觸。這是現代學生的典型樣貌。正因為學生們有這樣的背景，也不難明白為何他們得知江戶川亂步的事蹟以後會感到訝異。畢竟他們這才發現，自幼如家常便飯般接觸的作品，竟然也受過亂步的影響。換言之，藉由了解「亂步」這個源頭，他們開始能以其他角度看待自己以往接觸的作品。

筆者也有類似的經驗。一九七七年出生的筆者，自然無法在第一時間同步追蹤亂步作品。但在我沉迷於以綾辻行人《殺人十角館》（一九八七年）為首的「新本格」推理作品時，我發現亂步的名字時不時就會出現；實際觸及作品，調查亂步經歷的過程中，我逐漸得知他的各種事蹟。在此我同時了解到亂步對日本推理影響之巨，也赫然發現，透過我以往接觸的推理作品，我已經大量體驗過具有亂步風格的創作。

在這種意義下，現在的「亂步體驗」已不僅只是閱讀作品所受的衝擊。藉由閱讀亂步，甚至能大大轉變讀者對過往所閱讀的推理作品的觀點。我們很遺憾地無法同步享受亂步作品。但另一方面，我們生活的世界存在著許多受他影響的作品與事物。正因如此，了解亂步這個「源頭」，在自其衍生的潮流整體的意義產生變化那刻，讀者即可享有眾多體驗。

筆者曾在本文開頭說過：「接下來將初次接觸江戶川亂步的讀者真令人羨慕。」理由不單只是因為他們能在沒有預設立場的情形下首度品味亂步作品。他們接下來能體會到的樂趣，也包含讀過亂步後對推理小說改觀的體驗，才是真正「令人羨慕」之處。這想必會是終生難忘的「亂步體驗」。

聽說現在台灣積極引進日本推理，還有因此步入文壇的作家。想來其中也必定能瞥見亂步的身影吧。我極為期盼閱讀本作品集的體驗，能進而轉變諸位台灣讀者對推理小說的觀點，成為最棒的「亂步體驗」。

引用與參考文獻

權田萬治著，新保博久監修，《日本ミステリー事典》（東京：新潮社，2000）。

蔓葉信博，〈江戸川乱歩と新たな猟奇的エンターテインメント〉，《ユリイカ》（東京，2015.8）：170-176。

野村宏平《乱歩ワールド大全》（東京：洋泉社，2015）。

本文作者簡介

諸岡卓真

一九七七年在福島縣出生。專精文學研究，畢業於北海道大學後，現任北海道情報大學准教授。二〇〇三年，以推理評論〈九〇年代本格推理小說的延命策〉入選第十屆創元推理評論獎佳作。著作多冊，包括《現代本格推理小說研究》（二〇一〇年），並與人共編《閱讀日本偵探小說》（二〇一三年）。

推理大師・江戶川亂步的業績

（編按：此文為二〇一〇年舊版亂步作品集所附之總導讀，由推理評論家傅博所撰）

●編輯《江戶川亂步作品集》緣起

筆者於二〇〇三年，策畫過一套《江戶川亂步作品集》，欲與江戶川亂步著作權繼承人平井隆太郎商量在台灣出版事宜時，日本傳來江戶川亂步在中國的簡體字版版權有糾紛，暫時不宜談台灣之繁體字版版權，於是這問題一時擱置。到了〇八年夏，這問題才獲得解決。

這年九月，筆者訪日時，拜訪過亂步孫子平井憲太郎，談起往事，希望授權筆者在台灣編輯一套台灣獨特之《江戶川亂步作品集》，獲得允許。今（〇九）年四月，再度訪日時與獨步文化總編輯陳蕙慧，再次拜訪憲太郎，提交並說明我們的策畫內容，包括卷數、收錄作品的選擇基準與內容、附錄等。獲得肯定。

卷數為十三集，這數字是取自歐洲古代的緩刑架階梯數之十三。在歐美、日本之推理小說裡或叢書卷數，往往會出現這數字。

江戶川亂步的作家生涯達四十餘年，創作範圍很廣，推理小說的比率相當高，為了讓讀者了解江戶川亂步的全部業績，少年推理與評論等也決定收入。但是與其他作家合作的長篇或連作，約有十篇，視為亂步之非完整作品，不考慮收。

收錄作品先分為戰前推理小說、戰後推理小說、少年推理小說與隨筆、研究、評論等四類。戰前推理小說再分為短篇與極短篇，一共有三十九篇，全部收錄，視其類型分為三集。中篇只有四篇，合為一集。長篇有二十九篇，選擇七篇分為五集，其中兩集是兩篇合為一集的。

戰後推理小說不多、只有兩長篇、七短篇而已，從其中選擇一長篇、五短篇合為一集。少年推理小說長篇共有三十四篇，選擇兩篇分為兩集。隨筆、研究、評論等很多難計其數，選擇三十九篇為一集。

以上為全十三集的各集主題。除了正文之外每集有三件附錄。每集卷頭收錄一幅不同時代的肖像。卷末收錄三十多年來，在日本所發表之有關江戶川亂步的評論或研究論文之傑作一篇，以及由筆者撰寫之「解題」。這種編輯方針是在日本編輯「作家全集」時的模式，目的是欲讓讀者從不同角度去了解該作家與作品。可說是出版社對讀者的服務之一。

《江戶川亂步作品集》共十三集的詳細內容是：

01、《兩分銅幣》：收錄一九二三年四月發表處女作，至二五年七月之間所發表的本格或準本格推理短篇和極短篇共計十六篇。包括處女作〈兩分銅幣〉、〈一張收據〉、〈致命的錯誤〉、〈二廢人〉、〈雙生兒〉、〈紅色房間〉、〈日記本〉、〈算盤傳情的故事〉、〈盜難〉、〈白日夢〉、〈戒指〉、〈夢遊者之死〉、〈百面演員〉、〈一人兩角〉、〈疑惑〉以及出道之前的習作〈火繩槍〉。

02、《D坂殺人事件》：收錄江戶川亂步筆下唯一名探明智小五郎之系列短篇八篇。包括〈D坂殺人事件〉、〈心理測驗〉、〈黑手組〉、〈幽靈〉、〈天花板上的散步者〉、〈和者〉、〈凶器〉、〈月亮與手套〉。

03、《人間椅子》：收錄一九二五年九月至三一年四月之間所發表之本格與變格推理短篇十五篇。包括〈人間椅子〉、〈接吻〉、〈跳舞的一寸法師〉、〈毒草〉、〈覆面的舞者〉、〈飛灰四起〉、〈火星運河〉、〈花押字〉、〈阿勢登場〉、〈非人之戀〉、〈鏡地獄〉、〈旋轉木馬〉、〈芋蟲〉、〈帶著貼畫旅行的人〉、〈目羅博士不可思議的犯罪〉。

04、《陰獸》：收錄一九二八至三五年間發表的變格推理中篇四篇。包括〈陰獸〉、〈蟲〉、〈鬼〉、〈石榴〉。

05、《帕諾拉馬島綺譚》：收錄一九二六年發表的較短的長篇兩篇。包括〈帕諾拉馬島綺譚〉與〈湖畔亭事件〉。

06、《孤島之鬼》：原文約二十二萬字長篇，一九二九至三〇年作品。

07、《蜘蛛男》：原文約二十一萬字長篇，一九二九至三〇年作品。

08、《魔術師》：原文約十九萬字長篇，一九三〇至三一年作品。

09、《黑蜥蜴》：收錄較短的長篇兩篇。包括一九三一至三二年發表的〈地獄風景〉、一九三四年發表的〈黑蜥蜴〉。

10、《詐欺師與空氣男》：收錄一九五〇至六〇年發表的五篇短篇與一篇長篇。包括〈斷崖〉、〈防空壕〉、〈堀越搜查一課長先生〉、〈對妻子失戀的男人〉、〈手指〉、〈詐欺師與空氣男〉。

11、《怪人二十面相》：第一部少年推理長篇，原文約十三萬字，一九三六年作品。

12、《少年偵探團》：第二部少年推理長篇，原文約十二萬字，一九三七年作品。

13、《幻影城主》：收錄非小說的傑作三十九篇，分為三部門，自述十六篇、評論十一篇、研究十二篇。《幻影城主》是台灣獨特的書名，江戶川亂步生前曾以幻影城的城主自居。

每卷除了收入上述作品之外，卷頭收入一張不同時代的亂步肖像或家族照。卷末選錄一篇有關亂步的評論或研究論文。亂步逝世至今已四十多年，這期間由評論家、研究家以及推理文壇外人士所發表的評論、研究、評介達數百篇之多。本作品集收錄的十三篇是從這群文章中挑選出來的傑作。

●江戶川亂步誕生前夜

江戶川亂步是日本推理文學之父，名副其實的推理文學大師，其作品至今仍然受男女老幼讀者喜愛的國民作家。

為何江戶川亂步把這麼多榮譽集於一身呢？其答案是：時勢造英雄、英雄再造時勢的結果。話從頭說起。

日本自從一八六八年的明治維新之日本文化的全面西化以後，以文學來說，最先是從翻譯或改寫歐美作品做起，大約經過二十年時光，才出現模仿西歐之創作形式的作家，之後，才漸漸理解歐美的文學本質、創作思潮、寫作原理學。而至大正年間（一九一二—二六年）才確立近代化的日本文學。

這段期間，明治維新以前之江戶時間（一六〇三—一八六七年）的庶民之通俗讀物，到了明治以後，雖然漸漸有所改良，基本上還是保留傳統的寫作形式與內容。到了大正年間，才與純文學同步，步步確立新的大眾文學。

日本之近代大眾文學的原點是一九一三年，中里介山所發表的大河小說《大菩薩峠》。當時還沒有「大眾文學」這個文學專詞，稱為「民眾文藝」、「讀物文藝」、「通俗讀物」、「大眾讀物」等。

「大眾文藝」或「大眾文學」之名詞普遍被使用是，一九二六年一月創刊之雜誌《大眾文藝》，以及於一九二七年，平凡社創刊之《現代大眾文學全集》以後之事。

當初的大眾文學是，指以明治維新以前為故事背景，具有浪漫性、娛樂性的小說，又稱為時代小說（狹義大眾小說）。但是，後來把當代為故事背景，具有浪漫性的「現代小說」以及「偵探小說」也被歸納於大眾文學（廣義的大眾小說）。之後至今，時代小說、現代小說、偵探小說鼎足而立。

「清張（五六年）以前」的偵探小說包括奇幻小說和科幻小說。現在三者雖然鼎足而立，其關係很密切，合稱為「娛樂小說」，而偵探小說於「清張以後」改稱為推理小說，現在兩者並用。

話說回來，對日本來說推理小說是舶來文學，但是從歐美引進推理小說的時期很早，明治維新十年後之一八七七年，由神田孝平翻譯荷蘭作家克里斯底邁埃爾之《楊牙兒之奇獄》為始，比柯南道爾發表「福爾摩斯探案」早十年。

之後，明治期三十五年，翻譯作品不多，而黑岩淚香為首的「翻案（改寫）推理小說」成為大眾讀物之主流。此外，也有些作家嘗試推理小說的創作，但是除了黑岩淚香之〈無慘〉具有文學水準之外，沒有什麼收穫，可說推理創作的時期還未成熟。

進入大正年間，時期漸漸成熟，幾家出版社有計畫地出版歐美推理小說叢書，其數約有十種。

又因近代文學的確立，大正期崛起的谷崎潤一郎、芥川龍之介、佐藤春夫等幾位作家的取材範圍，比以往作家為廣，其某些作品就具有濃厚的推理氣味。又，戲劇作家岡本綺堂於一九一七年，開始撰寫模仿福爾摩斯探案之「半七捕物帳系列」，共計六十八話，是以明治維新以前之江戶（現在之東京）為故事背景，推理與人情、風物並重的時代推理小說，當時卻不被視為推理小說，被歸類於時代小說。

至於一九二〇年一月，明治大正期之兩大出版社之一的博文館，創刊了綜合雜誌《新青年》月刊，主要內容是刊載鼓勵日本青年向海外發展的文章，附錄讀物選擇了在日本開始被讀者接受的歐美推理短篇。而且也同時舉辦了推理小說的創作徵文，雖然於四月發表第一屆得獎作品，其品質與歐美作品比較還有一段距離，其最大理由，就是徵文字數限定於四千字，作品不能充分發揮其才能。

《新青年》雖然不是推理小說的專門雜誌，卻是唯一集中刊載推理小說的雜誌。翌年八月，主編森下雨村編輯出版了「推理小說特輯」增刊號，獲得好評。（之後每年定期發行推理小說增刊二期至四期，內容都是歐美推理小說為主軸。）

在這樣大環境之下，機會已成熟，一九二三年四月，《新青年》刊載了日本推理小說史上的里程碑，江戶川亂步〈兩分銅幣〉。

●江戶川亂步確立日本推理小說之後

江戶川亂步：本名平井太郎，另有筆名小松龍之介。筆名江戶川亂步五字是從世界推理小說之父艾德格・愛倫・坡的日文拼音以漢字表示而來的。一八九四年十月二十一日生於三重縣名賀郡名張町，父親平井繁男，為名賀郡公所書記，母親平井菊。兩歲時因父親轉換工作，全家移居名古屋市。

七歲進入白川尋常小學，識字後便耽讀巖谷小波之《世界故事集》。十一歲進入市立第三高等小學，二年級時開始閱讀押川春浪的武俠小說，黑岩淚香的翻案推理小說。十三歲進入愛知縣立第五中學，因為討論賽跑和機械體操，時常曠課。亂步的推理作家夢，萌芽於此時，他對於現實世界的歡樂不感興趣，喜一個人在黯淡的房間，靜靜地空想虛幻的世界。

一九〇七年，父親開設平井商店做生意。二年中學畢業，平井商店破產，亂步放棄升學，六月亂步跟家族移居朝鮮，八月單獨上京，於本鄉湯島天神町之雲山堂當活版排字實習生。之後，考進早稻田大學預科，但是為了生活，很少去上課，其間當過抄寫員、政治雜誌編輯、圖書館出租員、英語家教等，但是都為期不久。

一九二二年春，外祖母在牛込喜久井町租屋，亂步搬去同居，因此不必去打工，可專心上學。八月預科畢業，進入政治經濟學部。翌年春，與同學創刊回覽式同仁雜誌《白虹》，醉心愛倫．坡與柯南道爾之福爾摩斯探案，亂步堅信純粹的推理小說，必須以短篇形式書寫這種創作思想。爾後，他在自己的作品實施。亂步為了研究歐美推理小說，除了大學圖書館之外，還去上野、日比谷、大橋等圖書館閱讀，這年把閱讀的筆記，自己裝訂成書，稱為《奇譚》。

一九一五年，父親從朝鮮回來，定居於牛込，亂步搬去同居，這年撰寫推理短篇〈火繩槍〉，為亂步之實際上的推理小說處女作。翌年大學畢業，計畫到美國撰寫推理小說賺錢，但是欠缺旅費，只好留在日本找工作，這年到大阪貿易商社加藤洋行上班，翌年五月辭職，之後數個月，到各地溫泉流浪。回來後在三重縣的鳥羽造船所電氣部上班，之後改為社內雜誌《日和》編輯。此後五年內更換工作十多次，如巡迴說書員、經營古書店、雜誌編輯、市公所職員、新聞記者、工人俱樂部書記長、律師事務所職員、報社廣告部職員等。

一九二三年，撰寫了〈兩分銅幣〉與〈一張收據〉兩篇推理短篇，最先寄給曾經發表過推理文學評論的文藝評論家馬場孤蝶，請他批評並介紹刊載雜誌，但是，一直沒有回應，亂步索回改投《新青年》，主編森下雨村閱讀後，疑為是歐美作品的翻案，請當時在《新青年》撰寫法醫學記事的醫學博士小酒井不木（之後也撰寫推理小說）鑑定。

於是一九二三年四月，〈兩分銅幣〉與小酒井不木的推薦文同時刊出，獲得好評，繼之七月，〈一張收據〉也被刊載，從此，亂步的人生一帆風順。

亂步的登場，證明了日本人也有能力撰寫與歐美比美的推理小說，由此，欲嘗試的挑戰者或追隨者相繼而出，不到幾年，以《新青年》為根據地，在大眾文壇確立一席之地，與時代小說、現代小說鼎足而立。

但是，《新青年》所刊載的推理小說，以現在的眼光分類，非屬於本格推理的為多，如重視結尾的意外性的準本格，現實生活中的非現實奇談等等，這些作品有其共同特徵，就是故事的耽美性、傳奇性、異常性、虛構性、浪漫性。

話說江戶川亂步，一九二四年因工作繁忙，只在《新青年》發表兩篇短篇，十一月為了專心推理創作，辭去大阪每日新聞社工作，翌二五年一共發表了十七篇短篇與六篇隨筆，為亂步最豐收的一年，也是亂步在大眾文壇確立不動地位之年。

之後，亂步執筆的主軸，從短篇漸漸轉移到長篇，而於三六年開創長篇少年推理小說。四〇年至四五年日本敗戰之間，日本政府全面禁止推理小說創作，亂步只發表了合乎國策的三篇冒險小說。

戰後，亂步的創作量激減，其活動主力是推理作家的組織化，培養新人作家與推理文學的推廣，而確立了戰後推理文壇。例如：

二次大戰結束，因戰後疏散到鄉村的作家紛紛回京，翌四六年六月十五日星期六，亂步主持了一場在京推理作家座談會，向在場作家講述了時達兩小時的〈美國推理小說近況〉，介紹了美國推理小說的新傾向，勉勵大家共同為戰後之推理小說邁進。

這次聚會之後，決定每月第二個星期六定期舉辦一次聚會，稱為「土曜會」（星期六在日本稱為土曜日）。

一年後，土曜會為班底，成立「偵探作家俱樂部」，選出江戶川亂步為首屆會長。五四年十月，偵探作家俱樂部與關西偵探作家俱樂部合併，改稱為「日本偵探作家俱樂部」。六二年，由任意團體組織改組為社團法人（基金會），改稱為「日本推理作家協會」。

偵探作家俱樂部成立時，為了褒獎年度優秀作品，設立偵探作家俱樂部獎，之後跟著組織的更名，獎的名稱也更改，現在稱為日本推理作家協會獎。

一九五四年十月三十日，慶祝江戶川亂步六十歲誕辰會上，亂步為了振興日本推理小說，向日本偵探作家俱樂部提供一百萬圓日幣為基金，設立了江戶川亂步獎，最初兩屆頒獎給對日本推理文壇的功勞者，從第三屆起更改為長篇推理小說徵文獎，鼓勵新人的推理創作。

亂步除了推行這些組織性的活動之外，還積極地撰寫介紹歐美推理作家與其名著，以及推理小說的理論與研究文章。前者結集為《海外偵探小說作家與作品》，後者的代表作為《幻影城》與《續・幻影城》。

江戶川亂步對日本推理文壇的貢獻，日本政府於一九六一年十一月，授與「紫綬褒章」。一九六五年七月二十八日，亂步因腦出血而逝世，享年七十一歲。日本政府再度授與「正五位勳三等瑞寶章」紀念其功勞。

二〇一〇年一月七日

本文作者簡介

傅博

文藝評論家。另有筆名島崎博、黃淮。一九三三年出生，台南市人。於早稻田大學研究所專攻金融經濟。在日二十五年以島崎博之名撰寫作家書誌、文化時評等。曾任推理雜誌《幻影城》總編輯。一九七九年底回台定居。主編《日本十大推理名著全集》、《日本推理名著大展》、《日本名探推理系列》以及日本文學選集（合計四十冊，希代出版）。二〇〇九年出版《謎詭‧偵探‧推理——日本推理作家與作品》（獨步文化），是台灣最具權威的日本推理小說評論文集。

人間椅子

每天早上十點目送丈夫去官署上班，終於能夠自由行動後，佳子總是關進洋館中與丈夫共用的書齋。她目前正著手為K雜誌（註）的夏季特別號創作一部長篇。

佳子是個美麗的閨秀作家，這陣子遐邇聞名，鋒芒甚至蓋過她身為外務省書記官的夫君。她幾乎天天都收到好幾封陌生仰慕者的來信。

今早亦然，她在書桌前坐下，著手工作前，也必須先瀏覽過那些陌生人的信件。

儘管內容一成不變，乏善可陳，但出於女人的溫柔體恤，無論什麼樣的信件，只要是寄給自己的，她都一定會讀上一遍。

她從簡單的處理起，看過兩封信和一張明信片後，僅剩一只疑似稿件的厚重信封。這種不經照會便突然寄來稿子的情形，過去也常發生，大部分皆冗長沉悶，可是她想姑且瞄一下標題，便拆了封，取出一疊紙。

不出所料，那是一疊裝訂成冊的稿紙。然而不知何故，既無標題亦無署名，直接以「夫人」的稱呼起首。怪了，那麼這還是一封信嘍？她心下納悶，不經意地掃視兩三行，卻隱約興起一股異常恐怖的預感。之後，禁不住好奇心的驅使，她不由自主地往下讀。

夫人。

我與夫人素昧平生，此次冒昧去信，望乞海涵。

突然看到這樣的內容，夫人肯定會吃驚不已，但我想向您告解至今犯下的種種不可思議罪行。

幾個月來，我完全從人間銷聲匿跡，過著真正形同惡魔的生活。當然，世界再廣，也無人知曉我的所做所為。若沒任何意外，或許我將不重返人世。

然而，最近我的心情產生奇異的變化，無論如何我都得為這不幸的境遇懺悔。光這麼說，夫人一定詫異不解，所以，請務必讀完這封信，如此便能理解我為什麼會陷入這樣的心境，又為什麼特意要夫人聆聽這番告白。

好，我該從哪敘述起才是？這事太過光怪陸離，透過這類通行人世的方式書寫，頗教人害臊，下筆亦遲鈍許多。但淨是猶豫也莫可奈何，總之我就依序寫來吧。

我天生是個醜漢，請夫人千萬牢記這點。否則若您答應我厚顏無恥的見面請求，我實在難

註　有關K音開頭的雜誌，雖然亂步後來也在《國王》、《講談俱樂部》執筆，不過此處應是意識到發表這部小說的《苦樂》吧。

以忍受讓您在毫無預警的情況下，看到我久經糜爛生活益發令人不忍卒睹的醜惡容貌。

我是何其不幸啊。儘管相貌醜陋，心中卻燃燒著不為人知的熾烈熱情。我忘記自己怪物般的容顏，以及只是一介貧窮工匠的現實，憧憬著各式各樣不自量力、甜美奢侈的「夢」。

假若我出生在更富裕的家庭，也許能借助金錢之力沉溺於五花八門的遊戲，好排遣這猥瑣形貌帶來的悲傷。或者，若我更有藝術天分，便能透過美麗的詩歌忘卻乏味的人世。只是悲哀如我，不具絲毫天賦奇才，僅為一介可憐的家具工匠之子，靠繼承父親的工作撐持生計。

我專長打造椅子，成品連最挑剔的客戶都滿意，因此受到店東特別器重，總交給我高級訂單。那些訂單不是靠背或扶手雕刻的要求特別困難，就是對坐墊彈性及各部位尺寸有微妙偏好，製作者耗費的苦心，外人實在難以想像。但付出的心血愈大，完工時的喜悅愈是無與倫比。這麼講或許有些狂妄，但我想應該近似藝術家完成傑作的心境。

每把椅子出爐後，我會先試坐看看，無趣的工匠生活中，唯獨當下有股說不出的得意。接下來將會是多高貴的先生，或多美麗的小姐坐上這椅子？既然如此大手筆下訂，那戶人家肯定有足以匹配的奢侈房間吧。牆上想必掛著名家的油畫，天花板懸吊偉大寶石般的水晶燈，地板則鋪滿昂貴的地毯。然後，搭配椅子的桌上，一定綻放著香氣馥郁又醒目的西洋花草。我浸淫於這般妄想，自認成為那豪華房間的主人。雖然只有短短一瞬，我仍耽溺在莫名愉快的心情裡。

我虛渺的妄念變本加厲，似無止境。這個我——貧窮、醜陋、區區一介工匠的我，在妄想世界中化身為高雅的貴公子，坐在親手製作的奢華椅子上。然後，總是現身夢中的漂亮女友嬌羞地微笑著，從旁專注地傾聽我說話，甚至與我手牽著手，彼此呢喃著愛的甜言蜜語。

然而，無論何時，我這樂陶陶的紫色美夢總是很快遭鄰家大嬸的刺耳話聲，或附近病童歇斯底里的哭叫聲打破，醜惡的現實又在我面前暴露灰色身軀。回到現實，瞧見與夢中貴公子毫無共通之處、醜陋得可悲的自己，哪還有方才那個可人兒的倩影？附近玩得灰頭土臉的骯髒小保母，都不屑朝我看上一眼。只有我打造的椅子彷若剛才的美夢殘骸般，孤伶伶遺留原地。可就連這把椅子，不久後也將搬到截然不同的另一個世界去，不是嗎？

於是，每完成一張椅子，一股說不出口的空虛便油然而生。那難以形容、教人深惡痛絕的心情，隨著一天天逝去，逐漸積累到我無法承受的地步。

「與其過著這種螻蟻般的日子，不如死掉算了。」我認真考慮起來，即使在工地埋頭敲著鑿子、打著釘子，或攪拌刺激性塗料時，也執拗地思索。「且慢，既然有一死了之的決心，難道沒其他辦法嗎？例如……」我的思緒漸漸偏離常軌。

恰巧那時接到一份訂單，客戶指定我製作未嘗試過的大型皮革扶手椅。這批椅子要送到同在Y市的一家外國人經營的飯店，原本該從其祖國叫貨，但僱用我的店東居中斡旋，說日本有手藝不輸舶來品的工匠，才拿下這次的案子。由於機會得來不易，我廢寢忘食地投入製作，真的是嘔心瀝血、全神貫注。

看著完成後的椅子，我感到前所未有的滿足，覺得它們簡直完美得教人著迷。一如往常，我將四把一組的椅子搬出一把，放到採光良好的木板地房，安閒地坐下。椅子坐起來多麼舒服啊。蓬蓬鬆鬆、軟硬適中的坐墊，故意不染色而直接以原貌貼上的灰皮革觸感，維持適度傾斜、輕輕支撐背脊的豐滿靠背，描繪出細緻曲線、飽滿鼓起的兩側扶手，一切完美的調和，渾然天成地具體呈現「安樂」這個詞彙。

我深深陷入椅子，愛撫著渾圓的扶手，陶醉其中。於是我的老毛病發作了，妄想源源不絕地帶著虹彩般瑰麗耀眼的顏色湧現。那是幻覺嗎？由於心中所念過於清晰地浮現眼前，我甚至害怕自己是不是瘋了。

此際，我腦中忽然冒出一個妙計。所謂惡魔的呢喃，大概就是指這樣的事吧。儘管如夢般荒唐無稽、無比駭人，反倒化為一種難以抗拒的魅力煽惑著我。

起初，我只是單純不想和精心打造的美麗椅子分開，假如能夠，我願隨之去到天涯海角。當我迷迷糊糊地伸展想像的羽翼時，不知不覺竟與平素在胸中發酵的某個異常念頭連結。啊啊，我是個多麼可怕的瘋子，居然考慮實踐這古怪的奇想。

我急忙拆毀四把椅子中感覺最為完美的一把，重新修整，好實行那超乎常理的計畫。

那扶手椅相當大，坐墊延伸到鄰近地板處都包覆著皮革，此外，靠背和扶手亦十分厚重，內部有個連通的空洞，即使藏進一個人，外表也絕對看不出來。當然，椅內裝有結實的木框和多枚彈簧，但我適當地改造一番，騰出空間，使坐墊部分容得下膝蓋、靠背部分容得下頭和胴體，只要仿照椅子的形狀坐進去，便能潛伏其中。

這些加工是我的拿手絕活，我熟練地將椅子調整得便利十足。例如，為了呼吸和聽見外面的聲響，在皮革一角弄出不易察覺的空隙；靠背裡側、恰好頭部的旁邊，則搭上小架子以貯藏物品，並塞進水筒和軍糧，還裝設一個大橡皮袋，供作某種用途。此外亦耗費許多工夫，張羅得只要有糧食，就算在裡頭待上兩三天，也絕不會有任何不方便。說起來，這張椅子等同於一間單人房。

我脫到剩一件襯衫，打開安在底部的出入口蓋子，鑽進椅內。那感覺真是詭異非常，眼前一片漆黑，悶得幾乎窒息，心情彷彿踏上墳地。仔細想想，這確實是座墳墓，爬入椅子的同時，猶如披上隱身衣，從這人世消滅。

沒多久，店東遣小廝拉著大板車前來搬運這四張扶手椅。我的徒弟（我和他住在這裡）毫不知情地與小廝寒暄。將椅子搬上車時，一名苦力吼道「這傢伙重得離譜」，我不禁嚇一大跳，不過扶手椅原就十分沉重，並未特別引來懷疑。不一會兒，大板車喀啦啦的震動化成一種奇妙的觸感，沁入我的身體。

我一路憂心忡忡，豈料裝著我的扶手椅，當天下午便平安無事地落腳於飯店的某房間。之後我才曉得，那並非私人房，而是個像休息室的大廳，供顧客等候、看報、抽菸，有許多人頻繁出入。

夫人大概已經發現，我這古怪行動的首要目的，即是趁四下無人之際，溜出椅子，在飯店裡徘徊行竊。有誰想得到椅內竟荒唐地藏著一個人？我能像影子般自由自在地翻遍每間房，引起騷動後，只需逃回椅中的祕密基地，屏氣凝神地觀賞眾人愚蠢的搜索行動。夫人知道海邊有種「寄居蟹」吧，外表極似大蜘蛛，沒人時總神氣地橫行霸道，可是一聽到足音，便以快得驚人的速度躲回螺殼，微露毛茸茸的噁心前腳，窺伺敵方的動靜。我就好比「寄居蟹」，雖無螺殼，但有椅子這隱蔽巢穴，不是在海邊，而是在飯店裡昂首闊步。

且說，我這計畫正因異想天開，出乎意料地漂亮成功。我抵達飯店第三天，已狠狠大撈一筆。下手偷竊時緊張又享受的心情、順利成功時難以言喻的喜悅，及注視眾人在我眼前吵鬧著「他逃到那邊」、「他跑去哪裡」的滑稽好笑。啊，凡此種種皆充滿不尋常的魅力，令我深深著迷。

遺憾的是，我無暇細細陳述，之後我發現比竊盜愉快十幾二十倍的新奇娛樂。而告白此事，才是我這封信的真正用意。

一切要回到前頭，從我的椅子擺到飯店休息室時講起。

椅子送抵後，飯店的老闆都來試坐，接下來卻一片靜悄悄，沒半點聲響。房裡應該沒人，但甫到達就離開椅子實在太冒險，我提不起勇氣。非常漫長的一段時間（或許那只是我的感覺），我全副神經集中在耳朵，不漏絲毫動靜，專注地窺伺周圍的情況。

經過一會兒，走廊隱約有道沉重的腳步聲。來到兩三間（註）的距離後，便因房間鋪滿地

註　長度單位，一間約為一．八公尺。

毯轉為幾乎聽不見的低沉聲響，沒多久男性粗重的鼻息靠了過來，我猶在吃驚，疑似西洋人的龐大身軀已一屁股落在我膝上，輕輕彈跳兩三下。隔著一層薄薄的皮革，我的大腿和那名男子結實壯碩的臀部，幾乎體溫交融地密貼在一起。他寬闊的肩膀恰好靠在我的胸膛上，厚重的雙掌透過皮革與我的手重疊。而後他抽起雪茄，一股豐盈的男性香味飄進皮革間隙。

夫人，請站在我的立場想像一下，那情景有多麼荒誕離奇。由於過度恐懼，我在黑暗中僵硬地縮著身子，腋下不停冒冷汗，腦袋一片空白，只能乾發怔兒。

以那男子為首，一整天形形色色的顧客輪流坐在我膝上，卻無人發現我在椅內。誰都沒察覺他們深信是柔軟座墊的東西，其實是人類有血有肉的大腿。

暗無天光，甚至舉動維艱的皮革天地，真是妖異魅惑的世界啊。在這裡，人類感覺起來異於平日肉眼所見，是完全不同的奇妙生物。他們不過是聲音、鼻息、腳步聲、衣物摩擦聲及幾個渾圓富彈力的肉塊罷了。我能夠以肌膚觸感取代容貌識別每個人。有些人又肥又胖，猶如碰觸腐爛魚肉，相反地，有的人骨瘦如柴，簡直像具骸骨。此外，綜合背脊彎度、肩胛骨間距、手臂長度、大腿粗細或尾椎骨長短來看，不管身材再相似，必定有所差異。除容貌和指紋，人類絕對可憑觸摸全身逐一區別。

關於異性也是一樣。一般而言，大眾總會集中評論容貌的美醜，但在椅中世界，美醜根本不成問題。這裡只有赤裸的肉體、聲音和氣味。

夫人，請不要為我這過分露骨的記述感到冒犯。身處椅中，我強烈愛上一名女子的肉體（她是第一個坐上我椅子的女性）。

依嗓音想像，她是個荳蔻年華的異國少女。當時房裡恰巧沒人，她似乎碰上什麼高興的事，小聲地哼著神奇的歌曲，踩著雀躍的步伐進來。她走到我潛伏的扶手椅前，突然將豐滿柔軟的軀體投向我身上。且不清楚有什麼好笑的，她忽然「啊哈哈哈」大笑出聲，手舞足蹈，網中魚似地不住彈跳。

接著足足有半小時之久，她在我膝上時而歌唱，時而配合歌曲的旋律，微微扭動沉重的身軀。

這實在是我始料未及的驚天動地大事。對我來說，女人是神聖的，不，毋寧是恐怖的，我甚至不敢直視她們。如今我卻和一個陌生異國少女，共處一房、同坐一椅，隔著薄薄的皮革，幾乎能感覺到體溫地緊密相貼。儘管如此，她毫無不安，將全身重量託付給我，表現出四下無人時，放鬆而自由奔放的模樣。我甚至能緊緊擁抱她，或親吻那豐腴的後頸，隨心所欲做任何舉動。

自從有了這個驚人的發現，偷竊成為次要目的，我完全耽溺於這神祕的觸感世界。我心想，這個椅中世界，才是上天賜與我的真正歸宿。像我這般醜陋的懦弱傢伙，在燦爛光明的國度裡，只能永遠懷抱自卑，丟臉而悲慘地活下去。可是，只要換個居住的時空，稍微忍耐椅子裡的拘束，便能親近在光輝世界裡無法交談，甚至不能靠近的美麗佳人，還能聆聽她們的話語，或觸摸她們的肌膚。

椅中戀情（！）的魅力有多麼獨特、多麼令人陶醉，不親身經歷便無從體會。那是只有觸覺、聽覺及一點嗅覺的戀情，是黑暗境地的戀情，絕不屬於人世。這是否即為惡魔之國的愛慾？仔細思索，這世界在人眼不及的各個角落進行著何種異形、悚然的事情，真是無從想像。

當然，按原先的預定，達成行竊目的後便要逃離飯店，但這稀世的古怪悅樂讓我不可自拔，別說逃離，我打算永遠定居在椅內，繼續這樣的生活。

每晚的外出我都小心翼翼，避免發出半點聲息，神不知鬼不覺地行動，自然沒遇上危險。話雖如此，漫長的數個月中，我竟能毫不引起懷疑地生活在椅內，連自己都詫異。

由於一天二十四小時待在狹小空間，彎著手臂曲著膝蓋，我渾身麻痺，無法完全直立，最後得像癱子似地爬行往返廚房和化妝室。我這個人是多麼瘋狂啊，縱使需忍受如此勞苦，仍不願捨棄玄妙的觸感世界。

有人把這兒當家，一住便是一、兩個月，不過畢竟原本就是飯店，賓客絡繹不絕，我詭異的戀情只能無奈地隨時間改變對象。而這無數夢幻的戀人，也不似一般情況以容貌留存記憶，而是以身形刻畫在我心中。

有些人像小馬般精悍，有苗條緊實的肉體；有些人像蛇般妖豔，有靈活自在的肉體；有些人像皮球般渾圓，擁有富脂肪和彈性的肉體；又有些人像希臘雕刻般堅實有力，擁有完美發達的肉體。此外，不管什麼樣的女體，都各有獨到的特徵及魅力。

同時，在女體來去之間，我也嘗到迥別於此的滋味。

有一次，歐洲某強國大使（註）（我是聽服務生聊天得知）的偉大軀體坐到我膝上。比起政治家的身分，對方更是享譽國際的詩人，所以能觸摸到這位大人物的肌膚，令我驕傲不已。他在我身上與幾名同胞交談約莫十分鐘，隨即離開。當然，我完全不明白他們聊些什麼，但每

註　應是指保羅．克羅岱爾（Paul Claudel，1868-1955，駐日大使任期為1921-1925），他是個劇作家、詩人、外交官，曾任駐日法國大使。代表作為《緞子鞋》（*Le Soulier de satin*）。

回他做手勢，那比常人溫暖許多的肉體就跟著收縮隆起，搔癢般的觸感帶給我一種難以名狀的刺激。

當下，我倏地冒出這樣的念頭：倘若拿利刃從皮革後方猛力刺向他心臟，後果將如何？勢必會造成致命傷，使他再也無法起身。為此，他的國家和日本政治圈，將掀起多驚心動魄的波瀾？報紙會登出多激情的報導？他的死不僅嚴重影響日本與他祖國的邦交，由藝術方面來看，亦是世界的一大損失。而這麼一樁大事，卻能在我舉手投足間輕易實現。思及此，我莫名得意起來。

另一回則是某國的知名舞蹈家訪問日本，碰巧投宿這家飯店，雖只有一次，但她確實坐上我的椅子。除了類似大使時的感受外，她更帶給我前所未有的理想肉體觸感。面對那舉世無雙的美，我無暇興起下流的想法，只能懷著看待藝術品的虔敬心情讚頌她。

此外，我還有過許多稀奇古怪、超乎想像，和毛骨悚然的經驗，不過細述這些事蹟並非此信目的。鋪敘得太冗長，就讓我盡快切入重點吧。

且說，潛進飯店幾個月後，我的命運出現變化。經營者由於一些原因決定歸國，飯店原封不動地轉讓給某日本公司。接手的老闆調整奢華的營業方針，打算改造成平民化的旅館，以追求更大的利潤。一些不用的擺設便委託某大型家具商拍賣，我的椅子也名列目錄中。

得知這件事，一時之間我好不失望，甚至考慮趁機重返花花世界，展開新生活。當時我靠著偷竊存下不少錢，即使回到現實，也不必過從前的窮酸日子。可是回頭一想，儘管離開異國飯店令人沮喪，卻不失為一個新希望。幾個月來，雖然戀上無數異性，但因全是外國人，不管多喜愛、多驚豔於她們的肉體，精神上仍奇妙得不滿足。日本人果然只能對日本人萌生真正的愛情吧，我漸漸有此感覺。恰好我的椅子送去拍賣，或許這次會是日本人買下，然後放在家裡，這就是我的新希望。總之，我決心在椅中繼續生活一段時間。

我在舊貨商的店面度過幾天極為難熬的日子。不過幸運的是，拍賣開始後，我的椅子馬上被標走。大概是雖然老舊，仍是張十分引人注目的豪華椅子吧。

買家是個官員，住在離Ｙ市不遠的大都市。自舊貨商的店面前往宅邸的好幾里路上，卡車劇烈震動，我在椅子裡真是飽嘗痛苦，難過得要命，但與如願賣給日本人的喜悅相較，這點苦根本算不上什麼。

那是棟氣派的洋館，我的椅子擺在寬敞的書齋。然而，我最滿意的是，比起男主人，年輕貌美的女主人更常使用。其後一個月間，我無時無刻不與女主人處在一塊兒。除用餐和就寢外，女主人柔軟的身體總是坐在我上方。因為這段時日，女主人總是關在書房埋頭創作。

我有多愛她，用不著在信裡逐一細述。她是我第一個接觸的日本人，且身軀完美無缺。這是我初次感覺到真正的愛情，與此相比，飯店裡的諸多經驗絕稱不上愛情。證據就是，我唯獨對女主人，產生了前所未有的念頭。我不甘於只是偷偷愛撫，千方百計地想讓她察覺我的存在。

倘使辦得到，我希望女主人意識到椅子裡的自己，甚至一廂情願地期盼能得到她的愛。可是，我該怎麼暗示她才好？露骨點出椅內藏著一個人，她肯定會大驚失色地告訴主人和僕傭吧。這樣不僅一切都會毀於一旦，我也將揹上可怕的罪名，受法律懲治。

所以我盡最大的努力，至少讓女主人覺得舒適無比，可能的話，進而愛上這張椅子。身為藝術家的她，想必較常人纖細敏感。若她從中感覺到生命，不把椅子當成一樣物品，而視為生物般喜愛，光是如此，我便心滿意足。

她將身子投向我時，我總是盡量輕柔地接住。她疲倦的時候，我會悄悄挪動膝蓋，調整她的姿勢。碰上她昏昏沉沉地打起盹，我便極其輕微地震動雙膝，擔負搖籃的任務。

不知是不是我的心血有了回報，抑或只是錯覺，最近女主人似乎深愛著我的椅子。她會像嬰兒處在母親懷中，或少女回應情郎的擁抱般，帶著柔情蜜意窩進椅子。我幾乎能看見她在我腿上挪動身體的嬌憐模樣。

於是，我的熱情一天比一天熾烈。終於，啊啊，夫人，我興起一個自不量力、無法無天的願望。只要能見心上人一眼，與她講講話，我死而無憾。我竟苦惱到這種地步。

夫人，想必您已明白，我所說的心上人（請原諒這不可饒恕的冒犯）其實就是您。自您先生從Y市的舊貨店買下我的椅子後，可悲的我便一直對您奉獻無盡的愛。

夫人，這是我此生唯一的請求，能否見我一面？就算一句也好，請施捨可憐的醜漢一句安慰吧。我絕不敢冀望更多，因為我這醜惡骯髒的傢伙實在不配再奢求。請允許這不幸男子的懇求吧。

昨晚為了寫信，我溜出府上。因為當面向夫人開口請求太過危險，何況我實在鼓不起勇氣。

當您讀這封信時，我正擔憂得臉色蒼白，在府上周圍徘徊。

若您肯答應這冒昧至極的要求，請將手帕蓋在書齋窗戶的石竹盆栽上。看到後，我會裝成平凡的訪客，去到貴府玄關。

這封詭異的信以一句熱烈的祈願作結。

讀到一半，佳子已被心中駭人的預感嚇得花容失色。

她無意識地站起身，逃出擺放噁心扶手椅的書齋，跑進和室的臥房。她真想索性不讀，直接撕掉，卻放心不下，便姑且在小几上看下去。

她的預感果然成真。

啊，這是多麼驚悚的事實！她每天坐著的那把扶手椅裡，竟藏有一名陌生男子！

「噢，太可怕了！」

她背後彷彿淋上一盆冷水，渾身直打哆嗦。這沒來由的顫抖怎樣都不肯止息。

她過度驚嚇，茫然失措，完全不知如何是好。調查椅子？那麼恐怖的事，她怎麼做得來。縱然裡面已空無一人，也必定殘留著食物和他的穢物。

「太太，有您的信。」

佳子赫然一驚，回頭一看，女傭拿來一封似乎才剛送達的信。

佳子無意識地接下，就要拆開時，不經意地望向上頭的字跡，嚇得忍不住鬆手。與那封怪誕信件一模一樣的筆跡，寫著她的姓名住址。

良久，佳子猶豫著究竟該不該開封。最後她仍撕開封口，戰戰兢兢地讀起來。文面很短，但內容奇妙得令她不禁再次一驚。

唐突去信，還望海涵。我平素即十分喜愛老師的作品，另外附寄的稿件是我生澀的創作，若老師能夠一讀，予以指教批評，實是不勝榮幸之至。出於某些原因，稿件在此信提筆前先行投函，老師或已閱覽完畢，不知心得如何？假使拙作感動老師一二，我將無限欣喜。

稿件上故意略去未寫，但標題預定命名為〈人間椅子〉。

那麼，不揣冒昧，伏乞賜教。草草。

〈人間椅子〉發表於一九二五年

接吻

一

山名宗三最近樂得手舞足蹈，身邊總籠罩著一種說不上來的，暖烘烘、軟綿綿、玫瑰色彩的馨香氣息。連面對公家機關的破桌子孜孜不倦地工作時、在同一張桌子吃鋁製便當盒裡四四方方的米飯時、四點整就坐不住地衝出門，宛如強風竄過街旁柳樹時，周身都圍繞著這樣的空氣。

因為一個月前，山名宗三剛迎娶嬌妻，兩人還是戀愛結婚。

且說某天，四點鐘一到，山名宗三便像剛下課的小學生一樣歸心似箭，不顧課長村山仍在收拾桌上凌亂的物品，就衝出公家機關，目不斜視地直奔回家。

阿花現下想必綁著紅髮帶，倚在飯廳那只長方火盆邊，凝望料理好的晚膳低聲笑著（阿花這女人多愛笑啊）。她一定準備玄關格子門一開，便兔子似地跳上來，迫不及待歡迎我回家吧。哈哈哈，可愛的小東西——雖不是這般想得明明白白，但若將山名宗三沿路的心情加以圖解就是如此。

「今天來嚇唬嚇唬她好了。」

宗三走到家門前，邊想邊暗暗竊笑。他躡手躡腳、偷偷摸摸地打開格子門，拉開玄關的紙門，脫鞋時也小心不發出聲響，一下子溜到飯廳前。

「馬上就咳幾聲嗎？不，等會兒，先瞧瞧她一個人時是什麼模樣。」

於是宗三由紙門上的破洞窺探飯廳，這一看不得了，他臉色唰地慘白，渾身僵硬。他萬萬沒想到，裡頭竟上演著極為不可置信的情景。

二

不出所料，阿花坐在長火盆前，桌上也擺著覆蓋布巾的晚膳。然而，最重要的阿花本人並未呵呵低笑。不僅如此，她反倒以再嚴肅不過的表情，緊張到泫然欲泣似地捧著一張照片，又是親吻又是擁抱，教人看不下去。

不過，山名宗三由於心裡有底，見狀胸口一刺，心臟突突亂跳。他悄悄退回兩三張榻榻米後，故意踏出沉重的腳步聲，粗魯地打開紙門說：

「喂，我回來了。」

他一副「怎麼沒出來迎接我」的態度，一屁股在長火盆對面坐下。

「哎呀！」

阿花驚叫，倏地將照片塞進和服腰帶，臉上一陣紅一陣青，結結巴巴，但總算是沉住氣開口：

「我一點兒都沒注意到，真對不起。」

那格外賢淑的口吻全是騙人的，宗三心想。看她把照片藏起來的舉動，絕對沒錯。開門前，宗三還小小自戀一番，但見她窘迫的模樣，想必不是自己的照片。一定是那傢伙，可惡的課長村山的照片。

宗三會這麼懷疑是有理由的。

新婚妻子阿花是課長村山的遠親，曾寄住他家很長一段時間，因著緣分嫁給宗三。牽線的不必說，當然是村山。村山雖位居課長，仍十分年輕，年紀與宗三相差不遠，儘管有家室，妻子卻是街坊知名的醜八怪。一旦心生疑竇，便事事有蹊蹺，如今也不曉得宗三是不是傻傻接收別人不要的中古貨。

再說還有一件可疑的，就是阿花總三不五時地拜訪村山家。婚後不到一個月，光宗三所知，她已去過四五趟，有幾次甚至入夜才回來。

宗三天生是個醋罈子，愈想愈不甘心，氣得胸口快炸裂。然而，夫婦倆依舊沒事似地吃完晚飯，只是不像平常那樣有說有笑，宗三又不好在沒問清真相前關進書齋，兩人莫名尷尬地面面相覷。

「那到底是誰的照片？」

宗三總算忍住不斷湧上嘴邊的話，靜靜監視阿花的一舉一動。這個善嫉的丈夫十分陰險，認為就寢前，阿花肯定會把照片收拾到某處。他打算弄明白後，晚點再去找出來。

三

不久後，阿花默不吭聲地站起，輕手輕腳地走出去。不是廁所的方向，似乎是往儲藏室。身為窮酸腰便（註）的宗三，因父親是下級武士，房子雖舊，儲藏室卻十分寬闊。那麼，阿花

註　腰際綁著便當通勤，意指上班族，帶有侮蔑的意思。明治、大正時代的堀端通相當於公家機關下級官員通勤的路線，俗稱腰便街道。

是打算把照片收到櫃子嗎？儲藏室櫃子很多，事後再找會搞不清究竟是哪一座，總之還是跟蹤阿花比較好。於是宗三悄悄起身，像條影子般尾隨老婆。

果不其然，目的地是儲藏室。阿花剛進去，尚在掰弄櫃子的鎖。不知她打算收進哪櫃的抽屜？幸好紙門有個破洞，宗三湊上前。然而，室內僅裝著一枚兩房共用的五燭光燈泡，加上洞的大小只夠單眼窺探，他煞費工夫才瞧見，是正對入口的櫥櫃左上方的小抽屜。只見阿花將東西朝那兒一扔，「啪」地關上抽屜，匆匆就要折返門口。

遇個正著可不妙，宗三逃回飯廳，點燃敷島牌香菸（註）便往嘴邊送，大口抽菸佯裝沒事。

接著，兩人互瞪似地對看，這樣鬧下去不是辦法，但任何一方都未主動說破，只意興闌珊地閒聊兩三句，轉眼就到九點。宗三心底有事，儘管時間還早，仍急忙先上床。

深夜，宗三側聽阿花的呼吸聲，心想應該已不要緊，便爬出被窩，攏起睡衣前襟，偷偷摸摸地溜出寢室。不必說，他的目的地正是儲藏室。好不容易抵達後，他緊張地拉開正面櫥櫃上方最左邊的小抽屜，有了有了，果真不是他瞎猜。十幾張大大小小的照片重疊錯落，擱在最上頭的村山課長半身照顯得格外裝模作樣。為慎重起見，宗三鞭策著顫抖的手一張張檢查，但男人的照片只有村山一張，其餘全是阿花的家庭照。千真萬確，此事再不容懷疑。可惡，要怎麼收拾殘局？憤恨與寒冷交逼下，宗三禁不住渾身發顫，咬牙切齒。

四

隔天，宗三一語不發地搶過阿花遞來的便當，匆匆趕往公家機關上班，連瞥見同事的嘴臉也教他滿腔怒火。一想到自己為微薄的月薪，對那可憎的課長哈腰鞠躬，便氣得想狠狠揍倒每個人。他連招呼都沒打就坐下，悶聲不響地大睜充血的雙眼，盯著尚未進辦公室的課長的桌子。

沒多久，課長穿著時髦的西裝，挾著大公事包來上班。眾人皆從座位行禮，課長輕輕回禮就坐，把公事包「啪」地擺到桌上。宗三當然沒行禮，僅用怒火熊熊燃燒的眼神瞪著課長。

村山課長大致整理完桌面，咳了一聲，語調不太流暢地說：

註二　專賣公社於明治三十七年發售的國產附菸嘴紙捲菸，二十支裝，昭和初年定價八分。昭和三年的生產量為六十七億六千萬支，是僅次於朝日（一百五十億六千萬支）的人氣香菸品牌。昭和十八年停賣。

「山名，過來一下。」

宗三實在不願理睬，無奈不能這麼做。他不甘心地起身，走到課長桌前，並未奉承地問「有何指教」，只是默不吭聲地杵著。然而課長毫無所覺，像平常那樣嘮叨起來：

「喂，你怎麼統計的？最重要的平均數字去了哪？」

仔細一看，沒錯，是自己的疏失。平常的話，宗三早乖乖退下，但今天可不行。他益發火大，話也不回，光惡狠狠地瞪著對方。

「只列總數，你以為這份統計算什麼？我要的是平均，這還用教嗎？」

「是嘛！」

宗三突然放聲大吼，一把扯過文件便返回座位。留下原本預備海削他一頓好殺時間的課長，給唬得直眨眼。

宗三回座後立刻埋頭振筆疾書。他在乖乖地訂正統計數字嗎？當然不是。他攤開一張白紙，首先用力地寫下「辭呈」兩個大字。

五

宗三把小學生謄字般字跡斗大的辭呈扔到吃驚的課長面前，吐出一口惡氣，才上午十一點鐘，就大搖大擺地回家。

「阿花，妳過來。」

宗三一屁股往長火盆前坐下，準備來場談判。由於昨晚那尷尬的情況，阿花也提心吊膽。

「咦，你回來啦，是不是哪兒不舒服？」

「不，我身體好得很。聽著，從今天起我不幹公務員了。還有，我會辭職，是和村山起衝突。以後不許再出入村山家，妳得牢牢遵守這個吩咐。」

「噢……」阿花一聲驚叫，講不出話。

「啊，對了。」宗山裝得若無其事。「妳應該有村山的照片，拿來。」

看丈夫怒氣沖沖，阿花沒法子拒絕，只得心不甘情不願地取來那張照片。宗三當著阿花的面，恨恨地將照片撕得稀爛，扔進火盆燒毀後，神情總算清爽許多。

做到這種地步，阿花不可能還不明白。從丈夫的模樣，她瞧出這些舉動是為哪樁，卻無論如何都要丈夫親口說出，於是靠著女人的本領，一下鬧彆扭、一下流淚，使盡千方百計，丈夫終於招出偷窺的事。

怎樣，這下沒法反駁了吧？我連藏照片的地方也查得清清楚楚，理當萬無一失才是。宗三帶著勝利者的氣魄，從容不迫地凝睇阿花。

只見阿花突然身子一伏，宗三以為她在哭泣，豈料她竟哈哈放聲大笑。

「哎呀，我原本煩惱是什麼大事，親愛的，你實在太過分，村山先生跟我……呵呵呵……真會瞎猜一通。那張照片其實是……哎喲，是你的照片啦。」

阿花說著忽然滿臉緋紅，趕緊掩住臉。

「我的照片？胡說八道，哄我也沒用。我可是跟蹤妳到儲藏室，目睹妳放東西的所在。那抽屜除村山的照片外，別提我的照片，半張其他男人的照片都沒有。」

「那就更奇了，哪來這麼多照片？你肯定是睡迷糊。你的照片只有一張，我寶貝地收在抽屜的文書盒裡。你究竟是看到哪只抽屜？」

「正面櫥櫃左上方的小抽屜。」

「咦，正面？真怪，我昨天是放進左邊櫥櫃啊。抽屜在左上角沒錯，不過是完全不同的櫃子。」

「不可能，妳果然想哄我。從紙門上的小洞偷窺，沒道理一眼看見左邊櫥櫃，絕對是正面櫥櫃。當時再怎麼急，我也不可能完全搞錯方向。」

「真詭異。」

「一點都不詭異。妳是為了掩飾，才那樣信口胡謅。別再白費工夫，徒勞掙扎。」

「可是……」

「沒什麼好可是的，我絕沒看錯。」

居然演變成奇妙的爭執。丈夫堅持是房間正面靠牆的櫥櫃，妻子卻主張是左側牆邊的櫥櫃，兩人的說法相差九十度。

六

「啊，我曉得了！」阿花突然叫道：「親愛的，噯，你過來這兒看看，我明白啦。」

阿花拚命拉扯宗三的袖子，宗三別無他法，只好跟去，目的地是儲藏室。

「這個，親愛的，一定是這個。」

阿花指著一座新衣櫃，那是去年年底拿臨時津貼加上定期儲蓄（註）的利息買齊的一組新式衣櫃。這有什麼不對勁？

「你懂了嗎？喏，就是櫥櫃門上的鏡子啊。櫃門打開，鏡子恰巧跑到破洞前方，擋住正面的櫥櫃，反射出完全不同方向的左側櫃子，看來就像在正面一樣。」

的確，假使櫃門在紙門孔前打開四十五度角，映於鏡面的左側物品便如同在正面般。兩座櫥櫃外形十分相似，搞混也是難怪。尤其當時燈光昏暗，宗三又偷看得極匆忙。原來是我弄錯了，意外的真相讓宗三大為懊喪。

魯莽地認定是別人的照片，原來是天大的誤會。若阿花是太想念宗三，忍不住親吻、擁抱宗三的照片，如此冤枉簡直太殘忍。明明該高興得渾身發抖，卻因誤解而火冒三丈，還遞出無法挽回的辭呈。

現下情況逆轉，一口氣扳回劣勢的阿花卻真的哭起來。

你辭掉公務員，明天起我們要吃什麼？景氣差成這樣，哪可能馬上找到新工作。話說回來，咱們家境根本沒好到能讓你混吃等死，你實在太衝動。再者，你氣我出入村山家，這不也全是為了讓你出人頭地？誰高興去拜訪那種地方呀？一點都不明白人家的心意……阿花說著，又是生氣、怨懟、悲嘆的，真是難以收拾。

山名宗三啞口無言，頓覺前途茫茫。「世上最可怕之事，莫過於嫉妒」，他深深感嘆。

但各位讀者，男人即使看來有點陰險，骨子裡仍多是老好人。反倒是女人表面狀似傻得一問三不知，心底其實皆盤踞著天性的狡詐。好比這個阿花，她真是如故事呈現的女子嗎？相當可疑。那鏡子詭計難道不會是她的臨時創作嗎？倘使她接吻、擁抱的果然是村山課長的照片，又將如何？

不管怎樣，身為男人的山名宗三，是沒心機猜疑到這麼深的地步的。

〈接吻〉發表於一九二五年

註　在郵局以三年以上的期限存放的存款。

跳舞的一寸法師

「喂，阿綠，你在發什麼呆？過來一起喝一杯吧。」

男子貼身內衣上套著鑲金邊的紫緞四角褲，叉腿站在開蓋的酒桶前，異常溫柔地說。

注意力都放在酒上的一座男女覺得他話裡似乎暗藏玄機，全望向阿綠。

舞台角落，一寸法師（註一）阿綠靠在原木柱上，遠遠看著同事的酒宴場景，受人這麼一邀，他一如既往地擺出好好先生的模樣，咧著大嘴笑道：

「俺不會喝酒啦。」

聽到這話，微帶醉意的雜技師全感到逗趣般哄堂大笑。男人粗啞的嗓音和胖女人尖銳的聲音迴響在寬廣的帳篷內。

「用不著你說，我很清楚你多沒酒量。不過今天特別，得慶祝演出盛況空前。就算你是個殘廢，也不必這麼不領情嘛。」

穿著紫緞四角褲的粗獷漢子再次柔聲說。他膚色黝黑、厚唇，年約四十。

「俺不會喝酒啦。」

一寸法師依然笑著回答。他是個有著十一、二歲兒童身軀，頸上搭著三十歲男子頭顱的怪物。腦門像福助（註二）般平坦，倒火蔥型臉上深深的皺紋猶如蜘蛛八方伸展的腳，眼睛碩大，鼻子渾圓，笑的時候嘴巴咧得好似要裂至耳邊，鼻下還不協調地黏塊淡黑鬍碴。他神色青白，只有嘴唇異樣鮮紅。

「阿綠，要是我幫你斟酒，你肯賞臉喝一杯吧？」

踩球美人阿花醉得熱紅的面孔漾著微笑，自信滿滿地插話。阿花在村裡豔名遠播，我也知道她。

阿花直直盯住一寸法師，他有些著慌，霎時露出微妙的表情。那是怪物的羞恥嗎？可是他扭捏好一會兒，依舊重複相同的話：

「俺不會喝酒啦。」

他一樣笑著，話聲卻低得彷彿卡在喉裡。

「別這麼說，喝個一杯嘛。」

紫緞四角褲滿不在乎地走上前，揪住一寸法師的手。

「喏，既然被我抓住，你就別想逃。」

註一　一寸法師是日本民間故事中一個小矮人角色，此一詞彙也用來指稱個子矮小的人，如侏儒，帶有貶意。

註二　一種大頭的福神玩偶。

他說著用力拉扯一寸法師。

絲毫不像高明小丑的小不點阿綠，活像十八姑娘般，以詭異的嬌羞模樣緊攀身旁的柱子，不肯放開。

「別這樣、別這樣！」

然而，紫緞子硬要拉他，每一扯，阿綠抓住的柱子就跟著撓彎，整個帳篷小屋遭大風吹襲似地晃動，乙炔吊燈鞦韆般猛搖。

我不禁心生恐懼。執拗緊抱圓木柱的一寸法師，及意氣用事地硬要拽下他的紫緞子，這情景彷彿一種不祥的預兆。

「阿花，別理那種小不點。喏，唱首歌聽聽吧？伴奏的？」

聽到話聲，我才發覺身旁一個留著八字鬍，說起話卻莫名娘娘腔的魔術師正殷勤地勸著阿花。新來的伴奏大嬸八成也醉了，猥褻地笑著附和：

「阿花，唱歌好啊，來吵鬧一番吧，今晚鬧個痛快！」

「好，我去拿樂器。」

同樣只穿貼身內衣的年輕雜技師突然站起，越過還在爭吵的一寸法師和紫緞子，跑向圓木組合成的二樓後台。

八字鬍的魔術師不等樂器拿來，逕自敲著酒桶邊緣，扯開又粗又低的嗓子，唱起三曲萬歲（註），兩三個踩球姑娘胡鬧唱和。這種時候，成為槍靶的總是一寸法師阿綠。萬歲曲以下流的曲調把他唱進歌詞，一首接一首。

原本各自聊天說笑的人逐漸受曲調吸引，終於演變成全員合唱。不知不覺間（應該是剛才的年輕雜技師取來的）三味線、鼓、鉦、梆子也加入伴奏，震耳欲聾的奇特大交響樂撼動帳篷。每句歌詞末尾都爆出驚人的怒吼和拍手聲。男男女女隨著酒意漸濃，瘋狂地歡鬧起來。

在這當中，一寸法師和紫緞子仍爭執不休。阿綠放開圓木嘿嘿傻笑，小猴子般四處奔逃。一旦他溜走，動作可是非常敏捷的。大個頭的紫緞子遭低能的一寸法師耍著跑，不由得有些惱怒。

「可惡的小不點，等下你就別哭！」

他吼著這類恫嚇之詞追趕阿綠。

註　成立於明治中期，以鼓、三味線、胡弓等伴唱的俚曲，也稱俄狂言（外行人演出的即興短劇）。

「對不起、對不起！」

頂著三十歲臉孔的一寸法師小學生似地全力逃躲。他不曉得有多害怕給紫緞子逮著頭，壓進酒桶中。

這景況奇異地讓我想起卡門的殺人場面（註），不知為何（大概是服裝的緣故），追趕與被追趕的何西與卡門，彷彿伴隨鬥牛場傳來的凶暴音樂及吶喊出現眼前。套著貼身內衣的紫緞子，追逐著穿鮮紅小丑服的一寸法師。三味線、鉦、鼓、梆子，還有自暴自棄的三曲萬歲為兩人配樂造勢。

「混帳畜生，總算捉到你！」

紫緞子終於揚聲大喊。可憐的阿綠在他粗壯手臂中，臉色慘白地抖個不停。

「讓開讓開！」

紫緞子把掙扎的一寸法師高舉在頭上，朝這兒走來。眾人都停止歌唱，望向他們，兩人粗重的喘息依稀可聞。

眨眼間，倒吊的一寸法師腦袋「啪」地一聲浸到酒桶裡。阿綠短小的雙手在空中揮舞，酒沫嘩啦啦四處噴濺。

穿著紅白條紋、膚色貼身內衣或半裸的男女，彼此牽手促膝，哈哈大笑地看著這一幕。無人制止這場殘忍的遊戲。

一寸法師遭強灌一堆酒，沒多久便被扔到旁邊。他縮成一團，咳得有如百日咳病患，嘴巴、鼻子、耳朵都噴出黃色液體。眾人彷彿在嘲笑他的痛苦，又開始合唱三曲萬歲，反覆教人不忍卒聽的惡語咒罵。

一寸法師嗆咳一陣，像具屍體癱倒在地。穿貼身內衣的阿花在他身上起舞，豐滿的腳屢屢跨過他頭上。

拍手、吶喊與梆子聲震耳欲聾地喧鬧不停，現場已沒有半個正常人，大夥瘋狂嘶吼。阿花配合快節奏的萬歲曲，不斷跳著凶暴的吉普賽舞。

一寸法師阿綠總算睜開眼睛，醜惡的面孔如猩猩般赤紅。他喘著大氣，肩膀不斷起伏，搖搖晃晃地想起身。這時，跳累的踩球姑娘晃著碩大臀部到他面前。不曉得是故意還是碰巧，她一屁股跌坐在一寸法師臉上。

註　比才（Georges Bizet）根據法國作家梅里美（Prosper Mérimée）的小說改編的歌劇《卡門》（*Carmen*）（一八七五年初演）中的高潮場面。香菸工廠的女工卡門誘惑中士唐．何西，使其墮落，並背叛他，還將何西送給她的戒指當場扔掉，何西因嫉妒而瘋狂，以短劍刺殺卡門。

阿綠仰面被壓扁，痛苦地呻吟著，在阿花的屁股下掙扎。醉酒的阿花模仿騎馬，和著三味線的旋律「嘿、嘿」吆喝，不停摑阿綠巴掌。眾人爆笑不止，響起喧囂的掌聲。然而，阿綠墊在巨大肉團底下，連呼吸都不能，嘗到半死不活的痛苦。

一會兒後，一寸法師總算得到釋放。他同樣露出痴憨的笑容，坐起上半身，僅閒聊般地呢喃：

「真過分哪。」

「喂，咱們玩扔球吧。」

突然間，一個擅長單槓的青年站起來叫喊。眾人似乎都熟知「扔球」的意思。

「好哇。」一名雜技師答道。

「別吧，那樣太可憐了。」八字鬍魔術師看不下去似地插嘴。只有他穿法蘭絨西裝，打著紅領帶。

「來喲，扔球、扔球嘍。」

青年不理會魔術師，逕自走向一寸法師。

「喂，阿綠，開始啦。」

青年話聲剛落，隨即拉起殘廢，一掌拍向他眉間。一寸法師突遭一擊，像顆球不停旋轉，往後跌去。另一個青年接住，扳過他的身軀，又使勁朝他額頭一推，可憐的阿綠再次陀螺般團團轉回原先那青年面前。這詭異的殘忍拋接球遊戲沒完沒了地持續著。

不知不覺間，合唱轉為出雲拳（註）的旋律，梆子和三味線奏得震天價響。東倒西歪的殘廢掛著執著的微笑，繼續扮演他不可思議的角色。

「別做那種無聊事，咱們各顯神通比個高下。」

厭倦虐待殘廢的某人叫著，無意義的怒號和狂亂的掌聲熱烈回應。

「使出各人的看家絕活沒意思，要表演壓箱的祕密才藝，懂嗎？」紫緞子命令式地大吼。

「首先從阿綠開始！」

有人壞心眼地附和，掌聲驟然響起。筋疲力盡、癱倒原地的阿綠聽到這粗暴的提議，依然露出深不可測的笑容接受。他那醜惡的臉即使在該哭的場面也一樣笑著。

「那麼，我有個好主意。」醉得滿臉通紅的踩球美女阿花搖搖晃晃地站起來叫道：「小不

註　另名安來拳，和藤八拳一樣，是酒席間的一種狐拳遊戲。此種酒拳配合安來節或它的拍子，搭上即興詞句，使出庄屋、狐、鐵砲三種拳，像猜拳一樣決勝負。

點，你表演鬍子先生的大魔術啊，一刀兩刀殺千刀之美女斬首，不錯吧？快表演嘛！」

「嘿嘿嘿……」殘廢盯著阿花痴笑。遭人硬灌下的酒，使他眼神格外迷茫。

「欸，小不點，我曉得你對我有意思。只要我吩咐，你什麼都肯做，對吧？我爬進箱裡讓你表演，這樣你還是不願意嗎？」

「喲，一寸法師你這個大情聖！」又爆出一陣掌聲和笑聲。

小不點、阿花及美女斬首大魔術，醉漢為這絕妙組合興奮不已。眾人步伐凌亂地組合所需的道具。舞台正面與左右側放下黑幕，地板也鋪起黑布，前方擺上一口棺材般的木箱和一張桌子。

「來喔，好戲開鑼！」

三味線、鉦與梆子的慣例前奏響起，阿花牽引殘廢現身。她穿著緊身膚色襯衣，阿綠則套上鬆垮的鮮紅小丑服，老樣子咧著大嘴笑個不停。

「快說開場白啊，開場白！」有人吼道。

「傷腦筋，真傷腦筋。」

一寸法師嘀嘀咕咕，仍舊開了口。

「嗯，接下來要獻給各位的，是神祕驚奇大魔術『美人斬首』。這姑娘放進箱中後，鄙人會拿十四把日本刀，一刀、兩刀，由四面八方貫穿其身。呃，光是如此想必無法滿足各位，所以鄙人將砍下姑娘的頭顱，擺在桌上示眾。喝！」

「精采，精采！」「像啊！」分不出是讚賞或揶揄的呼喊摻雜在亂拍一通的掌聲中。

一寸法師外貌愚蠢，但不愧是幹這行的，舞台上的口白念得真好。從聲調到內容，與八字鬍魔術師平常表演的分毫不差。

而後，踩球美女阿花婀娜一揖，柔軟身子便藏進棺材般的箱子內。一寸法師封蓋，扣上一把大鎖。

一束日本刀擺在地上。阿綠一把把拾起，一刀刀插上地板，證明那並非假刀，接著穿進箱子前後左右的小洞。每刺入一刀，箱裡就傳來驚駭的慘叫——每天令觀眾戰慄不已的那種慘叫。

「嗚，救命！混帳東西，這傢伙真的想殺我！啊啊，救命、救命……」

「哇哈哈。」「太精采啦。」「簡直一模一樣。」觀眾歡喜無比，各自叫好拍手。

一把、兩把、三把，刀子的數目逐漸增加。

「總算遭到報應，這個醜八婆！」一寸法師開始作戲。「竟敢、竟敢瞧不起俺，這下嘗到殘廢的厲害了吧。」

「啊，啊啊！救命、救命……」

萬刀穿身的箱子，活物般不住顫動。

觀眾沉迷於這逼真的演出，如雷的掌聲不絕。

終於，第十四把刀子刺進，阿花的慘叫轉為垂死病人的呻吟，那已是不成話語的咻咻喘聲。未幾，連喘息也斷線似地停下，原本動個不停的箱子完全靜止。

一寸法師肩膀上下起伏，氣喘吁吁地直瞪箱子，額頭一片汗涔涔，好似浸水般，良久沒有動彈。

觀眾也陷入奇妙的沉默。打破死寂的，只有大夥因酒精變得劇烈的呼吸聲。

經過好半晌，阿綠慢吞吞地撿起預備的大板刀，極寬的刀身像青龍刀似地參差不齊。他先往地上一戳，展示刀刃的鋒利，再取下大鎖，打開箱蓋。他拿刀刺進箱中，彷彿真在鋸人頭，箱裡傳出嘰嘎聲。

而後，阿綠擺出鋸好的動作，扔下大板刀，把某樣東西掩在袖底，走向旁邊的桌子，

「咚」地一聲擱上。

他揭開袖子，現出阿花蒼白的頭顱。斷口流出鮮紅血水，質感之逼真，沒人能視其為紅色顏料。

一股冰般寒意竄過我背脊，直沖頭頂。我曉得那桌底呈直角貼著兩片鏡子，背面藏著穿過地底密道前來的阿花胴體，算不上稀奇的魔術。儘管如此，我這毛骨悚然的預感是怎麼回事？是因表演者並非平常那溫和的魔術師，而是容貌教人不安的殘廢嗎？

漆黑背景前，一寸法師穿著高僧緋衣般的鮮紅小丑服，呈大字型站在那兒，腳邊扔著沾滿血糊的大板刀。他面對觀眾，無聲無息，卻滿臉笑意地大笑。但，那依稀可辨的聲音是什麼？那是不是殘廢裸露的純白牙齒上下打顫的聲響？

觀眾依舊悄然無聲，宛若目睹駭人景象似地彼此窺望。不久，紫緞子按捺不住，猛地站起，朝桌子走近兩三步。

「呵呵呵！」

突然間，女人暢快的笑聲響起。

「小不點表演得實在漂亮！呵呵！」

不必說，那是阿花的話聲。蒼白的頭顱在桌上大笑。

一寸法師忽然以袖子掩住頭顱，大步走到黑幕後方，只留下附機關的桌子。

看完殘廢精采絕倫的演出，觀眾好一會兒淨是嘆息。連魔術師也瞠目結舌，說不出話。但沒多久，「哇」的吶喊便震動整座小屋。

「抛起來！把他抛起來！」

有人這麼叫，他們成群結隊衝向黑幕後方。這些喝得醉醺醺的傢伙一個不小心絆住腿，骨牌般倒成一片。一些人爬起，又搖搖晃晃地跑過去。空掉的酒桶旁，僅剩睡著的人們像市場的死魚般東倒西歪。

「喂，阿綠！」黑幕後傳來某人的叫聲。

「阿綠，不用再躲了，出來啊！」又有人叫。

「阿花姊！」女人大叫。

沒有回應。

難以言喻的恐怖令我全身戰慄。剛才確實是阿花的笑聲嗎？莫測高深的殘廢會不會塞住地板上的逃脫機關，真的刺殺阿花，將她斬首示眾？難道那是死者的笑聲？愚蠢的雜技師不曉得名為八人藝（註）的魔術嗎？誰能斷定這怪物沒學過那種閉著嘴由腹中發聲，使死物說話的神奇技巧？

猛然回神，只見帳篷裡煙霧密布。要說是雜技師抽菸的煙霧，有些不對勁。我心中一驚，冷不防衝向觀眾席角落。

不出所料，赤黑火舌大口吞噬著帳篷的裙襬。火勢似乎早包圍四周。

我總算勉強鑽過燃燒的帆布，逃到外面的荒野。廣大草原上，白月光灑遍每一隅。我快步跑向附近的住家。

回頭一看，帳篷已延燒三分之一。當然，圓木鷹架和觀眾席的地板也燒了起來。

「哇哈哈哈哈哈哈哈哈！」

不曉得有什麼好笑的，我遠遠聽見酒醉雜技師在火焰中的瘋狂笑聲。

註　日本自古即有的一種表演，一人演奏八種樂器，或發出八人聲音等，腹語術似乎也屬於其中之一。但現今的腹語術系統與八人藝不同，受到歐美影響，據說在昭和十五年左右演出的川田義雄、古川羅巴、澄川久是腹語術的始祖。

那是誰？帳篷附近的小丘上，一道孩子般的人影背對月亮手舞足蹈。他燈籠似地提著如西瓜渾圓的東西狂舞。

我太過害怕，只能怔立原地，注視著那奇異的黑影。男子捧圓物到嘴邊，跺著地面啃住那西瓜般的東西。放開、咬住，放開又咬住，狀似愉快地不停舞動。

如水月光照得怪舞之影異常黝黑。連漆黑濃稠液體從男子手中的圓物、從他唇邊不斷地滴下的情狀，都能瞧得一清二楚。

〈跳舞的一寸法師〉發表於一九二六年

毒草

這是個晴朗的秋日。一名好友來訪，我們歡談一陣後，不知是哪方提議：「難得天氣舒爽，要不要出去走走？」由於我家位在城郊，我和朋友便到附近草原散步。

雜草叢生的原野，大白天依然秋蟲唧唧。草間流過約一尺（註一）寬的小河，處處小丘隆起。我們在一座小丘山腰坐下，眺望萬里無雲的晴空，或看著近在腳畔水溝般的小河，及岸邊目不暇給的各種小雜草，嘆息著「啊，秋天到了」，在同一個地方待上許久。

突然間，我注意到河岸陰濕處的一落植物。

「你曉得那是什麼嗎？」

我詢問朋友。他對自然風物毫無興趣，只漫不經心地答「不清楚」。但不管他多討厭花草，也一定會對這株植物感興趣。不，愈不關切自然的人，愈容易受其中的恐怖吸引。於是，我帶著賣弄的心理，說明起此種植物的用途。

「這叫XXX（註二），幾乎隨處可見，算不上含有劇毒，一般人認為它只是普通的花草，甚少留意，然而其實它是墮胎妙藥。從前沒這麼多藥品，提到墮胎藥，除此之外別無其他。古早接生婆所用的墮胎祕方，就是這種草。」

聽到這段話，不出所料，我的朋友興起極大的好奇心。他非常熱心地請教我究竟如何使用。我調侃他「看樣子你有急用」，仍多嘴地告訴他詳細方法。

「把這個摘下手掌寬，然後剝掉皮……」

我比手畫腳，講述這類帶有祕密色彩的事也十分有意思。我看著朋友佩服地不停頷首應和的神情，鉅細靡遺地解釋。

既然談及墮胎，朋友和我接著便聊到生育控制問題（註三）。身為現代青年的我們都贊成此一觀點，討論起來當然投機。只是，生育控制遭到誤用，不需要生育控制的有產階級紛紛實行控制，大部分的無產階級卻不知道這樣的運動。實際上，這附近就有貧民窟般的長屋（註四），每戶孩子都多到不像話。我們熱烈地探討這類事情。

交換意見的過程中，腦海不期然地浮現住在我家後面的老郵差一家。那家男主人在小鎮的三等郵局工作十幾年，月薪僅有少少的五十圓，中元和年節的津貼各不到二十圓，收入十分微

註一　一尺約為三十．三公分。

註二　乾燥的瞿麥種子、乾燥的酸漿地下莖、乾燥日本牛膝等都具有墮胎效果，作者應是從其中之一獲得靈感。但服用方法不同，應是亂步為預防萬一而加以改寫。

註三　大正初期，雜誌及書籍介紹美國生育控制主義者瑪格麗特．桑格（Margaret Sanger）的活動，生育控制與貧窮的關係遂漸受到熱烈討論。另外，這篇作品發表的四年前（大正十一年），桑格訪日，以此為契機，成立了日本生育調節研究會。

註四　數戶連成一長棟，大雜院式的日式傳統房屋。

薄。他是個嗜酒之徒，每晚飯後定要喝上一杯，但奉公守法，漫長的十幾年歲月，恐怕沒有一天缺勤。他已年過五十，似乎很晚婚，家中有六個麟兒（？），最大的十二歲。光房租每個月就得付上十圓，拮据至此，一大家子怎麼維持得下去？每到黃昏，十二歲的長女便小心翼翼地抱著五合瓶（註）去買老父晚餐要喝的酒，我天天都從二樓望著她那悲慘的身影。然後，剛斷奶的三歲男孩會以病懨懨的（恐怕是嬰兒歇斯底里吧）無力聲音哭上整夜。快滿五歲的姊姊腦袋和臉上長了腫包，可能是一到晚上就發癢作痛，一樣歇斯底里地哭叫。他們四十歲的母親望著這一幕，內心真不知是什麼心情，況且她肚裡又懷上五個月的身孕。不只郵差一家如此，他們的隔壁及屋後，同樣有著數不清的兒女成群的家庭。而廣闊的世間，還有更多比郵差不幸幾十倍的家庭。

我們不著邊際地聊著這些事，秋季短暫的白晝已進入日暮時分。原本蔚藍的天空轉為淡墨色，附近人家點起褐色燈火，像這樣坐在泥土地上，莫名感到寒意。於是我和朋友站起身，準備各自打道回府。就在此刻，先前背對的丘陵倏地傳來一股氣息，我不經意回過頭，只見以向晚天空為背景，那裡竟佇立一個木雕般的女人。霎時，在占滿視野的天空下，她宛如巨大的異形。然而，下一瞬間我便察覺那是比妖怪更驚悚的東西。那個化石般杵在原地的女人，就是我剛才所提，住在屋後的可憐郵差大肚子的老婆。

我的顏面肌肉彷彿僵住，當然根本打不出招呼。對方也雙眼空洞地望著別處，目光絲毫沒掠過我。不必說，這無知的四十歲女人一句不漏地聽見我們的談話。

我和朋友落荒而逃，沿途異常沉默，甚至沒好好道別。想像那番話意外遭到竊聽會造成什麼後果，我們——特別是我，完全嚇壞了。

回家後，我愈是深思便愈在意那名婦人，她肯定從我說明那植物的用途時便開始聽。我極其誇張地強調服用後能多輕鬆，且毫無痛苦地順利墮胎。兒女成群的孕婦聽在耳裡，會自然而然想到什麼？為了生下這個小孩，必須由捉襟見肘的家計中再擠出若干費用。都已近暮年，卻得抱著剛出生的嬰兒，揹著三歲的孩子，洗衣煮飯。幾乎每晚咆哮的老公，今後將更加暴躁易怒，五歲的女兒也會益發歇斯底里吧。凡此種種痛苦，透過一株不知名的植物便能安全去除……難道她不會興起這樣的念頭？

有什麼好怕的，你不是生育控制論者嗎？即使那婦人照你教的，暗中葬送一條多餘的生

註　合為容積單位，約〇・一八公升。五合瓶指容量約〇・九公升的酒瓶。

命，又如何稱得上是罪惡？理智雖能這樣想，卻難以安撫全身劇烈的哆嗦。我像是犯下恐怖的殺人罪，害怕不已。

我心虛到坐不住，在家中毛毛躁躁地來回踱步。爬上二樓，從看得見那片草原的緣廊遠眺陰暗的小丘一帶，但郵差老婆早不在那裡。明明沒必要，我仍衝下樓梯，還踩空兩三階，發出無意義的震天價響，或是匆匆套上木屐，打開門口的格子門又關上，如此反覆幾次後，終於不由自主地再次去到小丘下。

我在已瞧不清前方一間之處的昏黑中，滿懷驚懼，不斷回頭確定有沒有人監視，總算抵達那座小丘。灰色薄霧裡，一尺寬的黑河水潺潺流過。約一間遠的草叢中，不知什麼蟲格外清亮地鳴叫著。我渾身緊繃地尋找，很快發現周圍低矮雜草中，那株植物一枝獨秀地伸展出怪物般的粗莖與厚實圓葉，但仔細一看，一根莖半邊遭折斷，宛如失去單臂的殘廢，模樣莫名悲戚。

幾近完全的黑暗中，我膽寒佇立原地。眼前詭異地浮現出一幅情景：頂著一張醜臉、總像瘋子般披頭散髮的四十歲婦人，在我們剛才離去後，雙頰因可怕的決心抽搐著，慢吞吞走下山丘，伏地摘下那株植物。這是多麼滑稽，又多麼嚴肅啊。我因過度恐懼，差點哇地大叫，拔腿就逃。

接著幾天，雖然在意屋後那戶可憐的婦人，我卻強裝忘記這回事，也盡量不聽家人的閒言閒語。我一早便出門，流連各個朋友家，或看戲，或去寄席（註），盡量在外面混到晚上。然而有一天，我終於在自家旁的小巷冷不防碰上她。

她看到我，害羞地笑笑（那笑容看在我眼裡，是多麼驚悚啊），向我寒暄。披散的頭髮中駭然露出大病初癒似的蒼白臉孔，我愈不想看，視線愈往她的衣帶移去。雖在意料之中，我仍禁不住大吃一驚。那是一片飢餓瘦犬般，彷彿會攔腰斷成兩截的平坦小腹。

接下來，這故事還有一點後續。一個月後的某天，我偶然聽見祖母和女傭在房裡談論奇妙的話題。

「一定是流月吧。」祖母說。

「哎喲，隱居老奶奶您啊，呵呵呵……」女傭應道。當然，她實際笑聲沒這麼高雅。

「這不是妳自個兒講的嗎？先是郵差的老婆……」祖母似乎屈指數起來，「然後是北村家

註　日本一種大眾演藝娛樂場。

的阿兼、柑仔店的……叫什麼去了？對，阿類。喏，光這一町就有三人，所以本月肯定是流月。」

聽見這話，我內心不曉得鬆了多麼大口氣，世界彷彿剎那間完全不同。

「這就是人生嗎？」這句話莫名浮現腦海。

我步下玄關，忍不住再次前往那座小丘。

這天也十分晴朗，小陽春的天氣。無垠藍空中不知是什麼鳥，正暢快地繞著圈子飛翔。我毫不費工夫地找到那株植物。啊，怎會這樣？那株植物的每一莖幹，都從一半的地方被摘下，剩一身不忍卒睹的光禿殘骸。

或許是附近野孩子搞的鬼，又或許並非如此。至今我依然不知真相究竟為何。

〈毒草〉發表於一九二六年

覆面的舞者

一

那個不可思議的俱樂部，我是透過朋友井上次郎得知的。如同世上偶有的那種男人，他特別精通旁門左道，例如去哪戶人家便有辦法見到某位女星、哪條花街可看到淫穢圖片（註一）、東京第一流的賭場在哪條外國人街上等等，此外他還擁有許多足以滿足我們好奇心的知識。有一天，井上次郎來我家，斂容正色說：

「你自然不曉得，不過我們同伴間組有叫二十日會（註二）的特殊俱樂部，算是一種祕密結社，會員全是厭倦一切遊戲與娛樂的……唔，上流階級吧，生活相當富裕。宗旨是追求異於俗世的刺激，極為隱蔽，且名額固定，很少招收新會員。難得這次有個缺額，允許一人入會。看在我們的交情上，我來邀你，你意下如何？」

一如以往，井上次郎的話總勾起我莫大的好奇心。不用說，我立刻被說動，「那個俱樂部究竟都做些什麼事？」

他迫不及待地解釋：

「你讀小說嗎？外國小說中常出現奇特的俱樂部，好比自殺俱樂部（註三）。自殺俱樂部是有點過頭，但十分近似那類追求強烈快感的社團。每月二十日的聚會，必有形形色色教人驚歎連連的活動。若我說在現代日本舉行決鬥，你大概不怎麼相信，然而，二十日會甚至暗地進行過類似的節目，儘管不是真要賠上性命。有時，主持者的舉動幾近犯罪，像是煞有介事地唬弄他殺了人。由於演技太過逼真，大夥差點沒嚇破膽。另外，偶爾也不乏煽情冶豔的遊戲。總之，就是舉辦這類稀奇古怪的活動，體驗一般消遣無法品嘗到的冒險滋味，盡情享樂。如何？很有意思吧？」

聽完這番話，我半信半疑地反問：

「可是，這年頭真的存在那種虛構般的俱樂部嗎？」

「所以才說你不行。你不了解世界的全貌，這根本算不上什麼。東京還有更多可怕的東西，這世界沒你們這些君子想的那麼單純。簡單舉個例子，眾人皆知某貴族的沙龍裡播放著淫

註一　obscene picture，即春畫。

註二　此會名稱應是改自出版《大眾文藝》的二十一日會。二十一日會由白井喬二主持，除時代小說家以外，江戶川亂步及小酒井不木等亦是成員。

註三　羅伯特・路易斯・史蒂文森（Robert Louis Stevenson）於一八七八年所寫《新天方夜譚》（*New Arabian Nights*）中的一篇，描述有名青年誤入一個志願互斷性命的自殺俱樂部，為弗羅里傑爾王子拯救的冒險故事。

穢的電影，卻隱而不宣。然而，那不過是都會黑暗面的片鱗半爪，其實每個角落都潛伏著驚人的事物。」

我終究被井上次郎說服，加入祕密集會。實際見識後，他的話果真不假，不，簡直遠遠超出原先的想像。光形容為有趣並不恰當，毋寧說完全符合「蠱惑」一詞的定義，一旦涉足便沉溺其中、不可自拔，我壓根未曾興起脫會的念頭。會員共有十七人，當中堪稱會長的是日本橋一家大綢緞莊的老闆。與老實的生意人外表全然相反，他骨子裡極為變態，五花八門的活動大多出自他的點子。那人應該算是這方面的天才吧，每個提案都異想天開、古怪絕倫，包管讓會員歡喜無比。

會長綢緞莊老闆外，其餘十六人也各有怪癖。從職業來看，商人最多，其次是報社記者、小說家（全是響叮噹的人物），及一名貴族公子。而我和井上次郎一樣，只是一介商社的員工，多虧我們的父親非常有錢，加入如此奢侈的俱樂部，手頭也不感到拮据。忘了講，二十日會的會費有點昂貴，光一個晚上的聚會，每月就要繳五十圓，特殊活動還需加一倍，甚至是三倍的臨時費，單純的上班族恐怕消受不起。

我當過二十日會五個月的會員，換句話說，我曾參加五次集會。如同先前所提，這是個一加入便終生難以割捨的有趣俱樂部，我卻短短五個月就退出，豈不有些蹊蹺？這是有理由的，敘述我脫離二十日會的經緯，其實才是本故事的目的。

一切要從我入會後的第五次集會談起。假如有機會，我也想向各位介紹過去的四次集會，相信一定能滿足讀者的好奇心，可惜篇幅有限，只好作罷。

有一天，會長綢緞莊老闆井關先生造訪我家。像這樣登門拜訪，與每名會員培養感情，掌握大夥的個性來設計種種活動，是井關先生慣常的手法。透過此番努力，才能策畫出滿足所有人的活動。儘管擁有這般不尋常的嗜好，井關先生性格卻十分開朗，內子頗中意他，不時主動聊起他的事。且井關先生的太太也相當長袖善舞，不僅和內子，她與每個會員的妻子都非常要好，經常彼此走動作客。雖說是祕密結社，但並非做什麼壞事，會員的妻子也心知肚明俱樂部的存在。她們縱然不明瞭這是個什麼樣的俱樂部，也知道眾會員以井關先生為中心，每個月舉辦一次活動。

一如以往，井關先生搔著頭髮稀疏的腦袋，福神般地笑容不絕踏進我家客廳。他體態胖碩，五十開外，看似與那種幼稚的俱樂部沾不上半點關係。他規矩地在坐墊坐下，左右顧盼，然後壓低音量，與我商量有關俱樂部的事。

「這次我想辦場異於過往的活動，也就是舉行一場化裝舞會。配合十七名會員，我將邀請人數相同的婦人，在互相不清楚面貌的情況下，男女搭檔跳舞。嘿嘿，不錯吧？我會要求雙方盡力扮裝，不讓人一眼認出，然後依我所發的籤分組。簡單地說，箇中巧妙在於不曉得對方是誰。面具我會預先交給你們，請盡量徹底變裝，這也算是場競賽。」

這計畫頗有意思，我當然表示贊同。不過，我擔心配對的是怎樣的女人。

「你去哪找那些共舞的女人？」

「咈咈咈。」井關先生發出獨特的詭異笑聲，「別操心，我不會請來無趣人士，保證絕非賣笑女子。總之，我要讓眾人大吃一驚，講白就沒意義了。哎，女人的部分交給我吧。」

談話間，不巧內子送茶過來。井關先生似乎嚇一大跳，倏地正襟危坐，照樣不正經地傻笑起來。

「您倆聊得真開心。」內子別有深意地邊說邊泡茶。

「呵呵，在交換一些生意經。」

井關先生若無其事地解釋，向來是如此。商談完畢，井關先生便打道回府。當然，地點和時間早決定好了。

二

話說當天真是我生平的初體驗。我依照吩咐，細心變裝，備妥事先收到的面具，前往指定地點。

這時，我首度領略變裝是多麼有趣的遊戲。我特地拜訪認識的美術家朋友，外借品味獨特的古怪衣裳，還買來長長的假髮，雖然應該沒必要做到這地步，我甚至偷拿內子的脂粉上妝。瞞著家人悄悄變裝，簡直愉快得不得了。實際上，照著鏡子如馬戲團小丑般往臉上塗抹脂粉的心情，充滿異樣的神奇魅力，我總算明白女人為何會在鏡台前浪費那麼多時間。

總之，打扮完畢，我一身奇裝異服藏在人力車裡，趕在晚上八點的指定時刻前抵達祕密集會場所。

場地設在山手某富豪的宅第。車子開抵大門後，我便按事先約定，向守衛室裡的警衛打個暗號，沿漫漫石子路走往玄關。弧光燈的光芒將我詭譎的模樣長長地投射於路面上。

玄關站著一名侍者打扮的男子，想必是俱樂部僱來的，他沒有一絲驚詫，默默領我入內。

經過長廊，踏進西式大客廳，只見已有疑似會員的人，及即將共舞的女子，三三兩兩，或站或走，或坐在長椅上。朦朧燈光照得豪華寬闊的房間如夢似幻。

我在靠近入口的長椅坐下，環顧房間，想找出熟臉孔。但他們的變裝實在巧妙，近十名男會員竟如初識的人般，從身材到走路姿勢全然陌生。更不必提大家都掩著黑面罩，難以分辨。

姑且不論其他人，不管變裝再高明，我也不可能認不出老友井上次郎，所以我睜大眼睛四處尋覓。然而，即便進入另一間房，我也找不出他的蛛絲馬跡。這是個多麼神奇的夜晚啊。色調昏暗的銀黑大廳裡，幽幽反光的嵌木地板上，精心裝扮、戴著同款面罩的十七對男女，悄然無語，彷彿等待著接下來即將發生的某種異事，有人安靜佇立，有人蠢蠢欲動。

這樣的形容，各位或許會聯想到西洋化裝舞會，但絕非如此。儘管是西式房間，大夥都身穿洋服，不過這宅第屬於日本人，參加者亦為日本人，整體氛圍極為和風，感覺截然不同。

他們雖十分善於隱藏真面目，卻顯得太過樸素或粗野，與化裝舞會這名稱極不搭調。再者，婦人莫名嬌羞的模樣及那婀娜的姿態，與活潑的西洋女子實在相去甚遠。

我望向正面的大時鐘，指定時間已過，人數全都到齊，井上次郎不可能缺席。我再次睜大雙眼，細細審視每個人異樣的形姿。不過，儘管發現幾個疑似井上的人物，卻無法斷定究竟是哪一個。一襲黑白大格紋西裝、戴著同樣花紋獵帽的男子，肩膀線條很像井上。還有一身赤黑唐裝、戴著中國帽、特意垂條辮髮的男子，也十分肖似。但另一名穿著緊身黑襯衣，以黑絹包頭的男子，走路的樣子亦頗具那傢伙的神采。

大概是房內朦朧的光線影響判斷力，也可能如我先前所說，他們的變裝都相當高明。更重要的是，覆面混淆容貌的效果真是驚人。不消說，醞釀出這既奇妙又詭異情景的首要原因，便是臉上那塊黑布。

不久，剛剛那名玄關侍者走進充斥刺探和猜疑，上演著怪譎默劇的現場，以背誦的口吻說：

「讓各位久等，已屆規定時間，看樣子似乎是全員到齊了，接下來進入行程表上的第一個節目，跳舞。為決定舞伴，請把預先發給大家的號碼牌交過來，我會報出號碼，同號碼的人一組。聲明一點，非常抱歉，由於有些人不擅長舞蹈，請別將今晚當成舞會，只需配合音樂手牽手踱步即可，不必顧慮太多，儘管縱情享受。此外，搭檔配對後，為要助興，房裡燈光會全部熄掉，請留意。」

侍者應該只是複述井關先生交代的事，可是內容著實古怪。二十日會的活動雖然都十分瘋狂，但這不會有些過頭嗎？聽完此話，我不禁心生膽怯。

侍者逐一念誦號碼，我們三十四個男女像小學生般分成兩排，於是形成十七對男女搭檔。男人都不曉得誰是誰，更不可能知道女伴是什麼人。每雙舞伴在幽暗燈光下望著彼此的面罩，扭扭捏捏地窺伺對方的動靜。連好奇心旺盛的二十日會員，都有點裹足不前。

因號碼相同而站在我面前的女子，穿著黑色系禮服，臉覆傳統深色面罩，還加戴面具，乍看相當嫻淑，絲毫不適合這樣的地方。她究竟是何種身分？舞蹈家、女星，抑或良家姑娘？依井關先生先前的口氣，應不是藝伎之流，只是我心裡完全沒底。

瞧著瞧著，我漸漸感覺對方的身材似曾相識。雖然可能是錯覺，但我彷彿見過她。我直盯著對方，對方也一樣，熱心地觀察變裝為長髮畫家的我，一副百思不解的神情。

倘若留聲機的樂聲慢點響起，或電燈再晚些熄滅，恐怕我早識破這個後來令我驚悸的對象，可惜只差一步，大廳已陷入黑暗。

四下頓時一片漆黑，我無可奈何，或說總算鼓起勇氣，牽起對方的手。對方也將柔軟的手交給我。細心的主持人特意避開舞曲，播放安靜的弦樂唱片，不管懂不懂舞蹈的人都同樣成為門外漢，在大廳中開始旋轉。假如這裡有一絲光線，肯定極易分心，跳不下去，幸而主持人考慮周密，將場地弄得一片昏暗，因此無論男女都變得格外積極，最後紛亂的叩叩腳步聲，及無數喘息聲甚至直透天花板，大夥熱烈地翩翩起舞。

我和女伴原本也僅是手指遠遠交握，客氣地走步，接著卻慢慢靠近對方。她的下巴擱在我肩頭，我的手臂環著她腰際，彼此緊貼，忘情熱舞。

三

自出生以來，我從未經歷如此奇妙的心情。伸手不見五指的漆黑房內，在嵌木的平滑地板上，我們的腳步聲猶如敲擊樹皮的無數啄木鳥，叩叩踩出詭異的旋律。不適合伴舞，反倒透著陰慘的弦樂及鋼琴聲像由地底竄出。眼睛習慣後，隱約看得見天花板極高的大廳中，因黑暗更顯繁多的人頭鑽動。他們在各角落如巨人般屹立的粗大圓柱周圍若隱若現、交錯旋繞，那感覺真是弔詭，恍若一場地獄宴饗。

在這光怪陸離的情景中，我與一個似曾相識的婦人手牽著手跳舞，不是做夢，亦非幻影。我的心臟由於一種分不出是恐怖或歡喜的異樣感激烈跳動。

我百般猶豫，不知該以什麼態度面對她。假使她是賣笑女，無論怎樣的冒失都能允許吧，但她不像那類女人。那麼，她是以此為業的舞女之流嗎？不不不，這樣說來，她的氣質也太婉約，且幾乎不懂舞蹈。那麼，她是良家婦女，或是別人的妻子嗎？若是這樣，井關先生的做法實在周到，甚至可說是罪孽深重。

我忙碌地想著這些事，姑且隨眾人四處踱步。教我吃驚的是，漫步過程中，對方另一隻手竟大膽爬上我的肩膀。那並非諂媚，也不是年輕姑娘對情郎的態度，而是理所當然、沒半點躊躇的熟練動作。

湊上前的覆面幽幽傳來馥郁的氣息，擦過我的臉龐。她的柔滑絹服以超乎想像的嬌媚觸感與我的天鵝絨衣裳相互廝磨。她的舉動頓時刺激我，我們就像一對戀人般，持續無言的舞蹈。

另一件令我吃驚的是，暗中細看，其他舞者亦與我們相同，或比我們更放蕩，以絕非初識男女的方式共舞。這景象多麼瘋狂啊。不習慣這種事的我，忽然畏懼起陌生的對象，及在漆黑中狂舞的自己。

不久，大家差不多跳累的時候，留聲機的音樂戛然停止，侍者的話聲響起：

「各位，鄰房已備妥飲料，請暫且移步休息。」

隔間房門左右開啟，刺眼光線迎面射來。

眾舞者感激主持人的設想周到，卻依舊默默無語，一對對手牽著手，走進隔壁房間。雖比不上大廳，但亦十分寬廣，十七張小餐桌覆蓋純白桌巾，妥貼地排列。我和女伴在侍者帶領下，坐在角落的桌位。仔細一瞧，這裡沒有服務生，每張桌上都擺有兩只杯子和兩瓶洋酒。一瓶是波爾多白葡萄酒，另一瓶當然是為男人準備的，不是香檳，而是一種滋味難以形容的酒。

不一會兒，古怪的酒宴開始。由於嚴禁交談，大夥只能像啞子般默默斟滿酒杯喝光、再斟滿酒杯喝光。淑女們也勇敢拿起葡萄酒杯。

酒似乎很烈，醉意一下子湧上。我為對方倒葡萄酒的手猶如瘧疾發作地抖個不停，敲得玻璃杯緣叮噹作響。我差點吼出奇怪的話，急忙閉緊嘴巴。眼前的覆面女子一手輕輕掀起掩至唇畔的黑布，羞答答地啜飲。她大概也已醺醺然，暴露在外的美麗肌膚變得通紅。

我望著她，突然想起一個熟悉的人物。她脖子到肩膀的線條愈看愈像那人。可是，我所知的那人不可能來這種地方。一開始我覺得見過她，恐怕只是誤會。世上不乏容貌一模一樣的人，僅姿態相像，我不敢妄下判斷。

總之，無言的宴席上一片酒酣耳熱。儘管沒人出聲，但玻璃杯碰觸、衣物摩擦、不成句的話語迴盪室內。每個人都醉得十分厲害，那時侍者若晚些開口，也許有人會禁不住叫喊，或起身跳舞。然而，不愧是井關先生的安排，侍者出現在最恰當的時機：

「各位，享用美酒後，請回到舞池，音樂已放下。」

我豎耳聆聽，隔壁玄關傳來與先前截然不同、足以撩撥醉客心房的快活管弦樂，簡直幾近喧鬧。大夥像受音樂引誘似地魚貫返回大客廳，然後加倍瘋狂地跳起舞。

那天夜晚的情境究竟該如何形容？震耳欲聾的噪音、彷若暗黑中綻放的煙火的群起亂舞、毫無意義的怒吼，憑我的筆力實在描繪不出那種光景。不單如此，我也因四肢運動引發的深度醉意失去理智，幾乎記不得眾人及自己上演過什麼樣的狂態。

四

喉嚨乾得快燃燒，我忽然轉醒，察覺不是睡在自己的寢室。是昨天跳到倒下，被抬來這裡嗎？話說回來，這兒究竟是哪？定睛一看，枕邊觸手可及處有條呼叫鈴索。我只想著找人，剛伸出手，忽然發現香菸盤旁擺有一疊半紙（註），最上面的一張以潦草的鉛筆字寫了些東西。

我順著好奇心，不經意地讀起那難辨的假名文字：

「您真可惡，雖是酒後亂性，卻沒料到您竟如此粗暴。不過事已至此，說什麼都沒意義。我會當成一場夢忘掉，請您也將此事拋諸腦後吧。還有，千萬對井上保密，這是為彼此著想。我回去了，春子。」

我讀著讀著，睡昏的腦袋瞬間清醒，恍然大悟。「那個人……擔任我的舞伴的，原來是井上次郎的妻子？」一股難以言喻的悔恨快要掏空我胸口。

儘管喝得爛醉，我仍隱約記得昨晚的情況，當闇夜亂舞到達巔峰，侍者悄悄走近我們低語：

「車子已備妥，我帶兩位過去。」

我牽著女伴的手，隨侍者前行。（為何那時她會順從地任由我牽引？她也喝醉了嗎？）玄關停有一輛汽車，坐定後，侍者附耳交代司機「十一號」，是我們這組的號碼。

然後，大概就被載到這裡。接下來的事更模糊，幾乎沒什麼印象，但我似乎一進房間便卸

註　一種日本和紙，是將寬四十八公分以上的大張和紙裁半後的尺寸。

下覆面，於是對方「啊」地驚叫，突然倉皇想逃走。我能憶起這夢境般的一幕，只是當時我喝得爛醉，意識不出對方是誰。一切都怪酒醉壞事，直到看見這封信，我才驚覺她是朋友之妻。我是多麼愚蠢啊。

我害怕天明，我無顏面對世人。今後要如何與井上次郎相處，又該拿什麼臉見春子？我神色慘白地反覆思量，沉浸在無可挽回的悔恨中。追究起來，打一開始我便心存疑慮。雖經覆面和變裝，但她的模樣肯定是春子。我為何沒再進一步探究？在喝得分辨不清對方的相貌前，為何沒猜出她的真面目？

不過，縱使井關先生不知井上與我的友情，仍不得不說，此次的惡作劇過於脫離常軌。就算對象換成其他女子，這同樣是不可饒恕的計畫。他是出於什麼心態，才導演出如此惡劣的戲碼？春子也是，明明有井上這個丈夫，還與陌生男子在黑暗中共舞，甚至乖順地跟來這裡，我壓根沒想到她是這般浪蕩的女人。可是，這些說詞太自私自利，只要我不喝得爛醉如泥，就不會招來愧對世人的不愉快後果。

當然，那種難以排遣的不愉快怎麼描寫都不夠，我等不到天亮便離開那個地方。而後，我像個罪犯，擦去臉上的脂粉，以幾乎和昨晚相同的扮裝深深藏身車篷，踏上歸途。

五

回家後，我的悔恨只有更深，絕不可能淡去。雪上加霜的是，內子（這也難怪）稱病關在房裡，不肯見我。我在女傭服侍下扒著難吃的飯菜，悔恨之情倍增。

我打電話向公司告假，坐在書桌前發怔好半晌，睏倦卻毫無睡意。儘管如此，我也沒心思看書或做其他事，只茫茫然地為不可挽救的失策懊惱。

沉思之間，一個疑惑忽然浮上我腦海。

「且慢。」我思索著，「真有這麼愚蠢的事嗎？井關先生安排昨晚那樣的不倫豔遇頗為異常，且就算我喝得爛醉，竟直到早上都沒認出對方，豈不奇怪？當中是不是有讓我深信不疑的詭計？井上的妻子，那個溫柔婉約的春子參加舞會也教人難以置信。啊，對了，重點是那婦人的模樣，尤其是脖頸到肩膀的線條。這會不會是井關先生巧妙的陷阱？從花街柳巷找出一個覆面後容易混淆為春子的女人，應該不是難事。我該不會遭那替身虛晃一招？而中招的可能不只我，壞心眼的井關先生在別具深意的闇黑舞會裡讓每個會員吃上相同的苦頭，打算之後獨自捧腹大笑吧。沒錯，絕對是這樣。」

我愈想愈覺得所有狀況在在都證明這番推論。我舒展愁眉，一反消沉，詭異地竊笑起來。

我再次動身外出，預備趕往井關先生家。必須讓他瞧瞧我是多麼滿不在乎，好報復昨晚的事。

「喂，叫計程車！」我大聲命令女傭。

從我家到井關先生家不遠，車子一下就抵達他住宅玄關。我原本擔心他去店裡，幸好他在，我立刻被領進客廳。但探頭一看，這是怎麼回事？井關先生外，還有三個二十日會的會員在場談笑。謎底已揭曉了嗎？抑或只有這些人沒嘗到像我那樣的苦頭？我滿腹狐疑，卻沒忘記裝出愉快的表情，在為我準備的座位坐下。

「嗨，昨晚很愉快吧？」一名會員語帶調侃地說。

「嗳，我完全不行，你才是享足樂子吧？」

我撫著下巴，裝作滿不在乎地答道。我原要嚇唬他們，卻毫無效果，得到的回應怪異至極：

「但你們那對是我們當中最新的啊，怎麼可能不樂？是吧，井關先生？」

井關先生「哈哈哈」地笑著代替回答。情況有些詭異，可是我認為不能在此刻示弱，極力維持鎮定。可是，他們無視我，熱熱鬧鬧地繼續聊天。

「不過昨晚的主題確實出色，沒想到那些覆面女子竟是各自的老婆哪。」

「以為是寶箱，打開一瞧，竟是舊貨箱。」

然後他們齊聲大笑。

「當然，起初發放號碼牌時，就安排好讓每對夫妻拿到一樣的號碼吧，人數那麼多，真虧你沒弄錯。」

「弄錯可糟糕啦，所以這部分我格外謹慎。」井關先生答道。

「雖然井關先生事先向眾夫人照會過，卻沒料到她們竟然肯來。對方是自己老公無所謂，萬一她們食髓知味，和其他男人搞起這套，那就傷腦筋嘍。」

「興起危機感了，是嗎？」

然後又是一陣笑聲。

聽著這些對話，我再也待不下去。我肯定一臉鐵青吧，這下終於真相大白。井關先生雖說得自信滿滿，卻不知怎地，只有我弄錯對象。春子取代內子和我搭檔，我不幸碰上可怕的失誤。

「等等。」我忽然發現另一個恐怖的事實，冰涼的液體不斷從我腋下湧出。「那麼，井上次郎究竟跟誰搭檔？」

不用提，既然我和他的妻子共舞，他必是與我的妻子同舞。啊，內子跟那個井上次郎？我差點沒暈過去，好不容易才撐住。

話說回來，這是多荒謬的錯誤啊。我顧不得好好道別便逃出井關先生家，在車裡按著嗡嗡作響的耳朵，總覺得還有一縷希望，拚命反覆尋思。

當車子抵達家門時，我終於想起號碼牌的事。一下車，我立刻衝進家中書齋，從變裝用的衣服口袋掏出那枚號碼牌。仔細一瞧，上面以阿拉伯數字寫著十七，然而我清楚地記得我們昨天的號碼是「十一」。我懂了，這不是井關先生或任何人的疏漏，是我犯下不可挽回的過失。事前從井關先生那裡拿到號碼牌時，儘管井關先生再三叮嚀千萬不能弄混，我卻沒認真看，只在會場激情的氣氛中隨便瞥一眼，錯認1和7，在喊到十一號時出聲應答。可是誰料想得到，光搞錯號碼，竟會招致這樣嚴重的後果？如今，加入二十日會這種異想天開的俱樂部，真教我後悔不迭。

只不過，居然連井上也搞錯號碼，實在是命運弄人。恐怕是我在十一號時先應聲，他也誤信自己的號碼牌是十七號。何況井關先生使用的字體，非常容易混淆7和1。

對照自身的情況，我能輕易推測出井上次郎和我妻子之間發生過什麼事。內子壓根不曉得我變裝成何種模樣，且他們也和我相同，醉得像瘋子。最好的證據便是妻子關在房裡不肯見我的態度，再沒有懷疑的餘地。

我呆立書齋，失去思考的力氣。唯一烙印似襲向我腦袋的，恐怕是一生都不會消逝的，我對妻子、對井上次郎，及對井上之妻春子那唾棄萬分的感情。

〈覆面的舞者〉發表於一九二六年

飛灰四起

一

一眨眼的工夫，對方就像癱倒的泥偶，頹軟地趴倒在前方書桌上。一張臉迎面砸在桌上，教人擔心他的鼻梁會不會撞斷。而那黃皮膚與青桌布之間，正不斷湧出山茶花般鮮紅的液體。

這番騷動打翻鐵壺，巨大的桐木方火盆火山爆發似地飛灰四起，與手槍的煙霧交融，宛如濃霧般悶在房裡。

好似窺孔機關（註）的畫板一落，世界剎那間全變了樣。庄太郎益發感到不可思議。

「哎呀，這怎麼搞的？」他悠哉地心想。

但幾秒後，他意識到右手沉甸甸的。仔細一看，奧村一郎的小型手槍在自己手中發光。

「是我殺的。」他咽喉一下子鯁住，胸口彷彿開個大洞，心臟猛地上衝，下巴肌肉頓時麻痺，不一會兒，牙根便打起顫。

回過神，他首先想到的自然是「槍聲」。除去古怪的手感，他並未聽見任何聲響，但既然開過槍，就不可能沒「槍聲」，他擔心有人聞聲趕來。

他猛然起身，在房裡打轉，偶爾停步側耳傾聽。

隔壁房有個樓梯口，不過庄太郎沒勇氣靠近，老覺得隨時會有誰從那兒冒出。他走往樓梯，復又折返。

可是，待了片刻，依舊毫無任何人前來的跡象。另一方面，隨時間分分秒秒過去，庄太郎逐漸喚回記憶力。「我在怕什麼？樓下應該沒人啊。」奧村的太太已回娘家，幫傭的老婆子在他上門前，不也已經派去相當遠的地方辦事？「等等，萬一附近鄰居……」庄太郎總算恢復冷靜，從屍體前大開的紙窗探出半張臉窺視。隔著寬廣的庭院，看得到左右鄰家二樓。一家似乎乏人留守，防雨窗緊閉，另一家門戶大敞的客廳裡也空無一人。正面穿過繁茂的樹林，圍牆彼端是片草原，隱約能瞧見幾名青年在投球。他們毫不知情地沉迷於遊戲，棒子擊中球的清脆聲音響徹秋空。

發生如此嚴重的大事，世界卻滿不在乎，兀自靜寂，讓他莫名地難以忍受。

「我會不會是在做夢？」他禁不住懷疑。然而回頭一看，染血的死者像可怕人偶般沉默不

註　寬約一公尺的道具箱，前方有數個透鏡窺孔，望進箱中可見放大的畫，繩索一張張拉起畫，呈現一篇故事，是種街頭表演裝置，直到昭和初年都還經常出現在祭典上。

語。那情景顯然不是夢。

不久，他忽然察覺一點。現下正值秋收季節，驅趕雀鳥的空砲聲在附近農地此起彼落。剛才與奧村談話時，甚或情緒激動之際，他也不時聽見那些聲響。他射殺奧村的槍聲，聽在遠處人們耳裡，想必就像驅趕雀鳥的槍聲。

家裡沒人，且槍聲並未引起疑心，順利的話或許能逃過一劫。

「快點、快點！」

耳底彷彿有座大鐘不停鳴響。他把手槍扔到屍體旁邊，躡手躡腳地走向樓梯。才踏出一步，庭院隨即傳來「啪」的一聲，樹枝沙沙作響。

「有人！」

體內湧起嘔吐的衝動，他回望聲源，卻沒瞧見預期的人影。剛剛那究竟是什麼聲音？他難以判斷，毋寧說是根本沒心思辨別，瞬間只呆愣當場。

「在庭院！」

外頭草原傳來叫喊。

「裡面嗎？我去拿！」

這耳熟的嗓音是奧村讀中學的弟弟。他想起窺探草原時，曾瞥見奧村二郎揮舞球棒。

沒多久，快活的腳步聲伴隨木門打開，二郎在草叢間走來走去，甚至是喘噓噓的呼吸聲，庄太郎彷彿都歷歷在目。或許只是他的感覺，但二郎費好一番工夫找球。二郎悠哉吹著口哨，窸窸窣窣遍翻不停。

「找到了！」

不一會兒，二郎突然大叫，庄太郎嚇得彈起。接著，二郎看也沒看二樓，便朝外頭的草原奔去。

「那傢伙一定曉得這房內發生什麼事，卻故作一無所知。他假裝找球，其實是來刺探二樓的情況。」

庄太郎忍不住這麼想。

「可是，就算那傢伙對槍聲起疑，應該也不清楚我到訪。我抵達前，他就在那邊玩耍。有杉林遮蔽，從草原難以窺伺這房間的情形，即便看得見，隔著那麼遠的距離，不可能看出我是誰。」

他同時思索著。為了確認，他半張臉探出紙窗，覷向草原。二郎揮著球棒奔跑的背影穿梭在樹林間，返回原位後，立刻若無其事地玩起擊球遊戲。

「不要緊、不要緊，那傢伙啥都不知。」

庄太郎沒有餘裕嘲笑剛才愚蠢的妄想，硬要自己放心地重複著「不要緊」。但不能繼續磨蹭，還有第二個難關等著他。誰能保證平安離開前，出去辦事的老婆子不會回來，或撞上其他訪客？他倏然想到這點，急忙跑下樓梯。可是跑到一半，腳就不聽使喚地咚咚跌下，本人卻壓根毫無所覺，蓄意似地開得玄關格子門乒乓響，好不容易成功到達大門。

剛要踏出大門，庄太郎赫然停步，他發現一個嚴重疏漏。在如此危急的狀況下，竟能注意到這種細節，事後他也屢屢感到不可置信。

他平素便自報紙的社會新聞上學習到指紋的重要性，甚至擅自誇大指紋的效用。剛才的手槍肯定留有他的指紋，即使其他方面順利解套，單一枚指紋便足以揭發他的罪行。這麼一想，他無論如何都無法就此離去。再次折返二樓簡直是不可能的任務，不過他咬定牙根，鼓起渾身勇氣重回屋內。他的雙腳像義肢般麻痺，每邁出一步，膝頭就抖個不停。

他怎麼走上二樓，怎麼擦拭手槍，又是怎麼來到大門的，事後回想，他一點記憶也沒有。

幸好門外沒有行人。這一帶是郊區，只有幾棟深宅大院零星座落，大白天經常杳無人跡。

庄太郎幾乎失去思考能力，失魂落魄地穿過鄉間小徑。快點、快點，這樣的催促宛若時鐘的滴答聲不絕於耳地響著。儘管如此，他的步調卻沒加快，乍看就像在悠閒漫步。實際上，他猶如夢遊病患，甚至沒意識到自己在走路。

二

當下怎麼會開槍？雖說是一時失手，但實在太意外。自己竟是恐怖的殺人凶手，庄太郎認為這簡直是狗屁倒灶，難以置信。

事實上，庄太郎與奧村一郎為一名女子反目成仇，彼此間的不滿加速攀升，動不動就為無聊小事爭得面紅耳赤。雙方絕不會觸碰問題核心，反倒周邊的零星瑣事總挑起爭端，以致他們幾近失控地交惡翻臉。

更糟糕的是，一郎算是庄太郎的資助者。窮畫家庄太郎缺少一郎的援助，生活便無以為繼。他壓抑著無法言喻的不快，再三跨過情敵的門檻。

這次的導火線也是錢。一郎異於過往，義正辭嚴地拒絕庄太郎的借貸請求。承受一郎露骨的敵意，庄太郎怒氣攻心，覺得在情敵面前搖尾乞食的自己真是窩囊。同時，明知庄太郎的心情，卻利用本身優勢在無關痛癢處發洩私欲的一郎，也讓庄太郎恨之入骨。一郎堅稱沒義務借錢給庄太郎，然而，庄太郎認為一郎長期以資助者的身分自居，使他不知不覺地期待一郎給予物質援助，如今哪有不借錢的道理？

爭執愈演愈烈。他們明白重點根本不在此，卻不得不為下流的金錢糾紛針鋒相對，於是心底益發難受。假如當時桌上沒那把手槍，應不致演變成這種局面。不巧一郎平日就對槍械興趣濃厚，加以附近屢屢發生強盜案，他為防身，預先填充子彈，直接擺上書桌。庄太郎便是抄起那把槍，衝動地射殺對方。

話說回來，庄太郎記不起究竟是受什麼刺激拿起手槍，又怎會扣下扳機。平常的庄太郎，不管吵得再凶，也絕不可能興起槍殺對方的念頭。該算一時失手，抑或鬼迷心竅？實在難依常識判斷。

但庄太郎殺人已是明擺著的事實。眼前只有兩條途徑：毅然決然地自首，或徹底佯裝不知情。庄太郎走上哪條路？如同讀者所推論，不用說，他選擇了後者。倘若現場留下能追查出他犯案的蛛絲馬跡，他也不會心生這樣的妄念吧。可惜沒有任何證據，連個指紋都找不到。他回租屋處後，整晚反覆思量，最後決定裝成與此事毫無瓜葛。

順利的話，警方或許會斷定一郎自殺。再退一步，即便無法排除他殺嫌疑，又能拿什麼質疑庄太郎是凶手？當場並未遺留線索。不僅如此，根本沒人曉得那時庄太郎在一郎房裡。

「噯，有啥好擔心的？我總是僥倖得很。過去我不也做過許多形同犯罪的壞事？從未遭到揭穿啊。」

沒多久，他已能這樣自我安慰。一旦放下胸中大石，與殺人截然不同的榮華人生倏然浮現心頭。仔細想想，多虧這場意外，他出乎意料地能獨占兩人爭奪的那名女子。由於社會地位和資產差距，女子多少較傾心一郎，而今對手已不在人世。

「噢，我是何其幸運！」

夜晚，被褥之中，庄太郎一反白晝的憂慮，變得格外樂觀。他包裹在又薄又硬的棉被裡，望著天花板的縫隙思念心上人。無與倫比的璀璨色彩、舒適的芳香，及柔和的音樂占據他的心。

三

不過，他的安心畢竟只裹在被窩中。隔天早上，刊登駭人報導的報紙，首先拜訪幾乎整夜沒睡的他。但讀過內容後，他頓時輕鬆不少。報紙以跨兩欄的大標題報導奧村一郎的慘死，也簡單記述驗屍的情形。

「……由彈痕位於前額中央，及手槍掉落位置等，研判死者並非自殺，相關當局已循他殺方向追緝凶手。」

大意如此的兩三行文字鮮明地烙印在庄太郎眼中。他看到這一段，彷彿憶起什麼急事，突然跳出被窩。但爬起來又能如何？轉念一想，他鑽回床上，好似身旁有驚悚的東西般，以棉被蒙住頭，蜷縮身軀不敢動彈。

一小時後（這段期間他處於怎樣的活地獄，就交由讀者自行想像吧），他匆匆起身，更衣出門。經過飯廳時，房東太太向他打招呼，但他不知是否沒聽見，並未回話。

他宛如受到某種牽引，倉促趕往心上人的住所，此時不去找她，或許再沒機會見面。然而，在電車中搖晃一里（註）的路程造訪，等待他的又是可怕的懷疑目光。她自然知道這起命案，且按平日的觀察推測，難免對庄太郎心存疑慮。事實或許並非如此，但庄太郎心裡有鬼，只能這麼看待。且庄太郎那恍若被逼上絕路的野獸模樣，嚇得對方臉色瞬間鐵青。

兩人難得相見，卻無法像樣地交談。庄太郎瞧出對方眼中的困惑，便再也按捺不住，椅子還沒坐暖就告辭。他漫無目的地在街上徘徊，不管逃到哪裡，這短短五尺之軀都無處躲藏。

日暮時分，庄太郎累得筋疲力盡，只有返回租屋。房東太太詫異地盯著短短一天瘦成重症病患的他，戰戰兢兢地遞給眼神狂亂的他一張名片，說明對方曾在他外出時來訪。名片上印著「○○警察署刑警　○○○○」。

「哦，刑警竟找上這兒，真是笑死人，哈哈……」

無意義的話脫口而出，他放聲大笑，表情卻完全不是那麼回事。那異常的態度惹得房東太太更為驚恐。

那天晚上直到深夜，庄太郎幾乎都處在失魂落魄的狀態。他的心情十分古怪，似是無事可

註　一里約三・九二七三公里。

想，又彷彿有太多事要想，不知該從何思考起。但沒過多久，「夜晚的樂觀」一如往常地造訪他，他多少恢復了些思考能力。

「我究竟在怕什麼？」

仔細想想，白天的焦躁根本毫無意義。縱使奧村一郎斷定為他殺、心上人起疑，或刑警偵探找上門，他也未必有罪。他們不是沒任何證據嗎？那純粹是猜測罷了，搞不好只有他在疑神疑鬼。

但是絕不能就此放心。確實，沒人會射擊額頭正中央自殺，莫怪警方斷定為他殺。那麼，勢必需要一個凶手。既然現場找不出證據，肯定會調查欲置被害者於死地的人。奧村一郎平日鮮少樹敵，除庄太郎外，還有誰希望他離開人世嗎？不巧，他的弟弟奧村二郎非常清楚兩人的戀情糾葛。誰能保證二郎不會向警方洩密？說不定今天的刑警就是聽過二郎的話，抱著十二分懷疑來訪。

庄太郎愈是深思愈覺得無路可逃。可是，我果真已走投無路，沒辦法突破這道難關嗎？整個晚上，他絞盡腦汁，異常的興奮使他腦袋再敏銳不過，各式各樣的狀況在眼前浮現又消失。

某一剎那，他描繪出殺人現場的幻影。那兒有額頭流出膿血倒下的奧村一郎，有閃閃發光的手槍，有煙霧，桐木火盆的火架子上有潑出熱水的鐵壺，有濛濛籠罩的漫天飛灰。

「飛灰，飛灰……」

他在心中不斷默念，感覺裡頭有什麼線索。

「飛灰、桐木大火盆、火盆中的灰……」

突然間，他想到某件事，慘澹黑暗中燃起一線光明。那或許是罪犯經常陷入的荒唐妄想，也可能是旁觀者眼中不值一顧的愚蠢主意。然而，對庄太郎來說，這點子如天籟福音般可貴。他反覆思量，最後決定付諸實行。

下定決心後，前兩天的失眠使他陷入驚人的熟睡。直到隔天中午，他都像灘爛泥，不省人事。

四

等到隔天，終於要付諸實行時，他再度畏縮不前。大馬路上傳來快活的玄米麵包叫賣聲、汽車喇叭聲、腳踏車鈴聲，炫目的白晝陽光照在紙門上，與他黑暗的計畫相比，每樣事物顯得多麼健康光明。在如此快活坦蕩的世界裡，他真能實現那異常的點子嗎？

「我不能退縮，昨晚不是通盤想透，狠狠下定決心了嗎？此外別無他法。此刻不該猶豫，不執行計畫就等著上絞刑台吧，更何況失敗也沒損失。行動，行動！」

他振作起身，慢慢上完廁所，用餐後故意悠閒地讀報紙，帶著平常出門散步的心情，吹著口哨踱出租屋。

之後的一小時間，他到什麼地方、做什麼事，讀者接下來自然會明白，這裡就略去不表，方便起見，直接從他拜訪奧村二郎講起。

且說，在奧村二郎家，發生命案的同一間房裡，庄太郎與死者的弟弟二郎相對而坐。

「那麼，警方找出嫌犯了嗎？」庄太郎致哀後問道。

「不清楚。」中學高年級的二郎明顯流露敵意，直瞪著對方回答，「我想大概查不出來，根本沒證據啊。就算有可疑人物，也拿他沒辦法。」

「看來十之八九是他殺。」

「警方是這麼判斷的。」

「雖說沒留下證據，這房間可曾徹底勘驗？」

「那當然。」

「我在書上讀過，任何犯罪必定有跡可循，關鍵只在肉眼能否發現而已。例如，即使某人進入這房間，未移動任何東西就離去，起碼榻榻米上的灰塵等，多少會發生變化。因此作者主張，透過縝密的科學檢驗，再精巧的犯罪都能揭發。」

「…………」

「還有一點，人類在搜尋東西時，注意力多集中在目光不及處，像房間角落或擺設後面，反而常漏失近在眼前的大型物品。這心態相當有意思，於是一些情況中，最高明的隱藏手法，就是大剌剌地放在一眼可見的地方。」

「那又如何？現在根本不是悠哉談這種理論的時候。」

「我舉個例子，」庄太郎慎重地接著說，「誰會注意到位在房中央，最容易瞧見的火盆？尤其是盆裡的灰燼。」

「好像沒人關注過。」

「我想也是，火盆的灰燼極易受忽視。可是你剛才提到，令兄遇害時，火盆附近灰燼散落一地，想必是遭傾倒的壺水濺起的吧。問題是鐵壺怎會傾倒？其實，在等你的空檔，我找到一樣奇妙的玩意。喏，你看。」

庄太郎拿火鉗攪動盆內，很快挾出一顆骯髒的球。

「這球為何藏在灰裡？你不覺得不對勁嗎？」

二郎見狀吃驚得瞪大雙眼，浮現幾許不安的神色。

「好怪，那種地方怎麼有球？」

「很匪夷所思吧，我剛得出一個推論。令兄亡故時窗戶關著嗎？」

「不，書桌前開了一扇。」

「能否這樣推測？由於殺害令兄的凶手（假設真有此人）觸碰，致使壺內的水潑出，或者窗外飛進什麼東西打中鐵壺。後者是不是比較自然？」

「那麼，球是從外頭飛進來的？」

「對啊，既然掉在灰裡，如此想才妥當吧。話說回來，你經常在後面草地投球，令兄去世那天也是嗎？」

「嗯，」二郎益發顯得侷促，「但球不可能飛到這裡。雖然一度越過圍牆，卻撞到杉樹掉下，我也確實撿回，一顆球都沒少。」

「哦，球飛過圍牆，你們是拿棒子擊球的吧。可是，會不會那時球並未落地，反而穿過杉樹飛到這兒？你有沒有記錯？」

「沒那回事，我在最大的杉樹下撿到球後，球便不曾飛越圍牆。」

「那麼，球上有任何記號嗎？」

「不，沒有。球一飛過圍牆，我立刻進來找，發現就落在庭院裡，不會錯的。」

「其實你撿到的並非當時擊出的球，而是以前掉在那裡的，這種情況也不無可能。」

「或許吧，但還是不對勁。」

「既然火盆裡有球，且當時鐵壺恰好傾倒，只能這麼推斷。你是不是經常把球打進庭院？該不會有時因雜草叢生沒找到？」

「我不記得了……」

「然後，最重要的，球飛過圍牆的瞬間，是否與令兄遇害的時點一致？」

二郎似乎赫然一驚，臉色大變，支吾一會兒總算開口：

「仔細回想，確實碰巧一樣。奇怪，真奇怪。」

他說著坐立難安起來。

「這不是偶然，很難有那麼多巧合撞在一起。」庄太郎得意洋洋地說，「首先，你們擊球過牆、球落入灰燼及飛灰四散，不都發生在令兄遇害的那段時間？說是湊巧，也巧過頭。」

二郎直瞅著同一個地方，陷入沉思。他臉色蒼白，鼻頭汗珠點點。庄太郎悄悄為計畫奏效而欣喜，他心知擊出球的不是別人，就是二郎本人。

「你猜到我想說的話了吧。那一刻，球穿過杉林間，從紙窗襲向令兄。你也曉得令兄酷愛槍械，他正玩賞著填有子彈的手槍。球大概恰好打中他扣住扳機的手指，於是他等同親手射穿自己的額頭，我曾在外國雜誌讀過類似的命案。接著，球彈到東西，連帶撞翻鐵壺，掉入灰裡。由於球勢極猛，當然就深埋其中。前述只是假設，但機率不是相當大嗎？如我剛才所提，過度湊巧的種種吻合，不就證明這番解釋？倘若像警方說的，真找到凶手便另當別論，萬一查不出，只能把我的推測視為事實。喏，你不這麼想嗎？」

二郎根本無法回話，從剛才就僵硬地盯著同一處，神情猙獰而苦悶。

「話說回來，二郎，」庄太郎算準時機使出殺手鐧，「當時擊球過牆的究竟是誰？你朋友嗎？那人也真是罪過。」

二郎依舊沒答腔。定睛細看，他睜得老大的眼角湧現閃閃淚光。

「用不著過分擔心。」庄太郎見好收手，「縱使我推究得不錯，那畢竟是場意外。就算揮出球的是你，也是莫可奈何的事，絕非打者害死令兄。啊，我在講什麼無聊話？你可別生氣。那麼，我下去向令姊致哀，你別再多想。」

而後，庄太郎神采飛揚地走下先前狼狽摔落的階梯。

五

庄太郎異想天開的計畫居然順利成功。看那情形，二郎肯定會承受不住，馬上把信以為真的結論告訴警方。即使警方先前視庄太郎為嫌犯，只要有二郎的供詞，便能立刻洗清他的嫌疑。他捏造的推理真實性再充分不過，足以讓警方釋放單靠狀況證據推斷出的嫌犯。不僅如此，這番話出於深信自己誤殺親兄的二郎口中，效果更加逼真。

庄太郎已完全放下心頭憂慮。接著，他料定昨天的刑警遲早會再上門，便滴水不漏地進行沙盤推演，屆時好應對如流。

隔天中午過後，〇〇警察署刑警〇〇〇〇果然登門造訪。房東太太悄聲說「是上次的人」，把名片擱在桌面，庄太郎從容應句「這樣啊，沒關係，請他上樓吧」。

不久便傳來刑警爬階梯的腳步聲。奇怪的是，足音並非一人，像是有兩三個人。「真怪。」庄太郎納悶著，一名疑似刑警的男子出現在他面前，身後竟緊跟著奧村二郎。

「看樣子，他已把那件事告訴警方。」

庄太郎差點露出微笑，好不容易才憋住。

但尾隨二郎的商賈模樣男子究竟是誰？庄太郎覺得好像在哪兒見過他，只是想破頭仍記不起碰面的情景。

「你是河合庄太郎嗎？」刑警語氣蠻橫，「喂，掌櫃的，就是這個人吧？」

於是，被稱為掌櫃的男子隨即點頭，「是，沒錯。」

庄太郎心頭一驚，忍不住站起身。他瞬間領悟，眼前已是窮途末路。話說回來，計畫怎會這麼快敗露？不可能是二郎識破的。擊球的是他，不僅時間一致，且窗戶恰好開著，連鐵壺都打翻，他是如何識破這逼真的詭計？必定是庄太郎露出破綻，但那究竟是什麼疏漏？

「你好歹毒，我幾乎上當了！」二郎生氣地吼道，「不過真是遺憾，你耍那種小手段，反倒製造出不動如山的證據。那時我沒發現，實際上擺在房裡的火盆，和家兄遇害時的不同。你滔滔不絕地談論飛灰，怎會沒注意到這點？這一定是天譴。由於進水，灰完全凝固，不能繼續使用，老婆子早換來新火盆。盛上灰後，盆子一次都未用過，沒道理埋進什麼球。你以為我家只有一個同款式的桐木火盆嗎？我昨晚才察覺此事，你的奸計實在教人膽寒，居然編得出那種莫須有的意外。我納悶著球為何會掉入當時不在房間的火盆，再仔細推敲，你話裡有些難以信服的地方，所以今早我連忙通報刑警。」

「町裡販賣運動器材的店沒幾家，一下就找著。你對這掌櫃沒印象嗎？昨兒個白天，你不是向他買了顆球？然後，你把球弄得骯髒老舊，再塞進奧村家的火盆裡，對吧？」刑警不屑地說。

「親手放進去，再自己找出來，簡直易如反掌。」二郎大笑。

庄太郎不折不扣地上演一齣「罪犯的愚行」。

〈飛灰四起〉發表於一九二六年

火星運河

又來到這兒，這想法蘊含的陰森魅力令我戰慄。銀黑覆蓋整個世界，恐怕聲音、氣味，甚至觸覺都從我軀體完全蒸散，只剩羊羹般膠稠深沉的色彩圍繞身邊。

積亂雲般漆黑層疊的樹葉在頂上悄然無聲，黑褐巨大樹幹由那兒形成瀑布傾注地上，如閱兵式軍隊延伸至極目所見之處，消失在深不可測的黑暗中。

我一點也不清楚層層樹葉形成的暗雲上方，閃耀著怎生和煦的陽光，或颳著怎樣凜冽的寒風。我只曉得自己漫無目標地走在無垠森林中的單調事實。不管怎麼走，足夠數人圍抱的粗壯樹幹仍連綿不斷，來來回回，景色絲毫不變。腳底是有森林以來，數百年落葉積累而成的濕氣軟墊，每踩一步便滋滋作響。

聽覺缺席的幽冥國度，彷彿一切生命都死絕，又讓人發毛地感覺整座森林充塞盲目的魑魅魍魎。我能想像如蛇的水蛭從漆黑天花板雨絲般注入衣領，視野中沒有任何東西在動，但背後或許有水母般詭異的生物扭動著彼此推擠，合唱無聲的大笑。

黑暗與棲息其中的事物固然教我害怕，這座無窮森林更帶著深不見底的恐怖逼迫著我。那就像甫出生的嬰兒畏懼寬廣的空間，我不禁縮緊手腳，驚惶顫抖。

我好不容易忍住沒大喊「媽媽，我好怕」，掙扎著盡快逃離這個黝暗之地。

但我愈是掙扎，森林的陰影愈是深濃。我已在這兒走上數年，或數十年了！此處沒有時間，沒有日暮，也沒有黎明。我啟程是昨天的事，還是幾十年前的往昔？連這點都曖昧不明。

忽然間，我懷疑起自己將永遠畫著巨大圓圈，在這座森林裡走下去。比起外界的任何事物，我更害怕步伐的不確實。聽說有個旅人因右腳與左腳差距短短一寸，便在沙漠中不停兜圈子。沙漠待雲霧散去便有太陽，也有星辰吧。可是在暗昧森林裡，再怎麼等待都不會出現指標，這是終極的恐怖。此刻心底油然而生的懼怕，究竟該如何形容？

自出生以來，我嘗過無數次相同的恐懼。然而，每回這種無法言喻的膽戰心驚，及伴隨出現的若有似無依戀，都只有增加，絕不會減少。這樣的事不斷重演，不可思議的是，我壓根不記得何時何地進入，又是打哪兒離開的。次次皆是全新的恐怖，壓縮著我的靈魂。

我這個豆粒般渺小的人，在巨大的死亡幽暗中流汗喘息，只是不停地走。

忽地定神一看，我周圍逐漸瀰漫異樣的幽明。那就像打在布幕上的幻燈光線，是不屬於此世的光明，但隨著前行，黑暗確實退往後方。「怎麼，原來這兒就是森林的出口啊。」我怎會忘記？怎會像將永遠囚禁在那兒的人一樣震顫惶惑？

儘管有種在水中奔跑般的抵抗感，我仍漸趨光明。距離愈近，森林的邊緣顯現，令人懷念的天空露臉。可是，瞧那顏色，那真是我們的天空嗎？另一頭的東西又是什麼？啊，我果然還無法走出森林。

我以為是盡頭的地方，其實是叢林正中央。

那裡有塊直徑約一町（註）的圓形沼澤，周圍一點空地也沒有，緊緊挨著樹林。無論望向何處，彼端皆是伸手不見五指的漆黑，看來沒有比我方才走來更淺的森林。

我多次迷失林中，卻壓根不曉得有座沼澤。因此乍離森林，立於沼岸時，景色之美讓我一陣頭暈目眩，像是萬花筒一轉，發現一朵幻怪之花。然而，這兒沒有萬花筒的繽紛色彩，天空、森林或沼澤皆然，天空是異世界的銀黑，森林是暗淡的綠與褐，沼澤僅僅倒映出這些單調的色彩。儘管如此，這份絕美究竟是何者的傑作？是灰白的天空色彩？是形狀詭異，猶如蓄勢待發的巨大蜘蛛的枝椏？抑或固體般一逕沉默，在無限深淵倒映天空的沼澤景色？這些自然都是，但還有個難以捉摸的原由。

是因這世界無聲、無味，甚至沒有觸感，且聽覺、嗅覺、觸覺全部集中於唯一的視覺所致？這倒沒錯，可是仍有其他緣故。天空、森林和水看起來是不是殷殷企盼著什麼人，幾欲爆發？它們貪婪至極的情慾，是不是快要化為水花噴濺而出？只是，這為何會如此深深撩撥我的心？

不經意地，我將視線移往自身那令人詫異的裸體。一瞥見是豐滿的少女肉體，而非男人的軀體時，頓時遺忘我曾是男人，理所當然地揚起微笑。啊，就是這副身軀！我高興到心臟幾乎要蹦出喉嚨。

我的肉體（神奇地與我情人維妙維肖）美得多麼值得讚歎！如油亮假髮般豐盈健康的黑髮、似阿拉伯馬般精悍活潑的四肢、同蛇腹晶潤剔白的膚色，我以這身肉體征服多少男人！在我這個女王面前，他們是如何卑微地俯首稱臣！

一切終於豁然開朗，我漸能領悟這奧妙的沼澤之美。

「噢，你們該有多期盼我的到來。幾千年、幾萬年，天空、森林和沼澤，你們只為這一刹那苟延殘喘。久等了！來吧，我實現你們熱烈的願望！」

這片美景本身並不完全，它們這副模樣是為襯托而存在。如今我以一個所向披靡的明星的

註　一町約一〇九公尺。

姿態，現身於它們面前。

在幽暗森林包圍無底沼澤的深灰世界裡，我的雪白肌膚尤其調和閃耀！這將是場何等精采的浩大戲碼，何等深不可測的美！

我邁入沼澤，靜靜游向座落在中央與水同樣黝黑的岩石。水不冷也不暖，油般黏膩，手腳划過的地方雖掀起波紋，卻寂然無聲，沒遭遇任何抵抗。我在胸口推出兩三道靜謐的漣漪，像隻純白天鵝划過無風的水面，無聲無息地前進。不久，我抵達中央，爬上黝黑滑膩的岩石。我的模樣應該就如在平靜海面舞蹈的人魚吧。

現下，我筆直挺立於岩上。噢，多麼得美。我仰望天空，窮盡肺臟力量，發出煙火般的呼嘯。胸部與喉嚨的肌肉彷彿無限延伸，凝聚一點。

接著，我極端地運動肌肉。啊，這幕景象精采絕倫。我就像扯成兩段的日本錦蛇般死命翻滾。那是尺蠖、毛蟲、蚯蚓的垂死運動，是為無盡快樂或無盡痛苦瘋狂掙扎的野獸行為。

跳累後，為滋潤喉嚨，我跳進黑水。在胃部能容納的極限範圍內，喝下汞般沉重的水。

接著，我不住狂舞，卻仍覺得哪裡不滿足。不止我，周圍的背景也奇異地未曾放鬆，彷彿殷切期盼著更進一步。

「對了，一點紅。」

我赫然想到，這絕美畫面中尚欠缺一點紅。若能加上，便是錦上添花。深不見底的灰，光輝燦爛的雪肌，再配上一抹紅，將產生無與倫比的畫龍點睛之效。

話雖如此，我要上哪找紅色顏料？縱然尋遍這座森林的邊境，也不見半朵山茶花綻放。除去那些無盡聳立的蜘蛛樹，沒有他種樹木。

「等等，這兒不就有最完美的顏料？哪家畫材店找得到比心臟榨取出來的紅更鮮烈的色彩？」

我以薄而銳利的指甲縱橫無盡地在全身，包含豐滿的乳房、豐腴的小腹、飽滿的肩膀、結實的大腿，甚至是美麗的臉龐劃滿爪痕。傷口滴落的血水化成小河，鮮紅刺青覆蓋我的身體，彷彿穿上血液的網衣。

這景象倒映在沼面上。火星運河（註）！我的身軀恰似詭異的火星運河。取代清水，那裡

註　義大利人斯基亞帕雷利（Giovanni Virginio Schiaparelli）觀察火星表面的紋路，將其帶狀花紋命名為水路（canali），開啟「火星運河」傳說，美國人羅威爾主張這是火星的高等生物為灌溉乾燥的火星表面而建的運河。但火星地表的觀察有所進展後，火星人及運河的存在遭到否定。這是亂步作品經常登場的關鍵字之一，用來形容血液等液體在皮膚上網狀流動的情況。

流著猩豔的血河。

然後，我狂暴起舞。直立旋轉，就是紅白相間的陀螺。四處滾動，便成為垂死之蛇。有時我胸部和腳往後彎，腰部挺向極限，盡可能向上延展隆鼓的大腿肌肉；有時仰臥在岩石上，弓起身子，如尺蠖四處爬行；有時頭埋在雙腿間，像毛蟲般滾動；有時又模仿遭截斷的蚯蚓，在岩石上不停彈跳，不單手、肩膀、腰腹，每一部位使勁又放鬆，演出所有曲線表情。我要燃燒生命，完成這場絢爛大戲……

「親愛的、親愛的、親愛的！」

遠方有人叫喚。聲音漸次接近，身體地震般搖晃。

「老公，你在夢魘？」

我朦朧睜眼，情人異常巨大的臉在我鼻尖蠕動。

「我做了個夢。」

我漫不經心地呢喃，望著對方。

「哎呀，看你流一身汗。是惡夢嗎？」

「嗯。」

她的臉頰猶如夕照下的山脈，光影分明，交界處點綴著白髮般泛銀的汗毛。美麗的汗珠在鼻翼閃爍，湧出汗珠的毛孔洞穴般妖冶地呼吸著。接著，她的面頰像某種龐大的天體，徐徐地，徐徐地覆蓋我的視野。

〈火星運河〉發表於一九二六年

花押字

我和我任職工廠的老守衛（其實他年紀五十不到，只是總給人一種蒼老之感）栗原交好不久，但這應該是他的壓箱話題，不管是誰，一旦親密到能聊私房話時，就會迫不及待地提起。某天晚上，我便坐在守衛室的火爐旁，聽栗原分享他奇妙的體驗。

栗原講話十分引人入勝，而且似乎還是個高明的小說家，因此這短篇故事般的經驗不無加工痕跡，即使如此，其魅力依然教人不忍割捨，在這類談話中，也是我至今難忘的一樁。我就模仿栗原的口氣記述下來吧。

嗨，這整件事有如相聲腳本，不過先說出結尾可沒意思。噯，你就當成一段平凡無奇的羅曼史，姑且聽之吧。

那是離我四十大關尚有四、五年的事。如同我老對你說的，我雖然教育程度頗高，卻總是三心二意、見異思遷，不管幹哪一行，都撐不了一年。我一行換過一行，終於落到這種境地。當時，我也剛辭掉工作，還未找到下一份差事，持續失業中。就像你所知的，我到這把年紀仍沒有孩子，若鎮日待在狹窄的家裡和歇斯底里的老婆大眼瞪小眼，怎堪消受？所以我常去淺草公園（註一）無所事事地消磨時間。

公園那兒很多呢，不是六區的見世物（註二）小屋，而是池子到南邊森林，並排許多長椅的地方。在那些久經日晒雨淋、油漆剝落而泛白的長椅，或大石子和殘幹上，有一群完全融入景物，於浮世風雨中飄搖、失魂落魄的傢伙，帶著走投無路的神情，擠坐得水洩不通。我也是其中之一。你不明白吧，但那片情景，唉，瞧著真有無盡酸楚。

有一天，我窩在長椅上，老樣子茫茫然地空想。時值春天，櫻花季已過，池子彼端的電影小屋卻人山人海，「砰」的聲響、樂隊聲、混雜其間的吹太空氣球聲、冰淇淋攤販的吆喝等高高傳來。相反地，我們所處的森林，靜寂宛若另一個世界。由於窮酸到連電影票錢都沒有，大夥只好帶著飢渴憂愁的眼神面面相覷，繼續枯坐。這陰鬱哀傷的光景，教人禁不住覺得罪惡便是如此發酵的。

那是森林中一塊圓形空地，與我們無關、看似幸福的人群不斷走過眼前。對方要是打扮得花枝招展的女子，長椅上的落伍者還會同時望去。當時人潮暫緩，視野一片空蕩，我自然地注

註一　明治六年公家於淺草寺境內，徵收寺有地而建的公園。共分為七區，一區為淺草寺本堂周邊，二區為仁王門前到仲見世，三區為傳法院，四區為瓢簞池一帶，五區為奧山一帶，六區為見世物、歌劇、歌舞伎、電影院、餐飲店等演藝地區、七區為馬道町一帶。昭和二十六年公園廢止。相當於現今台東區淺草一、二丁目。

註二　一種展示稀奇古怪物品、雜技或魔術的展演活動。

意到角落的弧光燈柱旁冒出一道人影。

那是個年約三十的年輕人，穿著雖不寒酸，卻有些落寞，至少他的表情絕不像來找樂子，反倒更屬於我們這群落伍者。他杵在原地一會兒，似乎在尋找空位，可惜每張長椅都坐滿，且與他的風采相比，大家都骯髒、凶悍許多，他可能無法忍受吧。正當他打算放棄離去時，視線忽然與我對上。

於是他總算鬆口氣，朝我身邊一丁點兒的空位走來。儘管這麼說有些可笑，但穿著老舊銘仙和服（註）的我，外表應該強過其他人，也沒那樣凶惡。後來我才想到，或許他一開始就看到我。噢，箇中理由很快便揭曉。

看來我又犯著老毛病，話拖得落落長。那名男子坐下後，取出和服袖袋裡的敷島牌香菸，抽了起來。我漸漸興起一股奇妙的預感，心裡正疑惑，留神一看，發現男子直盯著我瞧。那絕非隨意一瞥，而是別有用意。

對方像個抱病在身的老實人，所以比起內心發毛，我更多的是好奇，便按兵不動，不著痕跡地觀察他的舉止。待在喧鬧的淺草公園中央，確實聽得見許許多多的聲響，我卻不可思議地感到寧靜，好長一段時間就這麼坐著，等待男子開口。

終於，男子提心吊膽地低語，「我們是否在哪兒見過？」我多少預期到這種情況，不怎麼驚訝，只是意外地對他沒印象。我根本不認識這個人。

「你認錯人啦，我沒見過你。」聽到我的回答，對方一臉難以置信地重新打量我。這傢伙是不是有什麼陰謀？我也不舒服起來，不禁反問，「在哪兒遇上的？」

「呃，我也記不清。奇怪，太奇怪。」他納悶地偏著頭，「不是這一兩天，而是更早以前便時常見到你，你真的不記得嗎？」他竟質疑我，然後又一臉懷念地微笑。

「不是我。你認識的那個人叫什麼名字？」我問完，豈料他答得更妙，「我拚命地想，就是想不起名字，不該這樣的。」

「我叫栗原一造。」我說。

「噢，我是田中三良。」男子自我介紹。

我們在淺草公園正中央互報姓名，有趣的是，不止我，男子也完全不記得我的名字。這多麼荒唐，我倆不住大笑。結果啊，對方，也就是田中三良的笑容忽然勾起我的注意。古怪的

註　銘仙為一種絲織品，價廉耐用，多用於製作女性和服和寢具。

是，連我都覺得好似在哪兒看過他，且還是碰上極為要好的老朋友，那種非常熟稔的感覺。

我突然打住笑，再次細細端詳自稱田中的男子，田中也倏地收回笑容，露出嚴肅的神情。若在別的時候，我們可能不會往下深談，而乾脆分道揚鑣。不過，我正逢失業，窮極無聊，又值悠閒的春季，再者，和外表比我齊整清潔的年輕人談話也不壞。我就當打發時間，接續這摸不著頭緒的話題：

「真詭異，和你聊著，連我都覺得你面善。」我說。

「對嘛，果然如此。還不是那種擦身而過，只有一面之緣的關係。」

「或許吧。你故鄉在哪裡？」

「三重縣。最近才第一次上來，正在尋差事。」

那他也算是個失業人口嘍。

「我是東京人。你何時上京的？」

「不到一個月。」

「大概是這段期間在什麼地方碰著的。」

「不，沒這麼近。我幾年前，在你更年輕的時候就認識你。」

「對，我有同感。你說三重縣？我不喜歡旅行，打年輕時便幾乎沒離開過東京，尤其我只曉得三重縣在京阪地區，壓根不清楚確切位置，所以不可能在你故鄉相識，而你又是初次上京。」

「比箱根遠的地方，我真的是頭一次來。我在大阪受教育，之前都在那裡工作。」

「大阪嗎？我去過，但已是十年前的事。」

「那就不會是大阪嘍。直到七年前，中學畢業以前，我從未離開故鄉。」

這樣說明似乎挺累贅，可是當下我倆很緊張，即使回想起瑣碎的細節，好比哪一年到哪一年在哪裡，哪一年的幾月去哪裡旅行，交互比對，竟無任何重疊之處。就算偶然前往同一地方旅行，年代也完全不同。談到這個地步，更教人詫異不已。我說會不會是認錯人，對方卻主張不可能有兩個長得這麼相似的人，若是單方面的想法倒也罷，不過我也感覺他似曾相識，難以斷定他是否記錯。我們愈聊愈覺得對方是老朋友，反而益發搞不清到底在何處結識。你曾有類似的經驗嗎？那真是十分古怪，神祕……對，神祕極了。不光為打發時間、排遣無聊，像這般愈探究愈迷惘的情況，想查個水落石出豈不是人之常情？

可惜，最後仍是真相不明。我們不禁著急起來，愈試圖喚回記憶，腦袋就愈混亂，明明是老早相識的兩人啊。但不管怎麼討論，依舊不得要領，我們只能相視大笑。

雖然找不到交集，互動中卻好感漸生，以往姑且不論，至少此刻起，我們成為難得的好友。其後田中請客，我們移步池邊的咖啡廳，喝著茶聊這段奇緣，平和地分手。離別之際，我們交換地址，邀對方到家裡玩。

假使事情到此為止，也沒什麼好提的，但四五天後，我們發現一件怪事，田中和我果然有某種關聯。我最初所說的羅曼史，接下來才要展開。（栗原講到這兒，微微一笑）田中似乎正忙於稍有眉目的求職活動，一直沒來找我，而我一如既往，閒得發慌，於是有天我一時興起，拜訪他位在上野公園後方的租處。抵達時已是黃昏，他恰巧外出返家，一看到我便迫不及待地大喊，「我知道，我知道啦！」

「就是那件事，我完全明白了。昨晚在被窩裡忽然想起，抱歉，真的是我誤會，我們一次也沒見過，可是這不代表我們毫無緣分。你曉不曉得北川澄子？」

這平白無故的問題嚇我一大跳。聽見北川澄子的名字，遙遠過去的青春氣息恍若柔柔吹拂，數日來的擾人謎團似乎解開了一些。

「嗯，不過那是很久以前的事，大概有十四、五年了吧，當時我還是學生。」

我曾告訴你，在校時我算是善交際的外向人，女友多得數不清，北川澄子便是其中之一，我對她印象特別深刻。她就讀XX女校，非常漂亮，在我們歌留多（註）會的成員間，向來是最受歡迎的人物，或者說根本是女王。她雖是美女，卻有點驕傲，感覺拒人千里之外。其實啊，（栗原遲疑一下，搔搔頭）我迷上了她，且丟臉的是，我是單相思。後來，我的結婚對象是和她同一所女校畢業，在同伴間算二流美女的阿園……不，現在別說美女，根本是無從應付的歇斯底里病患，不過那時稱得上十中選一的女孩。總之，我在伸手可及的範圍內勉強妥協。所以，北川澄子是我從前的心上人，是內子的同學。

可是三重縣人的田中怎麼識得澄子？又怎會認得我的容貌？我實在想不透，細問之下，竟獲知意外的事實。前晚，田中躺在被窩時，腦中掠過覺得我面善的契機，他恍然大悟，原要立刻通知我，但不巧那天（就是我造訪他那天）已和人約好面試，無法來找我。

田中一番解釋後，從書桌抽屜取出一樣物品問，「你認得這個嗎？」那是把華麗的隨身鏡，儘管樣式已褪流行，但做工相當精緻，像是年輕女子的東西。我表示沒印象，田中便說：

註　一種日式紙牌遊戲，將詩歌等分為前後兩部分，由主持人朗誦上半部，餘者搶拿下半部決勝負。

「不過你應該知道這個吧？」

他別有深意地看著我，打開對折的隨身鏡，靈巧抽出嵌在疑似鹽瀨（註）厚布裡的鏡子，取出藏在後頭的照片，遞到我面前。實在太令人吃驚，那居然是我年輕時的照片。

「這是我姊姊的遺物，她就是剛剛提到的北川澄子。你詫異也是自然，實際上……」

田中說明，姊姊澄子由於某些緣故，自小送到東京的北川家當養女，對方還供她上XX女校。但畢業後，北川家突然遭逢極大的不幸，她不得不回到故鄉，也就是田中家，不久，尚未婚嫁的她便因病過世。而我和內子居然糊塗得一無所知，教我意外不已。

澄子留下一個小文書盒，裝有許多充滿女人味的零碎物品。田中視為姊姊的遺物，珍惜地保存著。

「姊姊去世一年後，我找到這張照片。」田中說，「照片隱匿在隨身鏡裡，很難察覺。我閒暇檢點盒子，把玩隨身鏡時，不小心挖出祕密。昨天在床上想起照片的事，才完全解開疑惑。我不時抽出你的照片，思念死去的姊姊，你無疑是我難以忘懷的熟人。前些日子遇上時，我一時沒聯想到這事，才誤以為見過你本人。而你也是，」田中笑起來，「不可能忘卻給過照片的女人。我面貌中帶有姊姊的影子，讓你錯覺見過我。」

這麼一聽，事情肯定像田中敘述的那樣。只是，我依然感到不解。我給過不少人照片，澄子會有不奇怪，但沒料到她竟收在隨身鏡裡，我和她的立場完全顛倒。這該是單戀的我的舉動，澄子沒道理珍藏我的照片啊。

然而，田中認定我和澄子有什麼不尋常的牽絆，這也難怪，可是他一直求我坦白我倆的關係。他說，姊姊的死固然是源自肉體的疾病，不過身為弟弟，他隱約感覺不太單純。例如澄子生前也有人來提親，她卻強硬地拒絕，可見早有意中人，遺憾的是心願無法實現，害得她芳魂早逝。實際上，據傳澄子回鄉後罹患憂鬱症，接連染上不治之症，因此田中所言相當合理。

聽到這裡，儘管我年紀一大把，仍驀地怦然心跳，忍不住自私地想，我並非單相思，澄子同樣滿懷說不出口的戀情。我能想像她是多麼怨恨地看著我和園子的婚禮，倘使那個美麗的澄子果真抱憾身亡，啊啊，我該怎麼辦？我好高興，高興得淚水都湧上喉頭。

但另一方面，我心中仍存著「真有這種事嗎？」的懷疑。澄子實在太過美麗、太過高貴，不可能愛上我。於是，我和田中彆扭地起了爭執。我步步為營地辯駁「沒那回事」，田中便逼

註　鹽瀨是種絹織厚布，多用來製作和服腰帶。

問「那麼這張照片如何解釋」。爭論之中，我胸口逐漸溢滿感傷，終於告白我的暗戀心情，說如此這般，所以澄子不會愛上我。儘管我無比希望現實相反，卻這樣強辯。

然而田中把玩著隨身鏡，倏然注意到什麼地大叫「果然是這樣」，他發現不得了的東西。就像我剛才說的，隨身鏡用的是鹽瀨綢布製作的對折式套子，表面有麻葉藤蔓等花紋，其間以不顯眼的色線刺繡S包裹住I的花押字圖案，似乎是澄子親手綴上的。

「我先前完全猜不透這花押字的涵義。」田中說，「S也許是澄子（SUMIKO）的字首，但I不符合娘家田中（TANAKA）或養家北川（KITAKAWA）的姓氏。剛才我幡然大悟，你不是叫栗原一造嗎？一造（ICHIZO）的字首不就是I？無論照片也好，花押字也好，這下我總算明瞭姊姊的心意。」

接連出現的證物，令我悲喜交加，眼底莫名一陣溫熱。這麼一想，北川澄子十幾年前的每一個動作，如今都另具深意。她當時的話是給我的謎題嗎？她那一刻的態度果然別有用心？勿笑我年歲不小還痴心妄想，我不斷沉浸在甜美的回憶裡。

後來幾乎一整天，田中傾訴著姊姊的過往，我則聊著學生時代的舊事，由於都是遙遠的過去，我們能夠客觀而不帶半點嘲諷，只是懷念地陳述事實。離別時，我向田中討來隨身鏡和澄子的照片，寶貝地揣在內袋裡回家。

仔細想想，這真是場罕異的因緣際會。偶然同坐淺草公園長椅的男子，竟是往昔暗戀女子的弟弟，且他還透露對方那教人喜出望外的心意。不僅如此，要是我們以前見過，那也沒什麼好大驚小怪的，然而我倆素昧平生，卻認得彼此的容貌。

發生這樣的事後，一時之間我滿腦子淨想著澄子。那時我為何不再勇敢點？這固然令我遺憾，但不管怎麼說都已事過境遷，我也老大不小，比起那些明擺著的現實，我只是單純地喜悅，又感到悲傷，總背著內子，成天望著澄子遺留的隨身鏡和照片，耽溺在夢般的淡淡記憶裡。

不過，人心真是奇妙啊。如同前述，我對澄子的感情一點兒都不實際，竟無端厭惡起妻子阿園，難以忍受她的歇斯底里；而儘管一次也沒去過澄子永眠的三重縣鄉下，卻莫名地眷戀。最後我興起一個念頭，預備進行一場巡禮般的簡素旅行，前往參拜澄子的墓。如今這話教我困窘得渾身不對勁，可是當下我真的懷著孩童般純粹的心情，苦惱地思索著。

我想在田中所說的，刻有澄子儒雅法名的墓碑前，獻花點香，向她講句話。我甚至在腦中描繪如此感傷的幻想。當然，這只是空想。即便打算付諸實行，憑我的生活狀況，連旅費都籌不出……

事情若至此結束，做為一段四十歲男子的往事，雖是炫耀過去的羅曼史，仍不失為一則有意思的回憶，不過這其實尚有後續。要說到最後，便會落為非常幻滅、稀鬆平常的逗趣相聲故事，所以我不太想講完，但事實畢竟是事實，教人無可奈何。嗳，也算是給那樣自我陶醉的我一記當頭棒喝吧。

我緬懷著逝去的澄子幻影，直到有一天，因一時疏忽，讓歇斯底里的老婆瞥見隨身鏡和澄子的照片。出這紕漏時，我傷透腦筋，甚至做好心理準備，接下來的四五天，得不斷安撫她激烈的情緒起伏。豈料內子坐在我的破桌子前，絲毫沒要發作的模樣，笑呵呵地開口：

「哎呀，這不是北川的照片嗎？怎麼有這種東西？哦，好懷念的隨身鏡，都這麼舊啦。是從我的衣箱裡找到的？我以為早弄丟了。」

從她的話中，我聽出些許蹊蹺，但還摸不清頭緒，只呆愣原地。內子一臉感慨地把玩著隨身鏡說：

「這花押字是我學生時代繡的，你曉得其中的意思嗎？」三十歲的內子莫名嬌羞，「這是一造的I，和阿園（SONO）的S。還未和你交往時，我為祈禱兩人永不變心而繡上的。你明白我的心意嗎？這鏡子後來不見蹤影，我一直以為是去日光修學旅行途中遭竊。」

她居然這麼講。你懂嗎？換言之，隨身鏡並非我天真地深信不疑的那樣，是澄子的東西，而是歇斯底里老婆阿園的物品。阿園和澄子的字首都是S，害我產生天大的誤解。話說回來，阿園的所有物怎會在澄子手中？這點我實在想不通，於是向內子打探，得知出乎意料的事。

內子說，畢業旅行時，她將隨身鏡和錢包放在手提包，卻在旅館搞丟，似乎是同校生偷走的。迫於無奈，我也供出與澄子的弟弟邂逅的事，內子竟一口咬定澄子是嫌犯：你可能不曉得，但澄子手腳不乾淨，同年級間人盡皆知，一定是她幹的。

內子並非胡謅，也沒冤枉澄子。證據就是鏡子後的照片已抽出，內子卻仍記得。那也是她放進去的。想必澄子直到過世都不曉得有這麼張照片，是她弟弟一時興起把玩鏡子，偶然發現而誤會。

換句話說，我同時嘗到雙重的失望。首先，澄子對我一點意思也沒有，再來，若真如內子的猜想，那麼我一往情深的澄子，其實是個賊姑娘。

哈哈哈哈哈，讓你見笑了，我荒唐的往事到此為止。一旦揭露結尾，簡直是再無聊不過的笑話一樁，可是在知曉真相前，我也緊張兮兮好一陣子呢。

阿勢登場

一

癆病腔子格太郎今天又遭妻子拋下，一個人怔怔地看家。縱然格太郎是個老好人，起初也禁不住憤憤不平，甚至打算以此為由休掉妻子，但體弱多病漸漸使他變得消極頹喪。由於來日無多，想到可愛的孩子，他便不敢魯莽行事。在這點上，身為旁觀者的弟弟格二郎，想法要嚴厲得多。他看不過去格太郎的懦弱，有時會告誡：

「哥哥為何甘願忍讓？要是我的話，早就和她離婚。你何必可憐那種人？」

不過，格太郎並非完全出於慈悲。的確，若他立刻與阿勢分手，她和那一貧如洗的窮書生（註）姘頭，肯定一天都混不下去。雖然也是憐憫他們，格太郎尚有別的理由。他固然擔心孩子的將來，但即使遭受阿勢如此對待，他也離不開阿勢。這實在太丟人，他難以向弟弟啟齒。害怕遭阿勢拋棄的格太郎，根本不敢指責她的不貞。

至於阿勢，她對格太郎的心理再清楚不過。講得誇張些，裡頭有著心照不宣的妥協。她與姘夫淫樂的閒暇，也不忘以餘力愛撫格太郎。儘管窩囊，格太郎只能滿足於阿勢微薄的施捨。

「考慮到孩子，便無法貿然行事啊。我不清楚還能撐上一年或兩年，但我大限將至，若連母親都沒了，可憐的是孩子。我打算再忍忍。噯，阿勢應該不久就會迷途知返。」

格太郎的回答千篇一律，弟弟益發氣得牙癢癢的。

只是，格太郎的慈悲非但沒換得阿勢的回心轉意，阿勢反而變本加厲地耽溺於不倫之戀。她老拿纏綿病榻的窮父親當擋箭牌，宣稱返鄉探病，三天兩頭往外跑。要查出她的行蹤當然易如反掌，不過格太郎並未干涉。他的心境很奇妙，甚至會幫阿勢找藉口。

今天阿勢也一早就精心妝扮，匆匆出門。

「回娘家不必化妝吧？」

格太郎硬是忍下到嘴邊的諷刺。這陣子，自虐地壓抑想說的話，甚至讓他心生快感。妻子出門後，格太郎無所事事地玩起盆栽。他赤腳走下庭院，弄得渾身是土，心情總算稍微舒坦些。某方面來說，不管對旁人或自己，他都必須表現出沉浸嗜好的模樣。

中午時分，女傭來提醒用餐：

註　書生原指寄住於同鄉等有淵緣的學者、政治家或富人家中，幫忙家事並修習學問的學生，不過這裡似乎單純指未就業的年輕人。

「老爺，午飯已備妥，您要晚點再吃嗎？」

連女傭都帶著同情，小心翼翼地望著他，格太郎異常難受。

「噢，都這時候啦，那就開飯，把正一叫來。」

他逞強地快活應道。這段期間，他已習慣凡事像這樣虛張聲勢。

獨獨這種日子，不曉得是不是女傭的體恤，菜色總比平常豐盛，但格太郎近一個月來都食不知味。正一感受到家中冰冷的氛圍，稱霸外頭的孩子王威風也一下子洩了氣。

「媽媽上哪去？」正一早預期到答案，但不問仍不放心。

「爺爺家。」

女傭回答，於是正一露出七歲孩子不應有的冷笑，「哼」了一聲，扒起飯。雖然只是個孩子，他似乎也明白不該在父親跟前繼續追究。何況他也有自己的臉面要顧。

「爸爸，我能請朋友來玩嗎？」

吃完飯，正一撒嬌地央求父親。格太郎覺得這是可憐的孩子竭盡所能的諂媚，不由得湧起一股熱淚盈眶的悲憫，同時深深嫌惡起自己。然而，他脫口的回答，依舊是平常的那種空架子。

「哦，當然，不過要安靜地玩。」

或許這也是孩子的虛榮，得到父親的允許後，正一大叫「太棒了！」萬分快活地衝向正門，不一會兒就找來三四個玩伴。當格太郎面對膳食，拿牙籤剔牙時，兒童房已傳來各種碰撞喧鬧聲。

二

孩子們就是不肯安安靜靜地待在兒童房。看樣子他們似乎玩起捉迷藏，在各房間跑來跑去的腳步聲，及女傭的制止聲，都傳進格太郎房內。甚至有孩子困惑地打開他身後的紙門。

「啊，叔叔在這裡！」

他們看見格太郎，立刻尷尬叫著，逃到別處去。最後連正一都闖入他房裡，說著「我要躲這兒」，便鑽進父親書桌底下。

看著這樣的情景，格太郎內心百感交集，對這孩子放心極了。他突然興起一個念頭：今天別弄盆栽，和孩子一塊玩吧。

「正一，別胡鬧，爸爸講個有趣的故事，把大家叫來吧。」

「哇！太好啦！」

正一聞言，立即衝出桌下。

「我爸爸很會說故事喲！」

不一會兒，正一老成地介紹著，率領同伴前往格太郎的房間。

「快點，我想聽恐怖故事！」

孩子一個挨一個坐下，眼睛好奇地閃閃發光，有的還害羞扭捏地望著格太郎。他們不曉得格太郎是個病人，就算知道，畢竟是孩子，態度不像成年訪客那樣小心翼翼，這也讓格太郎覺得欣慰。

於是，他振作這陣子萎靡的精神，思索孩童會喜歡的故事，「很久很久以前，有個貪心的國王……」。說完後，孩子吵著「還要」，不肯罷休，他便順從要求，兩個、三個地接續下去。他與孩子同在童話國度中翱翔，心情愈來愈愉悅。

「故事講到這兒，來玩捉迷藏吧，叔叔也加入。」最後他這樣提議。

「嗯，捉迷藏！」孩子們迫不及待地當場贊成。

「那麼，只能躲在屋內，明白嗎？好，剪刀石頭布！」

格太郎頑童般起鬨。興許是疾病所致，或是對不檢點的妻子拐彎抹角的逞能，總之他的行動中確實帶有一絲自暴自棄。

起先的兩三次，他故意當鬼，尋覓孩子單純的藏身處。當鬼當膩之後，他便和孩子一起鑽進櫃子或書桌下，費勁地掩住龐大身軀。

「好了嗎？」「還沒！」家中瘋狂迴響著這樣的吆喝。

格太郎獨自躲入臥房的黑暗櫥櫃。他隱約聽見當鬼的孩子叫著「找到某某」，穿梭於每間房，當中不乏「哇」地大叫跳出的孩子。不久後，好像每個人都被抓到，只剩他一個，感覺孩子正團結一致四處尋找。

「叔叔哪兒去了？」

「叔叔，出來啦！」

他們口口聲聲地喊著，漸漸靠近櫥櫃。

「呵，爸爸一定在櫃子裡。」

正一在櫃門前呢喃。格太郎就快暴露身影，他卻想再逗逗孩子，便悄悄打開老舊的長型大衣箱，爬進去照原樣蓋上蓋子，屏住呼吸。箱裡裝著軟綿綿的寢具，像躺在床上般，頗為舒適。

他剛蓋上長衣箱，沉重的櫃門隨即「喀啦」一聲開啟。

「找到叔叔！」有人叫道。

「咦，怎麼沒人？」

「可是方才有聲音啊，對不對？」

「一定是老鼠。」

孩子窸窸窣窣地天真對話（他待在密閉的箱裡，聽來非常遙遠），但不管等多久，幽暗的櫃裡依舊沉默，一點人的氣息也沒有。

「有鬼！」

某人這麼一叫，大夥「嘩」地一哄而散。接著，遠方的房間隱隱約約傳來呼喚：

「叔叔，出來呀！」

他們似乎又打開別的櫥櫃，繼續找人。

三

漆黑而充滿樟腦味的長衣箱裡異樣舒適。格太郎憶起少年時代，突然熱淚盈眶。這老舊的箱子是亡母的嫁妝之一，猶記自己常拿來當小舟，坐在裡頭遊玩。像這樣躺著，他甚至覺得母親慈祥的面容如夢似幻地浮現在黑暗之中。

但回過神，孩子似乎找累了，外面一片死寂。他豎耳聆聽一會兒。

「好無聊，咱們出去玩吧。」

他依稀聽見有孩子掃興地說。

「爸爸！」

正一呼喚一聲，便跟著到外頭。

聽著這些動靜，格太郎終於打算離開長衣箱。他想衝出去，嚇嚇沒耐性的孩子們，於是使勁一推，但不知怎麼回事，蓋子居然緊閉著，動也不動。起初他不以為意，然而隨著一次次嘗試，竟發現可怕的事實：他偶然地困在長箱裡了。

箱蓋所附的鑽洞鉸鏈金屬板，會扣住底下的金屬突出物，而剛才闔起時，板子碰巧掉下，鎖上箱子。這種傳統的長衣箱，堅硬的木板各角都釘上鐵板，牢固無比，金屬零件也一樣堅固，病弱的格太郎實在沒辦法打破。

他大聲呼叫正一，拚命敲打箱蓋內側。但孩子大概已放棄尋找，全跑到外頭玩耍，始終沒有回應。於是他連呼女傭的名字，使盡渾身力氣掙扎。無奈運氣實在不好，女傭不曉得是在井邊摸魚，抑或待在房裡沒聽見，一樣沒應聲。

格太郎的房間位於屋子最深處，加上他待在密不透風的箱中，聲音傳不傳得出二、三個房間都有問題。況且，女傭房在最遠的廚房邊，若非豎耳傾聽，根本不可能察覺。

格太郎的叫聲愈來愈嘶啞，他思忖著要是一直沒人發現，自己或許會死在箱裡。太可笑了，豈有這樣的事？儘管滑稽得想笑，又覺得這事一點兒都不滑稽。留意到時，敏感的他覺得空氣逐漸稀薄，不光是劇烈動作的關係，他呼吸困難起來。這口密閉的長衣箱是舊時精心製作的家具，恐怕連空氣流通的縫隙都沒保留。

一思及此，他絞榨先前以為用盡的力量，瘋狂地猛踢猛打。假如他身強體壯，應能輕易弄出一點空隙，但他心臟虛弱，手腳纖瘦，實在使不出那樣的勁道。糟糕的是，缺氧的情形益發嚴重，他的喉嚨因疲勞和恐懼乾燥得連呼吸都發疼。格太郎此刻的心境，究竟如何形容才好？

倘使關在像樣點的地方，遲早會病死的格太郎肯定早放棄求生。然而，在自家櫥櫃的長衣箱中窒息身亡，無論怎麼想都是破天荒的蠢事，他難以接受這種喜劇一般的死法。且奮力掙脫的過程中，女傭或許會過來，他便能奇蹟似地獲救，這場痛苦也能夠以一樁笑話告終。正因得救的機會極大，他不甘輕言放手，更加深驚懼與苦楚。

他掙扎著，啞聲詛咒著無辜的女傭及兒子正一。相距二十間不到的他們，那毫無惡意的漠不關心——正因毫無惡意，更加深他的怨懟。

黑暗中，呼吸一刻比一刻困難。他已發不出聲音，宛若被撈上岸的魚，只剩吸氣時不斷發出的奇妙聲息。他嘴巴愈開愈大，骸骨般的上下排牙齒甚至暴露出牙齦。明知是枉然，他仍拚命刨抓箱蓋內側，根本沒意識到指甲剝落。這是瀕死的煎熬，即使如此，他依然心懷一絲得救的希望，無法認命撒手，真是殘酷的遭遇。不管逝於任何不治之症的病患，甚或死刑犯，都不見得歷經他這般巨大的痛苦。

四

這天下午三點左右，不貞的妻子阿勢與情夫幽會回來，當時格太郎正在長衣箱裡，死纏活纏不肯捨棄最後的希望，奄奄一息地在瀕死的痛苦中掙扎。

阿勢離家時心思都在情郎身上，壓根無暇顧及丈夫的心情，但就算是她，返家之際多少仍會心懷愧疚。她見玄關反常地大敞，心臟突突跳起來，平日膽戰心驚的破滅是否將在今日降臨？

「我回來了。」

她出聲叫喚，以為女傭會答應，卻無人出來迎接。敞開的每間房都空蕩蕩，更詫異的是，連那個足不出戶的丈夫都沒瞧見。

「人都不在嗎？」

阿勢走到飯廳，再次高聲呼喚，於是女傭房傳來愕然的回應：

「來了、來了！」

大概是在打盹，一名女傭一臉浮腫地步出。

「只有妳一個？」阿勢按捺著沒像平常那樣發作。

「呃，阿竹在後面洗衣服。」

「老爺呢？」

「在房間吧。」

「可是沒人啊。」

「咦，這樣嗎？」

「妳肯定在睡午覺吧？這怎麼行。少爺去哪？」

「不曉得，剛才還在家裡玩耍，呃，老爺也一起捉迷藏。」

「哎呀，老爺嗎？真拿他沒辦法。」聽到這話，阿勢總算恢復成平常的她。「那老爺一定在外頭。妳去找，假如在就好，不必叫他。」

阿勢嚴厲吩咐後，進入自己的臥房，站在鏡前照了照，準備更衣。

她要解腰帶時，忽然側耳傾聽，隔壁丈夫的房間傳來「喀喀」的奇妙聲響。不知是否心有預感，她總覺得那不是老鼠。且仔細一聽，好像隱約有什麼沙啞的人聲。

阿勢停止解腰帶，壓抑著恐懼，打開中間的紙門查看。於是，她發現櫥櫃的拉門敞開，聲音似乎源自裡頭。

「救命，是我啊。」

那細微模糊、若有似無的呼喊，異樣清晰地穿進阿勢耳裡。毫無疑問，那是丈夫的叫聲。

「哎呀，親愛的，你躲在長衣箱裡做啥？」

她大吃一驚跑到箱子旁，邊開鎖邊說：

「啊，你在玩捉迷藏吧？真是，誰這麼無聊惡作劇……可是，怎會上鎖？」

倘若阿勢是個天生惡女，比起身為人婦卻私下通姦，恐怕在電光石火間萌生奸計這點更能彰顯她的本質。她解開鎖，才想稍微抬起箱蓋，忽然萌生一個念頭，於是狠命壓下，重新鎖上。此時箱裡的格太郎應正使盡全力推擠，但阿勢只感到非常微弱的上頂力道。她像要壓垮那力量似地，完全蓋死箱蓋。其後，每當阿勢回想殘忍殺夫的過程，最令她懊惱的，就是對關上這口長衣箱時，丈夫那微弱手勁的記憶。較之渾身浴血掙扎翻滾的瀕死情景，這更驚悚無數倍。

此事姑且不提，阿勢按原樣封起長衣箱後，緊緊拉上櫃門，急忙返回自己房間。她畢竟沒大膽到能繼續更衣，只慘白著臉，往櫥櫃前一坐，彷彿要掩飾鄰房傳來的聲響，漫無目的地把櫥櫃抽屜開開關關。

「我這樣做，真的安全嗎？」

她擔心得幾乎發狂，可是在這節骨眼很難沉下心細細思量。她痛感身處某些情形，連思考都不容易，只好一下坐，一下站。話雖如此，事後回顧，她情急下的行動也沒半點疏漏。她曉得箱扣是自個兒鎖上的，且格太郎八成是和孩子玩捉迷藏，不小心關進長衣箱裡，這事孩子和女傭定能作證，至於箱中的碰撞聲和叫喊，只要說房子太大沒發現便成。事實上，連女傭也渾然不覺，不是嗎？

阿勢雖未這般逐一細想，但用不著思考理由，她邪惡的敏銳直覺亦呢喃著「不要緊、不要緊」。

派去找孩子的女傭還沒回來，在後面洗衣服的女傭也沒要進屋的樣子。丈夫的呻吟和掙扎聲快停吧！她滿心這麼祈禱。不過櫥櫃裡的聲響就是不死心，儘管已微弱得幾乎聽不見，仍像陰險的發條機關，斷斷續續地不絕於耳。阿勢心想會不會是錯覺，貼到櫥櫃的木板上聆聽（她怎樣都不敢打開），駭人的摩擦聲果然毫不間歇，甚至夾雜著格太郎以乾涸僵硬的舌頭吐出的無意義怨懟話語。無庸置疑，那必定是對阿勢的可怕詛咒。阿勢過度驚恐，差點改變心意打開長衣箱，可是若真那麼做，她的立場將更難挽回。殺意已曝光，事到如今怎能救他？

然而，長衣箱裡的格太郎究竟處於怎樣的心境？令加害者阿勢差點反悔的駭人想像，比起當事者承受的極大苦楚，一定不及千分之一、萬分之一。在快放棄時，不忠的妻子意外現身幫忙解鎖，格太郎必是欣喜莫名。即使平日怨恨的阿勢再犯上兩、三重的外遇，格太郎也會感激零涕地頂禮膜拜。縱然病痛交纏、死期在即，對在鬼門關前走過一遭的人來說，沒有事物抵得上性命。可是，格太郎卻從那一剎那的歡喜被推入絕望亦不足形容的無盡地獄。假設誰都沒伸出援手，任他就此死去，他也不致痛苦到這種地步，豈料姦婦竟施加殘酷幾倍、幾十倍不堪言狀的莫大煎熬。

阿勢肯定感受不出那是怎生的苦痛，但在她的思緒脈絡中，也憐憫丈夫苦悶至死，並懊悔自身的殘虐。只是，阿勢無力控制宛若惡女宿命的不貞心理。她站在不知不覺靜寂下來的櫥櫃前，不是憑弔犧牲者，而是幻想起愛戀的情夫面容。夠她一生優遊度日的丈夫遺產、與情夫肆無忌憚的歡快生活，光描繪著這些景象，她便輕易忘懷對死者僅有的幾許哀憫之情。

她取回常人難以企及的平靜退回鄰室，唇角甚至綻著冷笑，解起腰帶。

五

當晚八點，阿勢巧妙安排的屍體發現場面開演，北村家上上下下慌得人仰馬翻。親戚、下人、醫師、警察、接獲急報趕來的人，把偌大的客廳塞得無立足之地。由於不能省略驗屍的步驟，格太郎的身軀原封不動地放在長衣箱內，周圍很快圍滿檢調人員。打從心底悲嘆的弟弟格二郎，及滿面虛偽淚水的阿勢也夾雜在檢調人員中。在局外人眼裡，兩人的愁容相差無幾，難分軒輊。

長衣箱抬到客廳中央，一名警官輕易地揭開蓋子。五十燭光的燈泡照亮格太郎醜陋變形的苦悶模樣。平日服貼整齊的頭髮蓬亂得幾乎倒豎，手腳在垂死的痛苦中痙攣扭曲，眼珠暴突，嘴巴張得不能再大。倘若阿勢心底未棲息真正的惡魔，只消看上一眼，應該會立時悔悟告白才對。儘管阿勢沒膽正視，卻無意自白，甚至淚流不止地說起睜眼瞎話。縱然身具謀害人的狗膽，但她能冷靜至此，自己都難以置信。數小時前剛從不貞的外出歸來，穿過玄關時，她還那樣地不安（雖然當時她也是個不折不扣的惡女），連她都覺得此刻的自己簡直判若兩人。看來阿勢體內天生盤踞著冷血的惡魔，莫非此刻終於顯現真面目？對照她面臨之後某個危機時超乎想像的冷靜態度，似乎只能如此判斷。

不久，驗屍順利結束，家屬抬出遺體移放其他地方。總算恢復一點從容的他們，這才注意到長衣箱蓋內側的爪痕。

即使是毫不知情、未曾目擊格太郎慘狀的人，也會覺得那些爪痕異常恐怖。死者瘋狂的執念，殘留在任何名畫都無法企及的鮮明刻痕裡，教人瞥見就不得不別開臉，不敢瞄上第二眼。

在這當中，只有阿勢和格二郎從爪痕的圖面發現某個不尋常之物。旁人隨屍體移至別的房間，只有他倆留在長衣箱兩側，以異樣的目光凝視著蓋內如影子般浮現的東西。噢，那究竟是什麼？

那像黑影般模糊，如瘋子筆跡般稚拙，但細看之下，無數的凌亂爪痕上覆蓋著文字，一個大，一個小，筆畫有的斜、有的扭曲仍勉強能夠判讀，組合出「阿勢」。

「是嫂嫂的名字。」格二郎專注的眼眸轉向阿勢，低聲道。

「對啊。」

噢，在這種場面，阿勢竟能如此鎮定地回應，實在教人震驚。當然，她不可能不懂這兩個字的意義。這是瀕死的格太郎拚著最後一口氣寫下的詛咒，是撐到「勢」的最後一畫，苦悶至死的他的妄執。他多想接著告發阿勢就是凶手啊，然而不幸的格太郎無法完成這個心願，只能懷著千秋遺恨，就此斃命。

可惜格二郎太過善良，壓根沒深思到這種地步。「阿勢」這單純的兩個字意味著什麼？他根本無從想像是在暗示真凶。格二郎看了只對阿勢抱持淡淡的疑惑，可憐的哥哥竟然至死都難以忘情阿勢，痛苦的指尖不住地寫下她的名字，感覺真是淒慘。

「啊啊，他竟如此掛念著我！」

一會兒後，阿勢深切哀嘆，言外之意，自己正為格太郎應該已察覺的外遇懊悔不已。接著，她突然以巾帕覆臉（再高明的名演員，都流不出這樣精采的假淚吧），嗚嗚咽咽地哭起來。

六

格太郎的葬禮結束後，阿勢首先演出的戲碼（當然只是表面上）就是與不義的情夫分手。

她專心一意地以舉世無匹的本領卸除格二郎的疑心，並且獲得某種程度的成功。即使只是暫時，這妖婦完全矇騙了格二郎。

阿勢分配到超乎預期的遺產，賣掉與兒子正一住慣的宅子，三番兩次更換住所，憑藉高明的演技，不知不覺間擺脫親戚的監視。

至於那口長衣箱，阿勢強行留下，並偷偷賣給舊貨商。不知箱子如今流落至何人手中？那些爪痕和詭異的假名文字，會不會挑起新主人的好奇？面對封印在爪痕內的可怕執念，新主人是否突然一陣戰慄？而「阿勢」這難解的名字，在他的想像裡究竟是怎樣的女子？或許，那將是個不知世間醜惡的純潔少女。

〈阿勢登場〉發表於一九二六年

非人之戀

一

您知道門野吧？他是我十年前過世的先夫。相隔這麼久的歲月，重新呼喚門野的名字，感覺好似陌生人，連那件事也像是一場夢。至於我怎麼嫁入門野家的，不必說，自然不是婚前兩情相悅，我沒這麼不檢點。是媒人來向家母說親，家母再轉告我。而我這不經事的小姑娘，豈敢拒絕？我只能在榻榻米上畫圈圈，不小心便點頭應允。

可是，一想到那個人將成為我的夫君——我住的地方是座小鎮，且對方算是望族——雖見過相貌，但傳聞他脾氣很不好，加上他生得那麼英俊……是啊，或許您也曉得，門野乃世間罕有的美男子，不，我並非炫耀。再加上，大概是抱病在身吧，總有點陰沉、蒼白剔透之感，倍顯清逸脫俗，更增添一種懾人的特質。門野長得這般俊秀，肯定已有美麗的姑娘作陪，即使不然，他又怎會一生愛著我這種醜八怪？我不禁杞人憂天，留意起朋友或僕傭如何談論他。

綜合各處得來的消息，門野雖然沒有任何我擔心的風流韻事，卻漸漸發現他的壞脾氣實在非比尋常。他算是怪人吧，沒什麼朋友，大多關在家裡，最糟的是，甚至有他厭惡女人的傳聞。若只是為迴避遊玩的邀約而放出流言倒還無妨，但他似乎由衷討厭女人，與我結婚原本也是父母的主意，媒人向我說親前，反而耗費一番工夫才說服門野。不過，我聽到的沒這麼鉅細靡遺，或許是待嫁閨女太敏感，別人不小心洩露幾句話，便一廂情願地如此認定。不，在嫁過去後，遭遇那種事前，我真以為是自己多慮，滿心往順遂如意、快慰安心的方向想，所以多多少少有點驕傲。

憶起當時純真的心情，簡直幼稚得可愛。儘管懷著許許多多不安，我仍去鄰鎮的綢緞莊物色衣裳，動員全家縫製，並準備用具及各類瑣碎的隨身物品。期間對方送來豪華聘禮，朋友也紛紛祝賀或投以羨慕之詞，我逐漸習慣一照面就受人消遣，而這也教我高興到近乎害羞，家中一片喜氣洋洋，把我這十九歲小姑娘給沖昏了頭。

原因之一，不管門野再怪，脾氣再糟，仍是前述那般清秀俊雅的美男子，我完完全全迷上了他。況且，大家不是說愈是那種個性的人就愈專情嗎？娶了我這個妻子，他必定會只呵護我一人，並傾注所有愛情好好疼惜我吧。哎呀，我實在太天真，居然還這樣想。

起初感覺非常遙遠，不料屈指等待的日子一眨眼到來，隨著婚期不斷逼近，現實的恐懼漸漸取代甜蜜幻想。婚禮當天，迎親隊伍齊抵門前。不是我自誇，這在我居住的十幾里大城鎮裡，也是數一數二的豪華。坐上其中最為華貴的轎子時，那種心情……每個人應該都會經歷，就像遭載往屠宰場的羊，幾乎要昏厥，不光精神上的恐慌，連體內都陣陣作痛，教人不知該如何形容才好……

二

朦朧恍惚之中，婚禮總算迷迷糊糊地結束。一兩天之間，夜裡不曉得究竟睡著沒，而公公婆婆是怎樣的人、僕傭共有多少，儘管行過禮，也受過禮，腦袋卻全無印象。然後，轉眼便是歸寧的日子，與丈夫的車子並行，望著丈夫的背影前進，仍分不清究竟是夢還是現實……哎呀，我怎麼淨講這些，真抱歉，重點都不曉得跑哪兒去了。

於是，婚禮的紛亂告一段落後，該說是船到橋頭自然直嗎？門野並沒有傳聞中的古怪，反而比一般人溫柔，對我亦是百般呵護。我放下心中大石，鬆懈原先緊繃到痛苦的情緒，忍不住驚歎人生竟能如此幸福。而且公公婆婆非常慈祥，婚前母親殷殷叮嚀的話幾乎派不上用場。此外，由於門野是獨子，沒有姑叔，出嫁意外地不如想像中那般值得苦惱。

至於門野的俊秀相貌，不，我並非在炫耀，這是故事的一部分哪。一起生活後，門野不再是只能遠觀的對象，而是我生平第一個，也是唯一的對象，這也是理所當然的事。隨著日子過去，門野愈看愈出色，我開始覺得他的俊美簡直舉世無雙。不，不光相貌俊秀而已。愛情真是不可思議啊，門野那不同一般人的部分雖不到怪人的地步，但總顯得有些憂鬱，他時常專心一意地陷入沉思，悒悒不樂、沉默寡言，加上是玲瓏剔透的美男子，成為無法形容的魅力，深深折磨著十九歲小姑娘的心。

我的世界真是為之一變。倘若在父母身邊長大的十九年是現實世界，婚後那段期間（不幸只有短短半年）就如居住在夢的國度，或童話世界。講得誇張點，好比浦島太郎深受乙姬公主寵愛的龍宮世界，如今回想，當時的我幸福得宛若浦島太郎。世人都說出嫁是辛酸的，我的情況完全相反。不，毋寧說進入那痛苦的階段前，可怕的破滅已先降臨。

半年來的生活，除歡樂外，細節我已遺忘，而且與我接下來要告白的事沒多大關係，我就不再炫耀似地回憶這段羅曼史。不過世上再疼妻子的丈夫，都很難比得上門野。當然，我只一個勁地感激涕零，兀自陶醉其中，毫無懷疑的餘裕，但回頭想想，門野的過度寵溺，其實隱含著可怕的意義。不過，並非因此招致破滅，他只是真心誠意地努力愛我罷了。那絕不是存心欺瞞，所以他愈努力，我愈當真，由衷依戀著他，奉獻全副身心地倚靠他。那麼，他為何要這麼努力？我好一段時間後才發現這些事，而當中隱藏著極其駭人的理由。

三

「好奇怪。」我察覺異狀時，結婚剛滿半年。如今想來真可憐，當時門野拚命疼愛我，想必已耗盡所有氣力。不巧一股誘惑趁虛而入，使勁將他拉離常軌。

男人的愛情是什麼模樣？我這小姑娘不可能明瞭。一直以來，我堅信門野付出的就代表所有男人的愛，不，遠勝於任何男人的愛。然而，不久後，連如此深信的我，也不免意識到其中似乎摻雜某種虛偽的成分……那種快感只是形而上的，他的心彷彿追尋著某樣遙遠的事物，莫名地冰寒空虛。他愛撫的目光深處，有另一隻清冷的眼凝視著遠方。連呢喃的愛語都顯空洞，彷彿機械聲。可是，當時我沒料到，打一開始他的愛情便全是虛假，只能勉為其難地猜測，這必是他的戀慕轉移到另一人身上的徵兆。

懷疑這種東西，一旦冒出頭，往往像積亂雲擴散般，以駭人速度籠罩上來。對方的一舉一動，及至再微小的細節，都變成濃得化不開的迷霧揮散不去。那時候的話，背後肯定有這樣的含義；那天他不在，究竟上哪去？曾有這樣的情形，又有過那樣的狀況……簡直沒完沒了。如大夥常說的，彷彿腳下地面突然消失，裂開漆黑大洞，把我吸進深不見底的地獄。

然而，儘管我深深疑惑，卻無法掌握半點確實證據。門野離家時間通常極短，而且我大抵都曉得他的去向，偷偷翻查他的日記、信件和照片，也找不出能確定他心意的蛛絲馬跡。莫非是膚淺的少女心作祟，我只是在杞人憂天，自討苦吃？我不停反省，只是疑心一起，便難以擺脫。見他似乎完全忘掉我的存在，怔怔盯著一處沉思，仍覺得果然有什麼不對勁，絕對沒錯。那麼，那會不會是原因？先前提過，門野生性憂鬱，自然也消極內向，經常關在房裡讀書，而且他待在書齋裡會分心，總愛爬上屋後的土倉庫二樓。那裡收藏許多祖先傳下的古籍，幽幽暗暗，入夜後，他便點起傳統紙罩燈，獨自看書，這是他年輕時養成的嗜好之一。但我嫁進來的半年間，他彷彿遺忘這習慣，從不曾接近土倉庫，可是，最近他又頻繁地前往。這是否意味著什麼？我突然介意起來。

四

在土倉庫二樓讀書雖然有些奇特，卻不是什麼值得責備的事，何況也不可疑。原本我這樣認為，但轉念一想，我已盡量處處留心，不僅監視門野的一舉一動，還檢查他的私物，卻沒發現任何疑點。然而，他那徒留空殼的愛情、空虛的眼神，及偶爾連我都遺忘的沉思模樣，教我如何放心？所以，我不禁懷疑起倉庫二樓。奇妙的是，他總在深夜前往，有時會觀察睡在旁邊的我的呼吸後，才悄悄溜出被窩。我屢屢以為他去解手，卻等不到他回來，走出緣廊，只見土倉庫的窗戶透著朦朧燈光，這讓我深受打擊。剛嫁進來時，我曾參觀土倉庫一回，其他只有季節交替之際去過幾次，我想不出土倉庫有何促使他疏遠我的原由，即使他窩在那裡，我也從未興起跟蹤的念頭。因此，唯獨土倉庫二樓始終不在我的監視範圍內，事到如今，我不得不向其投以猜忌的眼神。

我是春季中旬嫁進門，察覺丈夫的不對勁時，則恰值中秋時分。我仍清楚記得丈夫面對緣廊蹲坐，沐浴在皎潔月光下耽溺思索的背影。望著那模樣，不知為何我胸口一痛，這便是我起疑的契機。我的疑心日益加深，終於厚臉皮地尾隨門野進入土倉庫。那是秋末的事。

我們的緣分是多麼短暫啊。丈夫那令我歡天喜地的深切愛情（如同先前所說的，那絕非真正的愛情）短短半年隨即冷卻，我就像打開寶箱的浦島太郎，從生平初次經歷的醉人國度倏地清醒，等待我的，是張著大口、充滿猜疑與嫉妒的可怕無限地獄。

不過，當初我並不確定土倉庫裡暗藏玄機，只是不堪內心折磨，想窺看丈夫獨處時的身影，希望能夠藉此一掃疑雲。我祈求著能看見令我放心的情景，同時也為這竊賊般的行徑感到憂慮，但好不容易下定決心又中止，總教人牽掛不下。於是，一天晚上，我踩著庭院木屐走向土倉庫。當時僅穿一件夾衣已有寒意，前陣子仍在院裡鳴叫不休的秋蟲不知不覺也銷聲匿跡，且還是個無月之夜。途中朝天一望，星星雖美，感覺卻極為遙遠，顯得莫名淒涼。不過我總算順利潛入，準備偷窺應該在二樓的丈夫。

主屋裡，公婆和僕傭都已入睡。這是鄉下地方的深宅大院，才十時許就悄然無聲。要去到土倉庫，必須穿過漆黑的草叢，十分驚悚。且那路面即使在大晴天也潮濕無比，草叢裡住著大蝦蟆，扯著喉嚨惹人厭地呱呱亂啼。我終究忍耐下來，抵達土倉庫，但那兒同樣昏暗。倉庫獨特的冰涼霉味混雜微弱樟腦味，瞬間籠罩全身，令人發顫。若非我心中熊熊燃著嫉妒之火，十九歲的小姑娘怎有勇氣付諸行動？愛情真是恐怖。

黑暗中，我摸索著走近通往二樓的樓梯，悄悄往上窺探，發現梯子頂端的蓋門緊閉，難怪一片黝黯。我屏住呼吸，躡手躡腳地一階階爬上梯子，試著輕推蓋門，豈料門野竟慎重地從內側上鎖，外人無法打開。單單看個書，何必如此警戒？連這點小事都成為我憂心的源頭。

怎麼辦？敲門請求他打開嗎？不不不，三更半夜做這種事，他定會看穿我下流的心思，更加疏遠我。可是，這種不清不楚的狀態若再持續下去，我遲早會崩潰。趁這裡是遠離主屋的倉庫，索性狠下心要丈夫開門，向他坦白日積月累的疑惑，問出他真正的想法吧。當我猶豫不決地待在蓋門下時，發生一件無比駭人的事。

五

那天晚上我怎會去倉庫？以常識想來，三更半夜的倉庫二樓不可能有任何動靜，然而，出於荒唐透頂的疑神疑鬼，我仍忍不住前往。是有什麼道理無法說明的感應嗎？莫非這是俗稱的預感？世上偶爾會發生一些常理無法判斷的意外。那時，我竟聽見樓上傳來窸窸窣窣的對話，且是男女的交談聲。男方不必說，當然是門野，但女方究竟是什麼人？

我簡直不敢相信。目擊心中疑念化為昭然若揭的事實，我這少不經事的小姑娘無比震驚，比起氣憤更感到恐懼，恐懼之餘，又湧起無盡哀傷，好不容易撐住沒哇地放聲大哭，僅瘧疾發作般渾身亂顫。儘管如此，依舊無法克制不偷聽上頭傳來的話聲。

「繼續幽會下去，我實在太對不起夫人。」

女聲實在太微弱，幾乎聽不出在說什麼，我以想像力彌補沒聽清楚的地方，才勉強猜出意思。從聲調推測，女人長我三四歲，但沒我這麼肥胖，肯定十分纖細苗條，就像泉鏡花（註）的小說中那般如夢似幻的佳人。

「我也相當愧疚。」門野應道，「如我不斷告訴妳的，我已竭力嘗試愛京子，無奈還是不成。不管我再怎麼轉意回心，仍無法放棄年輕時交好的妳。我對京子有無盡的抱歉，可是我實在難以壓抑每晚見妳的渴望。請體諒我這哀切的心意吧。」

門野的話聲非常清晰，充滿抑揚頓挫，好似在朗誦戲詞，重重撞在我心上。

註　泉鏡花（1873-1939），小說家，本名鏡太郎。作品富有鮮豔色彩及夢幻風格，代表作有《高野聖》、《婦系圖》等。

「我好高興。如此儀表堂堂的郎君，竟拋下那樣賢慧的妻子，深深思慕著我，啊啊，我是多麼幸運。我真歡喜。」

然後，我變得極度銳敏的耳朵，聽見女人依偎在門野膝上的聲息。

噯，請想想我是怎樣的心情。若到我現在的年紀，早就不顧一切地敲破門，立刻衝到兩人身邊傾吐滿腔怨恨，但當時我不過是個小丫頭，拿不出那種勇氣。只能死命按著衣角，強忍湧上心頭的悲憤，傷心欲絕地待在原處，連倉皇離開都辦不到。

不久，我赫然聽見踩過木板地的腳步聲，有人接近蓋門。要是在這兒碰上，雙方都尷尬，於是我急忙走下梯子，躲在倉庫附近的暗處，睜大因恨意燃燒的雙眼，打算把那狐狸精瞧個仔細。打開蓋門的聲響傳來，四下乍然一亮，拿紙罩燈躡手躡腳步下梯子的，千真萬確就是我的夫君。我氣呼呼地等著情敵出現，門野卻關上倉庫大門經過躲藏的我面前，直到他的木屐聲遠去，依舊感覺不出女人下樓的動靜。

倉庫僅有一扇大門，窗戶也都加裝鐵絲網，應該沒有其他出口才對。然而，時間分秒過去，卻始終等不到開門的聲息，真是難以置信。更何況，門野不可能丟下珍惜的戀人獨自離去。難道他們私通許久，已在倉庫某處挖了密道？想到這裡，眼前浮現一個因愛瘋狂的女子，為見心上人，忘卻恐懼，在漆黑洞穴裡匍匐前進的景象，甚至隱約能聽到那聲響，我頓時不再害怕待在黑暗中。之後，由於擔心丈夫懷疑我怎麼不見人影，這天晚上暫且罷休，返回主屋。

六

此後，我不曉得溜進黑夜中的倉庫多少次，在那兒偷聽丈夫和女子的種種甜言蜜語，嘗到無盡的辛酸苦痛。我千方百計地想看到情敵，可是總像第一晚那樣，只有丈夫門野走出倉庫，不見女人的蹤影。有次我準備火柴，確定丈夫離去後，悄悄爬上倉庫二樓，藉微光四處尋找，然而明明無暇躲藏，女人卻憑空消失。另一次，我趁丈夫不在，白天溜進倉庫搜遍每個角落，猜想可能有密道，或是窗戶的鐵絲網破裂，細細檢查，但裡頭連隻老鼠出入的空隙都沒有。

真是匪夷所思啊。確定這點後，比起悲傷、不甘，我更感到說不出的恐怖，禁不住一陣哆嗦。隔天晚上，女人不曉得從哪兒溜進去，仍以一貫的嬌媚呢喃與我的良人互訴情衷，接著又幽靈般消失無蹤。難不成是誰的生靈（註）纏住門野？他生性憂鬱，有些異於常人之處，讓人聯想到蛇（所以我才深深受他吸引吧），該不會特別容易遭這類異形蠱惑？一思及此，連門野看起來都好似某種魔性之物，我頓時陷入難以形容的古怪心情。乾脆回娘家，一五一十地和盤托出？還是先知會門野的雙親？由於太恐懼、太詭異，我好幾次差點衝動實行。不過，這樣捕風捉影、猶如怪談的事，隨口說出只會招惹一番訕笑，反倒丟人，小姑娘我總算忍住，將決心一天拖過一天。仔細想想，從那時起，我就是個逞強好勝的傢伙。

某天晚上，我忽然注意到一件奇妙的事。門野和女人在倉庫二樓幽會後，在他離開前，總傳來「啪」地輕微闔蓋聲，接著便是上鎖般的「喀嚓」聲。我認真回想，儘管非常微弱，每次都會依稀聽到這些聲響，像是從收在那裡的幾口長衣箱發出的。那名女子藏身箱裡嗎？人不可能不吃不喝，也很難長時間躲在密閉箱中，但不知為何，我認定這就是事實。

察覺這點，我再也按捺不住心中的焦慮。無論如何，我都要偷出鑰匙、打開箱蓋，看清楚那狐狸精的嘴臉，否則我誓不甘休。怕什麼，事到臨頭，不管要咬要抓，我都不會輸。彷彿那女人真躲在長衣箱內，我咬牙切齒地等待天明。

隔天，我意外地輕易從門野的文書盒找到鑰匙。當下我已氣昏頭，但對十九歲的小姑娘來說，這依然是難以負荷的大任務。歷經無數輾轉難眠的夜晚，我肯定臉色蒼白、消瘦不堪吧。幸而我們在遠離公婆的房間起居，且丈夫門野忙於自身的事，半個月來，無人發覺我的異狀。帶著鑰匙溜進大白天也陰陰暗暗、充滿冰涼土味的倉庫時，那種心情究竟該如何形容？如今想來，我真是膽大驚人。

然而，是在偷出鑰匙前，抑或爬上倉庫二樓時？千頭萬緒的我，心中倏地浮現一個滑稽的推論。雖無關緊要，不過我順道說說吧。我懷疑，莫非這些日子聽見的話聲是門野在唱獨角戲？這番猜測有如相聲橋段，但或許門野是為了寫小說或演戲，才避開他人在倉庫二樓悄悄練習台詞，搞不好長衣箱裡根本沒什麼女人，而是戲服。真是異想天開啊。呵呵呵呵，我已神智不清，意識混亂到突然產生這種一廂情願的妄念。為什麼？想想那串甜言蜜語的內容，世上有誰會裝成那樣可笑的嗓音講話？

註　活生生的人靈魂脫離，向怨恨的對象作祟，或與愛慕的對象相會。

七

門野家是街坊聞名的世家望族，倉庫二樓收藏著祖先傳下來的各種陳舊物品，擺設得像間古董店。三面牆排滿剛才提到的朱漆長衣箱，一邊的角落放有五六口傳統縱長型書箱，上面堆滿容納不下的黃表紙、青表紙（註一），遭蟲啃蝕的書背灰塵滿布。架上有老舊的卷軸盒子，及大大刻著家紋的行李箱、藤衣箱、老舊陶器，其中特別引人注目的，是巨型碗狀漆器和漆盆，據說是塗鐵漿（註二）的道具。儘管因年代久遠泛紅，但每樣物件上的金徽都是蒔繪（註三）而成。另外，最可怕的是，一爬上樓梯，就有兩尊裝飾用的鎧甲活人似地鎮坐在鎧櫃上，一尊是雄偉的黑糸縅（註四），另一尊不知是否叫緋縅，整體沉黑，許多部位的絲線斷裂，但以往肯定像火焰般豔紅，且威武逼人吧。不僅頭上戴著盔甲，覆蓋鼻下的懾人鐵面具亦完好無缺。在白晝也幽幽暗暗的倉庫裡直盯著瞧，護腕與護腿彷彿隨時會動起來，拔下掛在頂上的大槍，嚇得我想尖叫著逃之夭夭。

小窗雖有淡淡秋光穿透鐵絲網，但窗子實在太小，倉庫角落暗如黑夜，只有蒔繪和金屬零件似魑魅魍魎的眼睛，妖異地泛著幽光。若不慎憶起先前那番生靈的妄想，我一個女人家如何承受得住？我能勉強忍耐心中恐懼，不顧一切地打開長衣箱，果然是愛情強烈的力量使然吧。

縱使不認為有那種事，我內心仍兀自發毛，逐一揭開長衣箱蓋子時，渾身冷汗涔涔，幾乎要窒息。然而，一旦打開箱蓋，窺探棺材似地狠命伸頭一看，卻如同預期——或與預期相反，每口衣箱裡裝的皆是舊衣裳、寢具或美麗的文書盒，不見任何可疑物品。但是，那經常出現的闔蓋聲與上鎖聲，究竟意味著什麼？納悶之際，我突然注意到最後開啟的長衣箱內堆有幾個白木盒，表面以古色古香的御家流書法（註五）寫著「公主」、「五人奏官」、「三人雜役」（註六）等字，是女兒節人偶的收藏盒。確定倉庫裡沒閒雜人等後，或許是稍微放心，在這種場合下，我出於女人家的好奇心，竟忽然興起掀開這些盒子瞧瞧的念頭。

註一　黃表紙、青表紙皆由其封面顏色得名，為江戶時代一種通俗娛樂的插畫小說。
註二　日本古時習於拿酸化鐵液塗黑牙齒，以為美觀，也兼防蛀。
註三　一種日本漆藝法，在漆上以金銀色粉描繪圖樣。
註四　黑線縫綴皮革而成的鎧甲；底下的緋縅則使用紅線。
註五　御家流為書法的流派之一，江戶時代的公文皆以此書體撰寫。
註六　日本三月三日女兒節時，會在台階式架子擺上各種宮廷人偶裝飾，此為娃娃的名稱。

我一一取出人偶，這是公主，這是左近的櫻花，這是右近的橘樹（註一），望著望著，樟腦香引發思古幽情，舊時人偶那細緻的肌膚，不知不覺間誘使我前往夢幻國度。於是，我的思緒隨女兒節人偶遨遊好一陣子，不久猛然回神，忽然注意到長衣箱另一側有口超過三尺的長方白木箱，與其他箱盒截然不同，明顯是貴重物品。此箱表面一樣以御家流書法寫著「拜領」二字，裡頭存放什麼？我輕輕搬出，打開蓋子一看，頓時宛如五雷轟頂，忍不住瞥開臉。那一瞬間（所謂靈感就是這麼回事吧），幾天來的疑問盡數解開。

八

若坦言令我如此震驚的只是一具人偶，您定會大失所望，並恥笑我吧。但那是您還不識真正的人偶，不識過去的人偶巨匠傾注心血完成的藝術品。您可曾在博物館角落邂逅古老人偶，莫名受那栩栩如生的姿態震撼？倘使是女兒人偶或稚兒人偶，您應該會為其超脫塵俗的夢幻魅力驚豔不已。您耳聞過御土產人偶（註二）歎為觀止的巧緻吧？或者您曉得往昔眾道（註三）風行時，一些好事者會製作肖似情人的人偶，日夜愛撫的詭奇實錄？不，用不著提那麼久遠的事，要是您清楚文樂（註四）的淨瑠璃人偶的瑰異傳說，或近代名師安本龜八的活人偶（註五），便能明瞭我的心情。

之後我悄悄詢問門野的父親，才知道長衣箱裡的人偶是向主公拜領的物品，由安政時期（註六）的名匠立木（註七）製作，俗稱京人偶，但據說其實叫浮世人偶。身長三尺餘，約十歲孩童大小，手腳雕琢完整，頭梳古風島田髷（註八），穿著舊式染法的大花紋友禪（註九）和服。我後來聽說，這似乎是立木的獨特風格，儘管是古早的成品，女偶的容貌卻十分現代。飽滿的嘴

註一　分別種在紫宸殿（皇宮正殿）南階下東西兩方的櫻樹和橘花，也是女兒節人偶的飾品之一。

註二　一種京人偶，原型為三頭身裸童，可換穿各種衣裳。武士階級多當成京城土產帶回鄉里，在江戶稱「御土產人偶」，但未有正式名稱，大正時期以後統一為「御所人偶」。

註三　日本古時愛好男色的風潮。

註四　文樂即淨瑠璃，是以淨瑠璃人偶演出的傳統戲劇。

註五　安本龜八（初代，文政九─明治三十三年）為幕末明治時期的活人偶（肖似真人的紙糊人偶）師。出身熊本，與同鄉的松本喜三郎較勁本事，在大阪成功演出，進一步上京發表團子坡的菊人偶等各種作品，成為人偶展覽的先驅。但活人偶在日俄戰爭後不敵電影，不再受歡迎。有意思的是，萬延元年，龜八居住在名張町新町的醫師橫山文圭位於巷弄的長屋製作活人偶，日後江戶川亂步就誕生於此。晚年由兒子繼承第二代名號，自稱龜翁。但長男（龜治郎，明治八─同二十二年）早逝，由三男第三代（龜三郎，明治十一年─昭和二十一）繼承父親的事業。第三代擅長製作美女人偶，靠製作百貨公司的人型模特兒大受歡迎。

註六　安政為江戶時期年號，為一八五四至一八六〇年。

註七　應該是架空的人偶師傅。

註八　日本女性髮型之一，主要為未婚女子以及婚禮時所梳。

註九　一種花紋織細華麗的染布法。

唇豔紅如血，彷彿渴求著什麼；唇畔豐頰鼓起，雙眼皮大眼圓睜似在傾訴話語，濃眉彎彎大方微笑；而最迷人的是那對彷彿以純白紡綢包裹紅綿般隱隱泛紅的耳朵，魅力十足。那妍麗而帶著情慾的臉龐，隨歲月流逝多少有些褪色，五官除嘴唇外異樣蒼白，且似乎沾染上手垢，平滑的肌膚顯得汗水淋漓，卻益發妖媚動人。

在陰暗且充斥樟腦氣味的土倉庫裡看到這具人偶時，那優美隆起的胸脯一帶像正起伏呼吸，嘴唇彷彿隨時會微啟，活靈活現的姿態，教我忍不住渾身一顫。

怎麼有這種事？我的夫君竟愛上一具沒有生命的冰冷人偶。目睹其非凡的魔魅氣質後，已毋須找尋其他解答。丈夫孤僻的性情、倉庫中的甜言蜜語、關上長衣箱蓋的聲響、不見蹤影的女子，從種種跡象推斷，只能解釋為對方是這具人偶。

幾經詢問，綜合各方意見後，我推測門野天生有喜好幻想的特殊性癖，在戀上人類女子前，由於某些契機發現長衣箱中的人偶，遭其強烈的魅惑奪去神魂。打一開始，他就不是在倉庫裡看書。有人告訴我，自古以來不乏人類愛上人偶或佛像的事。不幸的是，我的夫君即為這樣的人，更悲哀的是，他家中偶然保存著稀世的人偶名作。

這是場非人之戀，不屬於此世的愛情。身陷其中者，雖沉浸在活人無法經驗的惡夢般，或童話般的祕樂，靈魂深深陶醉，卻不斷受罪惡感苛責，於是掙扎著要逃脫這種地獄。門野娶我，拚命試圖愛我，不過是那徒勞的苦悶痕跡。這麼一想，我便能理解那番甜言蜜語中「對不起京子」云云的意思，丈夫為人偶裝出女聲也是無庸置疑的事。啊啊，我的命運怎會如此坎坷？

九

至於我所謂的懺悔，其實與接下來發生的可怕事情有關。聽我講那麼多無聊話，竟然還有後續，您想必十分厭煩，不過請放心，若只提要點，立刻就能交代完畢。

別太吃驚，我想告白的，便是從前犯下的殺人重罪。這樣的大罪人為何能免於刑責，安穩度日？因那樁命案並非我直接下手，屬間接罪行，即使我供出一切，也不會受到懲罰。然而，儘管法律上無罪，我仍明擺著是逼他走上絕路的凶手。只是，我膚淺的少女心為一時的恐懼沖昏頭，不敢坦白，就這麼任由事情過去。我深感歉疚，至今未曾一夜安枕。如此向您告解，也算是對亡夫最起碼的贖罪。

不過，當時我簡直為愛瞎了雙眼。我發現情敵居然不是活人，縱使是名作，終究是冰冷的人偶，丈夫竟背棄我選擇那個泥物，教我恨入之骨。而比起怨懟，我更覺得丈夫違背常倫的心意下賤，又覺得要是沒那種人偶，根本不會衍生這事，最後甚至恨起叫立木的人偶師傅。啊啊，不管三七二十一，砸爛這可惡人偶的妖嬌臉龐，扯斷她的手足，門野就無法繼續沒有對象的戀情。這麼一想，我毫不遲疑地決定付諸實行。慎重起見，當晚重新確認丈夫與人偶幽會後，隔天一早，我立即奔上倉庫二樓，將人偶五馬分屍，砸得面目全非。雖不可能出錯，但之後再留意丈夫的模樣，便能證實我的猜測究竟正不正確。

然後，望著猶如慘死車輪下的人偶那副身首異處、四分五裂，異於昨日的醜陋殘骸，我終於吐出胸中一口惡氣。

十

這天夜晚，毫不知情的門野又窺探我的鼾聲，點亮紙罩燈，消失於緣廊外。不必說，他是趕著去和人偶幽會。我假裝熟睡，悄悄目送他的背影，雖然確實感到大快人心，卻同時嘗到一股莫名的傷悲。

發現人偶的屍體時，他會有什麼反應？為異常的戀情羞恥，默默收拾殘骸，裝作若無其事？還是揪出凶手，大加責罵？不管憤怒責打或斥罵，果真如此，我不知會多麼高興。因為要是門野生氣，表示他根本不愛那個人偶。我心神不寧地直豎著耳朵，留神土倉庫裡的氣息。

我究竟等了多久？無論怎麼等，丈夫都沒歸來。既然看到壞掉的人偶，他待在土倉庫也莫可奈何，已過平常該回房的時刻，怎麼不見蹤影？難不成他幽會的對象果然不是人偶，而是活生生的人？想到這兒，我掛心得再難忍耐，馬上鑽出被褥，準備另一盞紙罩燈，穿過漆黑草叢奔往倉庫。

我爬著倉庫的梯子，見那蓋門不似平常，竟然敞開著，且上方還亮著紙罩燈，紅褐光線甚至幽幽籠罩梯底。某個念頭令我心中一震，我一鼓作氣跑上階梯，叫著「老爺」舉燈一瞧，不祥的預感成真。丈夫與人偶的屍骸重疊在一塊，地板一片血海，染滿腥紅的傳家寶刀掉落一旁。在我眼裡，人類與土偶的殉情不僅不滑稽，反而有種說不出的肅穆，緊緊揪住我的胸口。我發不出聲，流不出淚，只能茫茫木立原地。

凝神注視，人偶遭我砸毀的半邊唇畔，恍若自身吐血般，掛著一絲血痕，滴滴落在抱著她

鏡地獄

「稀罕事，是嗎？那麼這則如何？」

有一次，五六個人輪流說著恐怖怪談及珍奇異事，最後朋友K起了話頭。這是真人真事，抑或K編出來的，我並未過問，因此真假不明，但當時剛聽完種種不可思議的軼聞，加上春季已近尾聲，天候格外陰沉，空氣如深邃海底般沉重淤塞，說者與聽者都陷入近似瘋狂的心境，所以這故事異樣地打動我……

我有個不幸的朋友，姑且稱之為「他」吧。不知何時起，他染上罕見的怪病。或許是祖先中有人得過這樣的病，遺傳給他。這麼說並非全無憑據，他的家族裡，不曉得是祖父或曾祖父，曾皈依天主教這個邪教（註一），藤衣箱底收藏著古老的外文書籍、瑪麗亞像和基督受難圖。此外，同一箱內還裝有《伊賀越道中雙六》（註二）裡登場的一世紀前的望遠鏡、形狀古怪的磁鐵、當時叫支牙曼（註三）與畢多羅（註四）的美麗玻璃器物等。自小他就經常向家人討這些東西玩耍。

仔細想想，他似乎從那時候起，便特別偏好能倒映出影像的物品，例如玻璃、透鏡、鏡子等，證據就是他的玩具全為幻燈機械、望遠鏡、放大鏡，及類似這些的將門鏡（註五）、萬花筒、放到眼前會讓人或道具變細長或扁平的三稜鏡等玩意。

然後，我記得他年少時發生過這樣的事。某天拜訪他的書房，只見桌上擺著一口老桐箱，他拿出箱中的古代金屬鏡，對著日光，將光線反射在陰暗的牆上。

「如何？很有意思吧？你看那邊，這麼平滑的鏡面，反射後卻出現奇妙的字跡。」

聽他一說，我望向牆壁，令人吃驚的是，雖然形狀有些扭曲，但白金般的強光確實在圓形白光中顯現「壽」字。

「真奇妙，怎麼弄的？」

這根本是神蹟，小孩子的我覺得稀奇，同時也心生害怕，忍不住反問。

「很神祕吧？我來揭曉答案。說穿了根本沒什麼，喏，你瞧瞧，這面鏡子背後不是浮雕著『壽』？就是這個字透到表面。」

註一　日本江戶時代曾鎖國禁教，故如此說。

註二　淨瑠璃義太夫節的戲碼之一，天明三年（一七八三）於大坂竹本座初演。改編自寬永十一年（一六三四）荒木又右衛門協助內弟渡邊數馬討伐河合又五郎報仇的事件。

註三　荷蘭語diamant，江戶時代稱鑽石的用語。

註四　葡萄牙語vidoro，古時稱玻璃的用語。

註五　利用透鏡折射，使一樣東西看起來有許多個的玩具。據說平將門（平安時代的武將）有許多影武者，故有此名。

原來如此，細看之下，近似青銅色澤的鏡子背面果然有個精緻浮雕。可是，為何會穿透到表面，形成那般光影？不管從哪個角度看去，鏡面都極為平滑，倒映在上面的臉不會歪七扭八，卻在反射時製造出奇異的影像，簡直像魔法。

「這才不是什麼魔法。」他看到我詫異的神色，說明起來。「爸爸告訴我，金屬鏡和玻璃鏡不同，若不常擦拭，就會愈來愈模糊，照不出東西。這面鏡子在我們家傳承好幾代，不知擦過多少次。每拂拭一次，背面的浮雕和其餘較薄的地方，磨損程度會逐漸出現肉眼難以分辨的差異，因愈厚的地方抵抗力愈大。那微妙的磨損差異是關鍵，經反射便呈現那樣的光影，明白嗎？」

道理我懂，但倒映臉龐時看不出坑坑窪窪的平滑表面，反射光線後就呈明顯凹凸的離奇事實，感覺像透過顯微鏡觀察細微之物那般奇妙，教我震顫不已。

這面鏡子太過特別，我印象格外深刻，但這只是其中一例，他少年時代的娛樂，幾乎全靠這類遊戲滿足。有趣的是，連我都受他感染，至今仍對透鏡抱持超乎常人的好奇。

不過少年時期還不算嚴重，待他升上中學高年級，習得物理學後（如同各位所知，物理學包含透鏡和鏡子的理論）他便完全沉溺其中。自那時起，他簡直失心瘋地成為透鏡狂。說到這兒，我想到教授凹面鏡原理的課堂上，一個小型凹面鏡的樣本在學生之間傳遞，每個人都拿來照自己的面孔。當時我滿臉青春痘，自覺似乎與性慾有關而羞恥不已，不經意地望向凹面鏡時，嚇得差點尖叫。我臉上的每顆青春痘都放大到驚人的地步，好似以望遠鏡觀看月球表面。

形同小山的青春痘端頂如石榴般破裂，像圖畫看板所描繪的戲劇廝殺場面，漆黑血糊噁心地滲漏。或許是心中帶著自卑感，凹面鏡上的我是多麼恐怖、多麼詭異啊。往後，只要瞥見經常出現在博覽會或鬧區見世物的凹面鏡，我總是渾身發抖，拔腿就逃。

一樣看見凹面鏡，他的反應卻與我大相逕庭。他不僅不害怕，反而覺得魅力十足，感歎的叫聲響徹整間教室。那瘋狂的叫喊引起哄堂大笑，從此以後，他便完全耽溺於凹面鏡中。他買遍大大小小的凹面鏡，以鐵絲和硬紙板組成複雜的機關，獨自滿足地竊笑。由於是喜歡的領域，加上擁有發明出人意料的古怪機關的才能，他甚至特地訂購外國魔術書籍研讀。某次拜訪他房間時，嚇我一大跳的魔法紙鈔機關，至今仍令我嘖嘖稱奇。

那是口二尺見方的方型紙箱，前面如建築物入口開了個洞，像信插中的明信片般，插著五六張一圓鈔票。

「拿起這些鈔票看看。」

他把箱子放到我面前，若無其事地說。我聽從他的指示，不料伸手一撈，明明在眼前的鈔票卻宛若煙霧，撈不到半點東西，豈不教人吃驚？

「咦？」

瞧見我詫異的模樣，他好玩地笑著說明，原來這是英國還是哪裡的物理學家想出來的魔術，一樣是運用凹面鏡。我不記得詳細原理，總之是將真鈔橫放箱底，斜上方裝設凹面鏡，引進電燈固定照射紙鈔，凹面鏡焦距上的物體就會隨不同角度在不同地方成像。根據這理論，紙鈔將逼真地顯現於箱前洞口處。普通鏡子無法體現這種效果，換成凹面鏡，實像便神奇地彷彿歷歷在目。

於是，他對透鏡與鏡子的異常愛好變本加厲。不久，中學畢業後，他並未繼續升學。寵溺兒子的雙親，不論他的要求多任性都無條件答應，所以他自認是獨當一面的大人，在庭院空地新蓋一間實驗室，展開特異的消遣活動。

以往得上學，有些時間上的束縛，因此程度還不嚴重，如今從早到晚都關在實驗室裡，他的病況加速惡化。原本他就沒什麼朋友，畢業後生活更局限在狹小的實驗室，足不出戶。少數會去看望他的，除他的家人外，只有我而已。

但我不常登門拜訪。目睹他的病每況愈下，幾乎瀕臨瘋癲，我就禁不住戰慄。他天生怪病，禍不單行的是，他的父母某年不幸病逝於流行感冒，此後他更肆無忌憚。莫大的遺產可供他隨心所欲地進行古怪實驗，加上他已年過二十，逐漸對女人產生興趣。嗜好奇特的他，情慾方面也極度變態，搭上他的透鏡狂熱，更是不可救藥。我要傾訴的，便是這情形招致的某種駭人後果。在此之前，我想舉幾個實例說明他的病況有多嚴重。

他家位在山手的高台，我方才提到的實驗室，就建在那偌大庭院一角，能俯瞰市街屋瓦的位置上。他先著手將實驗室的屋頂改造得有如天文台，裝設一架頗具規模的天體觀測鏡，耽溺於星辰的世界。那時候，他靠著自學習得大部分的天文知識，但他不可能滿足於如此平凡無奇的嗜好。此外，他還在窗邊安裝高倍數望遠鏡，變換各種角度偷窺底下人家開放的室內，享受著罪大惡極的祕密樂趣。

那或是圍牆裡、或是面對其他人家的後牆，當事人以為誰都看不見，完全料不到竟會有人從如此遙遠的山上拿望遠鏡偷窺，因此縱情於各種隱密行為，而他就猶如近在眼前，鉅細靡遺地觀察著這些情事。

「只有這事我欲罷不能啊。」

他老是這麼說，把從窗邊望遠鏡偷窺的行為當作無上的享受，不過仔細想想，這種惡作劇必定極為有趣。我有時候會請他借我看看，偶爾瞧見的奇妙場景，不乏令人臉紅心跳的場面。

此外，舉例來說，有時候他會裝設那種可從潛水艇中窺望海上的潛望鏡，身在他房間，便能神不知鬼不覺地窺視僕傭，特別是年輕小廝的私室。有時候他會拿放大鏡或顯微鏡觀察微生物的生活，奇特的是，他還飼養跳蚤，觀察牠們在放大鏡或低倍數顯微鏡下爬行或吸食他鮮血的模樣，或將兩隻跳蚤放在一起，看牠們同性爭吵、異性相愛的情狀；其中最為噁心的是（他讓我看過一次，害我對原本毫無感覺的那種蟲萌生莫名的恐懼），他弄得跳蚤半死不活，放大跳蚤痛苦掙扎的模樣到極限來觀察。那大概是五十倍的顯微鏡，一隻跳蚤就占滿整片視野，從嘴巴到腳爪、身上的每根細毛都看得一清二楚，這樣比喻雖然古怪，但就像野豬般巨大。跳蚤在漆黑血海中（僅僅一滴的血看起來竟如同大海），背部一半遭壓扁，手腳空划，拚命伸長口吻，一副垂死的恐怖模樣。我甚至感覺到牠發出淒厲的慘叫。

要一一細述，真是沒完沒了，大部分我就省略不提，不過自實驗室落成以來，他這種嗜好便與日俱增，有一次還發生這樣的事。某天我漫不經心地打開實驗室的門，房裡不知為何放下百葉窗，眼前一片陰暗，但正面整座牆（約有一間四方大小）有什麼東西在蠕動。原以為是我多心，揉眼細看，果然沒錯。我愣在門口，屏息注視著那個怪物。只見本來霧般的景象漸漸明朗，顯現出針山般的黑色草叢，及底下炯炯發光的臉盆大眼珠。從瞳孔帶褐的虹彩，到白眼中的血管河流，都像柔焦照片般看似模糊、實則異樣清晰地呈現。還有棕櫚般的鼻毛、發光洞窟般的鼻孔，及完全如兩張坐墊重疊在一起的鮮紅嘴唇，中間露出瓦片般閃閃發光的白齒。換句話說，一張人臉塞滿房間，且活生生地蠢動著。與電影不同，它的動作安靜，色澤彷若實物般鮮豔明亮。比起詭異和害怕，我更懷疑是自己發瘋，忍不住驚叫出聲。

「嚇到啦？是我啊。」

於是，另一個方向傳來他的話聲，我赫然發現牆上怪物的嘴唇和舌頭隨之蠕動，臉盆大的眼睛也得意笑開。

「哈哈哈哈哈……這花樣如何？」

房間突然亮起，他從另一邊的暗室現身。不必說，牆上的怪物同時消失無蹤。我想各位大概也猜到，這就是所謂的實物幻燈——透過鏡子、透鏡與強烈的光線作用，映照出實物原樣，兒童玩具裡也常見，而他特別耗費一番工夫，做出能將實物放到異常巨大的裝置，照出他自己的臉。光聽原理沒什麼，實際看到可相當嚇人。總之，這就是他的興趣。

類似的東西裡，還有更奇妙的裝置，不必把房間特別弄暗，他的臉也近逼在我面前，但加擺一台雜亂無章地陳列許多鏡片的古怪器械。單照他眼睛，就只有眼睛會變成臉盆大憑空浮現。他突然使出這招時，我真像做了惡夢般渾身瑟縮，差點沒嚇昏。不過一揭開謎底，那果然同先前提到的魔法紙鈔一樣，只是運用許多凹面鏡來擴大影像。就算理論上可行，也得耗費許多金錢和時間，根本沒人會去嘗試這種荒唐事，因此說是他的發明也無妨。如果連續看到這類機關，甚至會覺得他簡直像可怕的魔物。

之後經過兩、三個月，這次他不曉得想到什麼，把實驗室隔出一小間，上下左右黏貼鏡子，做出俗稱的鏡子屋。門扉之類的也全是鏡子做的。他拿著一根蠟燭，獨自在裡面待上良久。沒人知道他為何這麼做，不過我大概猜得出他所見的情景。若站在六邊貼滿鏡子的房間正中央，全身每一處都會因反射化成無限的倒影，彷彿四面八方皆有無數與他相同的人影廝殺過來，光假想就教人渾身發毛。雖然簡陋許多，但我小時候曾在八幡不知藪（註）的展覽設施裡體驗過鏡房。連那極不完美的鏡房都讓我飽嘗無法形容的驚嚇，所以當他邀我進去時，我抵死不從。

不久，我漸漸發現進入鏡房的不只他一人。那不是別人，就是他中意的十八歲美麗女傭，亦是他唯一的情人。他總把這話掛在嘴上：

「那女孩唯一的優點，便是身上有著無限濃深的陰影，色澤不差，且肌理細緻，軀體也像海獸般富有彈力。但比起這些，她最美的地方仍在於陰影之馥郁。」

他天天和那姑娘在鏡子國度裡嬉戲。那是密閉的實驗室，且又在另外隔出的鏡房中，外頭根本聽不出動靜。據說他們有時一待就是一個鐘頭以上。當然，他獨自一人的情況也不少，某次他進房後一直悄然無聲，僕傭擔心地敲門，於是門突然打開，他一身赤條條走出，一語不發地甩頭往主屋走掉，真是奇妙。

那時起，原本不甚健康的他日益衰弱，然而他異樣的病癖反倒變本加厲。他投注莫大費用蒐集各種形狀的鏡片，平面、凸面、凹面、波浪型、筒型，虧他弄得到那麼多稀奇古怪的鏡片。一天天搬進來的變形鏡片幾乎快淹沒廣闊的實驗室。不僅如此，令人驚詫的是，他竟然在偌大庭院中央蓋起玻璃工廠。那是他的獨創設計，在製作特殊製品方面，水準在日本可說是首屈一指，技師和技工皆為一時之選。他熱中的程度，彷彿耗盡剩餘財產亦在所不惜。

註　千葉縣市川市八幡，過去有片傳說一進去就出不來的竹林，稱為「八幡不知藪」，後來便如此形容易迷路的竹林或迷宮。此外，這也不單指迷宮，有時候也把各處安插了可怕情景或以活人偶表現幽靈場面的迷宮稱為八幡不知藪。明治十年左右起，成為一種大為流行的展覽設施。

不幸的是，身邊沒有任何親戚能夠規勸他。傭人當中有人看不過去，向他進言，但那樣的人都當場遭到解僱，剩下的全是貪圖高得離譜的薪水而留下的卑賤之徒。目睹這種狀況，我身為他無可取代的唯一摯友，無論如何都必須勸阻他，制止他這有勇無謀的行動。我當然三番兩次嘗試，瘋狂的他卻完全聽不進去。而且，若說他所做的並非什麼壞事，只是隨心所欲地揮霍自己的財產，旁人也無可奈何。我只能惶惶不安地看著他的財產與性命日漸消逝。

如此這般，我便頻繁地出入他家。我心想起碼該監視著他的行動才好，因此無可避免地看到他在實驗室裡構思出的各種光怪陸離、令人目眩神迷的魔術。那真是令人驚駭的怪奇幻想世界。他的病癖到達巔峰時，那罕異的天才也毫無遺憾地發揮到極致了吧。當時我見聞到的種種走馬燈般變化多端、全非此世之物的詭奇瑰麗光景，究竟該以怎樣的話語形容才好？

他從外地買來鏡子，不夠的部分，及外面弄不到的異形鏡子，便以自家工廠製造的鏡子補齊，接二連三地實現他的夢想。有時候，只有他的頭、身體或腳飄浮在實驗室半空。用不著說，那只是魔術師的老套伎倆（在整間房斜斜裝上巨大平面鏡，一部分開洞，將頭或手伸出）罷了，但表演者不是魔術師，而是我認真到病態的朋友，那教人無法不感到詭異。有時候，整個房間簡直是凹面鏡、凸面鏡、波浪鏡、筒型鏡的洪水氾濫。在中央狂舞的他，形姿或巨大或微小、或細長或扁平或扭曲，或是只有胴體、或是頭底下又連接著頭、或一張臉上有四隻眼睛、或嘴唇上下無限延伸扁縮，那些影子又相互反射、交錯，紛然雜呈，簡直是瘋子的幻想，地獄的饗宴。

有時候，整個房間成為巨大的萬花筒。那是個機關，在一頓一頓旋轉的數十尺大的鏡子三角筒中，從花店蒐集而來的萬紫千紅，就像鴉片的夢幻般，一枚花瓣看起來有一張榻榻米那麼大，幾千幾萬地化做繽紛的彩虹、極地的極光，覆蓋觀者的世界。在這當中，他有如裸體巨怪暴露出月球表面般龐大的毛孔舞蹈著。

此外，還有許許多多即使未凌駕這些，也絕不遜色的可怕魔術。那是看到的瞬間，幾乎會使人氣絕、令人盲目的魔界之美，但我無力去描述，且就算說了，也不會有人相信吧。

然後，歷經一段這樣的狂亂狀態後，可悲的破滅終於來臨。我最親愛的朋友，終究成為真正的瘋子。他過去的行為也絕對不算正常，可是儘管表現出那種種狂態，他一天之中大多數的時間仍像常人般度過。他會讀書，會鞭策骨瘦如柴的肉體監督指揮玻璃工廠的工程，一見到我，也會談論他一貫的詭異唯美思想，全然無礙。然而，我怎麼想像得到，這一切竟會以那般悲慘的結局收場？這恐怕是盤踞在他體內的惡魔的所作所為，若非如此，難道是他過度耽溺於魔界之美，以致觸怒神明？

一天早上，他家的小廝慌慌張張地跑來叫醒我。

「大事不妙，夫人請您立刻過去！」

「不妙？發生什麼事？」

「小的不明白，總之能勞您走一趟嗎？」

小廝和我都嚇白臉，急急問答一陣後，匆匆忙忙趕到他家。地點果然是實驗室。我飛也似地跑進去，那裡除剛才小廝稱為夫人、他所愛的女傭外，還有幾名傭人驚詫地呆立原地，注視著一個奇妙的物體。

那個物體就像放大版的雜技用踩球，外罩一塊布，在收拾得乾乾淨淨的廣大實驗室裡，生物般一下左一下右地旋轉。更驚悚的是，其內部咻咻傳出一種分不出是動物或人類的吟笑聲。

「這究竟怎麼回事？」我只能抓住那個女傭問。

「我也一頭霧水。裡面的應該是老爺，但我完全不曉得何時有這樣一顆大球，又怕得不敢去碰。……我從剛才就一直喊老爺，卻只傳出奇怪的笑聲。」

聽到她的回答，我立時走近大球，調查聲源。我輕易地在旋轉的大球表面發現兩三個疑似透氣用的小孔。我湊向其中一個洞孔，窺看內部，只見有什麼格外刺眼的光燦爛閃耀，除了人類蠕動的感覺，及瘋狂悚然的笑聲外，瞧不出個所以然。我呼喚他的名字，但對方不曉得是人類，還是非人類的生物，一點兒反應也沒有。

不過，好一會兒後，我忽然在球體表面找到四方形的嵌合處。那似乎是進入球體的門扉，用力一推便喀喀作響，但缺少把手等施力處，無法打開。然而，仔細一看，上面留有金屬洞穴，像是把手的痕跡。難道是人進入裡面後，把手因故脫落，導致不管從內或外都無法開門？那麼，他等於關在球裡一整晚。把手會不會就掉在附近？我四下環顧，不出所料，果真在房間一角找到一個圓型金屬零件，比對剛才的金屬洞穴，尺寸完全吻合。困擾的是，柄已折斷，就算勉強插入，門也不可能打開。

古怪的是，遭禁錮的人竟不呼救，只是咯咯大笑。

「莫非……」

我想到一件事，忍不住臉色發白。來不及思考，只能立刻打破這顆大球，先救人再說。

我立刻衝進工廠，抄起鎯頭，回到原先的房間，朝大球狠命一敲。令人吃驚的是，內部似乎是厚厚的玻璃所製成，隨著「鏘」的刺耳聲響，大球化成大量的碎片破裂。

而狼狽爬出的，毫無疑問就是我的朋友。我不祥的預感果然成真。話說回來，人類能在短短一天內變這麼多嗎？昨天以前，我的朋友雖然衰弱，但還算是神經質的精瘦臉龐，只不過乍看之下有點恐怖的程度而已。然而，他現下的模樣與死人無異，顏面肌肉全都鬆弛，頭髮遭搔亂似地披散，眼睛布滿血絲卻異樣空洞，嘴巴邋遢地大開，吱吱笑個不停。那模樣真教人不忍再看第二眼，連他萬分寵愛的女傭都嚇住，不由得倒退好幾步。

用不著說，他發瘋了。可究竟是什麼促使他發瘋？他不像關進球內就會癲狂的人。再者，那奇特的球到底有何用途？他怎會進入裡面？在場無人知曉這顆球，恐怕是他命工廠祕密製作的。但他原本打算用這顆踩球般的玻璃球做什麼？

他在房間裡四處遊蕩，笑個不停。女傭總算回過神，滿臉淚痕地捉住他的袖子。在這場異常的騷亂中，玻璃工廠的技師跑來上班。我抓住對方，不顧他嚇得一臉呆愣，連珠炮似地逼問他。然後，歸納他結結巴巴回答的內容，原來情形是這樣：

從相當久以前，技師就被吩咐要做出一個直徑四尺、約二分（註）厚的中空玻璃球。他們暗中趕工，終於在昨天深夜完成。技師當然不知道這玩意的用途，他們遵照主人詭異的吩咐，在球外側塗上水銀，使內部成為一面鏡子，內部幾個地方則裝上強光小燈泡，並在球的一處安裝供出入的門扉。大功告成後，他們趁夜搬到實驗室，將小燈泡的電線連接到室內燈的電源，交給主人便打道回府。此外的事，技師概不曉得。

我放技師離開，拜託僕傭看顧瘋子，望著散落一地的玻璃碎片，為解開這椿怪事之謎苦思惡想。我和玻璃球互瞪許久。而後我靈光一閃，他試遍、享盡各種想像得到的透鏡裝置，最終是不是設計出這個玻璃球？他是不是打算親自進入當中，觀察倒映在內的神奇影像？

但，為什麼他會發瘋？不，更重要的是，他在玻璃球裡看到什麼？剎那間，我感覺背脊彷彿遭冰柱貫穿，空前絕後的恐怖幾乎凍住心臟。他進入玻璃球，在閃爍燈光中瞥見自己的影像，就當場精神錯亂嗎？抑或想逃離玻璃球，不小心折斷門的把手，出也出不去，在狹窄球體內痛苦掙扎，終至發狂？會不會是兩者之一？那麼，他如此恐懼的根源究竟是什麼？

那畢竟已超出人類的想像。過往可曾有人進入球體鏡的中心？球壁上將映出何種影像，即便是物理學者也難以預測吧。那會不會是我們無從夢想的、恐怖與戰慄的天外異境？會不會是怵目驚心的惡魔世界？在球裡，會不會他的形姿並非他的形姿，而變成另一種截然不同的生

註　一分約〇・三公分。

物？雖然無法想像會呈現出什麼形象，總之是教人理智崩潰的某種東西席捲他的視野、他的世界？

我們勉強能夠辦到的，只有試著延展凹面鏡帶來的恐慮。提到凹面鏡的可怕之處，各位應該也清楚吧？那是好似把自己放在顯微鏡底下窺看的惡夢般世界，而球體鏡便有如凹面鏡無止境地團團包圍全身。這等於是凹面鏡的恐怖再放大無數倍，光想像那番情景，就止不住渾身震顫。那形同是凹面鏡圍繞的小宇宙，是超越此世的世界——那一定是完全異形的狂人國度。

我不幸的朋友將他的透鏡狂、鏡片瘋發展到極致，行將窮盡之處，不曉得是觸怒神明，爾或敗給邪魔的誘惑，終於走上絕路。

後來他便癲狂地離世，因此我無由確定事實真相。然而，他就是侵犯鏡球內部，才會自取滅亡。至少，直至今日我都無法捨棄這樣的想法。

〈鏡地獄〉發表於一九二六年

旋轉木馬

「此地離家數百里，遙遠滿洲大地……」

喀噠、叩咚、喀噠、叩咚，旋轉木馬旋轉著。

今年五十多歲的格二郎因興趣而當上喇叭手，過去他也曾是鄉里活動館的明星音樂師，但不久後新崛起的管弦樂便取代喇叭，光靠「此地離家數百里」、「大風大浪」（註一），實在找不到僱主，終於淪為化裝宣傳遊行樂隊（註二）的徒步樂手，十幾年漫長的歲月中，在艱辛塵世中打滾，日復一日遭行人嘲笑，還是離不開心愛的喇叭。即使想要不幹，也沒有其餘謀生技能。一方面是嗜好，一方面出於無奈，他繼續擔任樂手。

然而去年底，化裝宣傳遊行樂隊派他到這家木馬館（註三），如今他以長工身分站在喀噠叩咚響的旋轉木馬正中央高台上。紅白兩色帷幕圍繞台子，頂上四面八方伸展出萬國旗，裝飾得華麗庸俗。格二郎穿著金絨飾帶的制服，戴著紅呢樂隊帽，從早到晚，每隔五分鐘就在監督的笛聲信號下，「此地離家數百里，遙遠滿洲大地……」地，揚聲吹奏起他引以為豪的喇叭。

世上真有這麼古怪的生意哪。一年三百六十五天，十三頭被手垢抹得油亮的木馬、五輛坐墊失去彈性的汽車、三台三輪車、穿西裝的監督、兩個女剪票員，就在旋轉舞台般的木板台上毫不厭倦地四處穿梭。於是小姑娘和小少爺便拉扯著爸媽的手，大人坐汽車，小孩坐木馬，嬰兒坐三輪車，看啊，多麼愉快地享受這五分鐘的郊遊。放假的小伙計、放學的頑童，甚至連些青春年少的年輕人，都「此地離家數百里」地，在馬背上興高采烈地躍動著。

而看著這一幕的喇叭手、太鼓手竟能那麼正經八百——旁人一定覺得甚為滑稽——他們鼓圓臉頰吹喇叭，高舉鼓槌敲太鼓，不知不覺間隨著客人一起，讓音樂配合著搖晃的木馬頭，忘我地轉啊轉，轉啊轉，他們的心也跟著轉。轉啊轉，像時鐘的針般無休無止。你在旋轉的時候，我便忘記窮困、忘記家中的黃臉婆、忘記掛著鼻涕的小鬼的哭聲、忘記南京米（註四）的飯盒、忘記只有一顆梅干的配菜，忘記一切的一切。這個世界是歡樂的木馬世界。然後，今天就這麼過去，明天、大後天也會就這麼過去。

每天早上六點一到，格二郎便用長屋的共同水龍頭洗臉，啪啪兩聲，以響亮的拍手向太陽

註一　「此地離家數百里」是真下飛泉作詞、三善和氣作曲的軍歌《戰友》第一句歌詞，「此地離家數百里，遙遠滿洲大地……」。由於曲調簡單，廣受喜愛，也成為演歌歌手的曲目。「大風大浪」出自明治二十一年出版的《明治唱歌（二）》中，由大和田健樹作詞，奧好義作曲的《舟遊》首句歌詞「大風大浪為我送行」。

註二　原文為「披露目屋」，是明治時代化裝宣傳遊行樂隊的稱呼。

註三　指位在淺草四區水族館旁邊的劇場，有旋轉木馬配合樂隊演奏旋轉，此外也表演安來節。亂步曾在隨筆〈惡人志願〉中寫道：「平林、延原兩兄……橫溝正史兄坐了木馬。」戰後旋轉木馬和安來節一度復活，現今改名木馬亭，是浪花節的表演館。

註四　印度、泰國、中國等地進口的細長少黏性的白米，也稱外米。

禮拜。今年十二歲已上學的大女兒還在廚房拖拖拉拉的時候，格二郎已提著黃臉婆做的飯盒匆匆趕往木馬館上班。大女兒向他討零用錢，壞脾氣的六歲兒子哇哇大哭，恐怖的是，還有個才三歲的小兒子在黃臉婆背上吸著鼻涕。正所謂雪上加霜，連那個黃臉婆都歇斯底里地吵著賴母子講（註）的月錢付不出來。逃離充塞這些叫罵的巷弄長屋那九尺二間的空間，前往木馬館的另一個天地上班，是多麼快樂的事啊。不僅如此，那塗著藍油漆的簡陋木造木馬館裡，除從早到晚「此地離家數百里」地旋轉木馬外，除吹慣的喇叭外，仍有另一項安慰的事物等待著他。

木馬館沒有售票口，客人可自行騎上木馬。當木馬和汽車坐滿約一半，監督便會吹起笛子，木馬喀噠叩咚地旋轉起來，於是兩名穿著類似藍布洋裝的女子肩上揹著車掌般的包包，穿梭在客人之間，收錢給票。女車掌之一已三十好幾，是他同事太鼓手的老婆，看上去就像老媽子穿洋裝。另一個則是十八歲的小姑娘，既然是木馬館僱用的小姐，姿色和咖啡廳的美麗女服務生當然沒得比，可是說到十八歲，畢竟是黛綠年華，仍有那麼一絲吸引人之處。棉質藍洋裝服貼合身，肉體曲線撐得衣服每處縐褶飽飽的，顯得嫵媚動人，那青春肌膚的香味還透出棉布撩撥著男人的鼻子；至於長相，雖然不美，但總有些惹人憐愛，偶爾還會有成年男客趁著買票調戲她。那種時候，姑娘也會不住搖頭，抓著木馬的鬃毛，略顯高興地任人捉弄。她名叫阿冬，其實就是格二郎每天迫不及待來上班的最主要原因。

兩人年紀幾乎差了一輪，且他已有家室，甚至還有三個孩子。這麼想想，說是「豔遇」也太臊人，事實上或許不是出於那樣的情感，但格二郎每天早上逃離煩人的家庭，來到木馬館上班，看上阿冬一眼，心情就會莫名開朗。只要講個一兩句話，他的心就會像個青年般雀躍不已，年紀都一大把還變得膽小害臊，卻因此更覺歡喜。假如阿冬哪天缺勤，格二郎不管再怎麼鼓起勁吹喇叭，都洩了氣似地，感覺熱鬧的木馬館莫名淒涼。

若要說的話，阿冬算是個貧寒的姑娘，而格二郎會對她萌生這樣的感情，一方面可能是看自己的年歲，阿冬那種窮酸之處反而令他覺得親切合拍，另一方面，他家偶然和阿冬住在同一方向，閉館回去的時候，兩人總是結伴而行，交談的機會也多。熟稔後，格二郎對於和這樣一個小姑娘要好，也不覺得有什麼不自然了。

「那，明天見。」

然後，在某個十字路口道別時，阿冬總會略歪著頭，以有些撒嬌的口氣說。

註　起源可追溯到鎌倉時代，是一種合作共濟融資組織。參加者定期存錢，緊急時能全額提領。後來發展為以營利為目的的相互銀行、無盡公司。

「嗯，明天見。」

於是格二郎也變得有點孩子氣，回聲「拜拜」，把飯盒搖得鏗鏘作響，揮揮手，而後望著阿冬的背影（阿冬的背影絕稱不上美，實在寒酸得難看），沉浸在一股淡淡的甜蜜滋味裡。

阿冬家和他家差不多窮，這點從她下班脫掉棉質藍洋裝後換上的便服也可猜想出來。和格二郎一道回家，經過攤販等商店前時，阿冬眼睛閃閃發光、渴望地看著飾品的模樣，以及望著往來商家姑娘的打扮，羨慕地說「好好哦」時，真可悲哪，頓時就暴露她的出身。

所以對格二郎而言，即使想以單薄的錢包討阿冬的歡心，在某程度內也不算難事。一根花髮簪、一碗紅豆湯，光這種東西，便足以讓阿冬展現嬌羞的笑容。

「這不行了吧？」有一次，她以指尖把玩著身上過時的披肩說，當時季節已逐漸轉冷。「這是前年買的，早就不能看。我要買那種的。瞧，那條很漂亮吧？那是今年的最新流行。」接著，她沒指著舶來品店櫥窗中展示的美麗披肩，而是掛在屋簷下的便宜貨，嘆息道，「啊啊，發薪日怎麼還不快到？」

原來如此，這是今年的流行款啊。格二郎這才發現，阿冬一定非常想要新披肩。便宜的話，要他掏腰包買來送阿冬也行，那麼，阿冬不曉得會有多高興。於是格太郎走近屋簷下，看了看標價，定價七圓數十錢，實在不是他買得下手的金額。他同時想起十二歲的女兒，不禁再次感覺世道淒涼。

從那時起，阿冬幾乎沒有一天不提到披肩，萬分期盼著屬於自己的一天，也就是領薪水的日子。然而，發薪日當天，格二郎原以為阿冬會拿裝著二十幾圓的袋子在歸途買下披肩，不想並非如此，她的收入似乎得先全數交給母親，所以兩人就這樣在平常的十字路口道別。後來格二郎像自個兒的事，期待著她今天是否會披著新披肩來？還是明天？可是毫無跡象。經過半個月，奇妙的是，阿冬絕口不提披肩，彷彿完全死了心地披著那條褪流行的披肩，但依然沒忘記內斂的微笑，勤奮地來木馬館上班。

格二郎看著她那惹人心疼的模樣，不由得對自身的貧窮產生一股前所未有的、近似憤怒的情緒。不過是區區七圓幾十錢的銅子兒，卻不能隨心所欲，思及此，他更是憤恨不已。

「今天吹得真帶勁。」

格二郎胡吹一通，弄得占據他旁邊位置的年輕太鼓手瞅著他怪笑。格二郎有種「隨他去吧」的自暴自棄心情。平常他總是配合著單簧管，在對方改變旋律前都吹著同一首曲子。此時他打破規矩，由他的喇叭帶頭不斷變換曲調。

「金比羅船……一帆風順，咻啦咻啦咻啦……」（註）

他搖頭晃腦，大聲吹奏。

「那傢伙瘋了。」

其他三名樂手忍不住面面相覷，訝異於這個老喇叭手的狂躁。

這不單是一條披肩的問題。歇斯底里的老婆、無理取鬧的孩子、貧窮、老後的不安、一去不復返的青春，他將平日的種種憤懣訴諸金比羅船的旋律，拚命地吹奏喇叭。

然後，這天晚上格二郎亦吹奏得讓在公園裡遊蕩的年輕人直笑，「木馬館的喇叭真夠響的，那喇叭手肯定碰上什麼好事吧。」格太郎把他和阿冬的悲嘆，不，不僅如此，把世間的一切悲嘆都寄託於一管喇叭，幾乎要響徹公園每一個角落地使勁吹奏。

無神經的木馬依舊時鐘指針似地的，以格二郎等人為軸心不停旋轉。坐在上面的乘客、圍觀的觀眾，他們心底一定也隱藏著萬般辛勞，可是表面上仍歡樂無比地隨木馬一塊搖頭晃腦，配合樂手的旋律踩拍子，唱著「大風大浪為我送行……」，彷彿暫時忘卻塵世的風浪。

但那天晚上，一樣東西在這一成不變的兒童與醉鬼的童話國度——或者說老喇叭手格二郎的心裡，激起些許波瀾。

那是公園人潮到達巔峰，晚上八點到九點左右的事。圍繞著木馬的觀眾說誇張點是人山人海，愈是這種時候，喝得微醺的師傅偏會在木馬上擺出古怪姿勢，逗得群眾哄堂大笑。就在此刻，一個絕對沒喝醉的年輕人撥開鬧哄哄的人群，翻上恰好停住的木馬台。

即使青年的臉有點蒼白，態度有點心神不寧，沓雜之中也不會有人留意，但獨獨站在裝飾台上的格二郎因年輕人坐的木馬碰巧在他面前，以及青年一上來，阿冬便迫不及待地跑去發票──也就是半出於嫉妒──他吹著喇叭，面朝前方，在視野所及範圍內監視著對方的一舉一動。不知為何，票都發了，應該已沒事，阿冬卻不離開年輕人，反而倚在前面的汽車車蓋上，暗示性地扭動著身子，流連不去，這更令格二郎掛意了。

不過，他的監視絕非白費，木馬還沒轉上兩圈的時候，姿勢奇妙、單手揣在懷裡的年輕人突然抽出手，若無其事地看著外邊，把某個白色東西（在格二郎看來確實是只信封）迅速塞進站在前面的阿冬洋裝後口袋，然後恢復姿態，狀似放心地吁了口氣。

「情書嗎？」

註　此為香川縣的民謠歌詞。

格二郎倒吞口氣，停下喇叭，視線直落在阿冬屁股上那線頭般露出口袋的信封一角。倘若格二郎維持先前的冷靜，或許已發現年輕人雖然面容俊俏，眼神卻莫名浮躁、坐立不安，且圍觀群眾中，有熟悉的便衣（註）正別具深意地瞪著年輕人。但格二郎的心思早被別的事占據，根本無暇注意到這些，只是胸中充滿嫉妒與說不出的寂寞。其實，年輕人不過是想瞞過便衣的耳目，才佯裝悠然自得地向身旁的阿冬搭訕，還調戲她。可是，這讓格二郎看得既氣憤又悲傷，阿冬那傢伙竟得意洋洋，且有些高興，一點都不像遭人欺侮的模樣。啊啊，我到底是看上她哪一點，才會跟那種無恥的窮丫頭要好？你這蠢蛋、你這蠢蛋，你甚至想著辦得到的話，要給她買下那條七圓幾十錢的披肩！可惡，統統都去死吧！

「鮮紅夕陽中，朋友在原野盡頭的石子下……」

然後，他的喇叭益發響亮、益發快活地高聲作響。

經過一會兒，定睛一瞧，年輕人不曉得去了哪裡，無影無蹤，阿冬也站在其他客人旁，若無其事地專注於分內的賣票工作，屁股口袋裡，信封一樣露著那線頭般的一角。阿冬似乎一點都沒察覺有人送她情書，格二郎見狀又心生不捨。這麼一看，阿冬那天真無邪的模樣仍舊惹人憐愛。雖然格太郎毫無和那英俊年輕人較量並得勝的自信，但假如辦得到，就算多一、兩天也好，格二郎希望阿冬能夠與自己維持過去那般純粹的關係。

對不知世事的阿冬來說，這恐怕是生平第一次收到的情書，要是她讀了（那上面一定寫滿令人渾身發癢的肉麻情話），且對方又是那樣一個英俊小生（當時沒其他年輕男客，幾乎都是小孩和女人，她應該馬上能猜出是誰送的），她會有多雀躍、笑得多開心、心頭有多甜蜜啊。她想必會變得多愁善感，不再像以往那樣和格二郎聊天。啊啊，對了，索性趁她還沒讀到那封情書，找機會偷偷抽走撕掉。當然，格二郎不認為這種卑鄙的手段能夠拆散一對年輕男女，但就算只有今夜，他仍希望和依舊純潔的阿冬聊一聊，以資紀念。

很快地，約莫十點左右，活動館即將閉館，館前一時之間人滿為患，熱鬧無比，但沒多久就悄然無聲，除公園裡土生土長的小混混外，遊客大多已打道回府，又來兩三個客人後，便完全沒了聲息。於是館員也急著回家，有些人會偷偷走進板牆裡的衛生間洗手好準備回去。格二郎趁著沒客人的時候走下樂隊台，雖然沒要洗手，但未見到阿冬人影，心想她可能在衛生間，便進到板牆裡探看。碰巧阿冬正對著洗手台專心洗臉，她圓滾滾的屁股上，先前的情書露出一

註　便衣刑警的略稱。相對於制服警察，指便服刑警而言。

半之多，感覺隨時會掉下。格二郎起初並沒這個打算，可是見到這一幕，他忽然興起抽走情書的念頭。

「阿冬，妳動作真快。」

格二郎說著，若無其事地靠近她背後，飛快抽出信封，塞進自己口袋。

「哎呀，嚇我一跳，原來是叔叔，人家還以為是誰呢。」

接著，她想到格二郎是不是做了什麼惡作劇，摸著屁股轉過濕答答的臉。

「嗳，妳就努力打扮吧。」

格二郎丟下這麼一句，離開板牆，躲到旁邊的機械場角落，打開偷來的信封檢查。把信拿出口袋時，他發現重量似乎有些不對勁，於是急忙查看信封正面，奇妙的是，收件人並非阿冬，方正的字體寫著難讀的男人姓名，翻過來一瞧——這哪是什麼情書，信封背面以活版印刷詳細印著某家公司的名稱、地址和電話，而裡頭裝的是嶄新得割手的十圓鈔票，格二郎顫抖著手指一算，不多不少恰恰十張，這是別人的薪水袋啊。

一瞬間，格二郎以為自己在做夢，又覺得犯下什麼天大的壞事，慌了手腳。但仔細思考，不分青紅皂白地認定這是情書，只是他的誤會。剛才的年輕人八成是個扒手，不幸被刑警盯上，不曉得該逃到哪兒才好，便故作悠閒地騎上木馬想瞞混過去，可心中仍是不安，所以把偷來的薪水袋塞進恰巧在前面的阿冬口袋裡，肯定沒錯。

下一瞬間，格二郎有種發橫財的感覺。信封上寫著名字，曉得失主是誰，但反正對方一定已死心，而扒手也自身難保，總不可能跑來說是他的東西，把贓物要回去吧。就算扒手找上門，只要格二郎推說不知道，他也沒轍。再說，被塞錢的阿冬本人實際上完全不知情，想來最後必是無疾而終。這麼說，我能自由使用這筆錢。

但做這種事，老天爺是不會放過你的。即使掰些有的沒有的歪理，都同樣是揩竊賊的油。老天爺看得一清二楚，哪可能就這麼罷休？不過，你不正是這樣老老實實、畏首畏尾，才會窩囊囊地沒出息到今天嗎？這筆天賜橫財，你又何必平白扔掉？能不能就這麼算了是其次，假如有這筆錢，不就能盡情買東西送給那個可憐到教人同情的阿冬嗎？櫥窗裡的昂貴披肩、她喜歡的深紅色和服襯領、髮夾、腰帶甚或和服，只要節省點，不都夠買上一整套送給她了嗎？

然後，你就能看見阿冬高興的表情，接受她的由衷感激，要是她答應和你一起吃飯……啊啊，只要下定決心，這些都可輕易實現。怎麼辦、怎麼辦？

格二郎把薪水袋深深揣進胸袋，在那裡晃過來又晃過去。

「哎呀，叔叔真是的，在那種地方窮磨蹭個什麼勁？」

就算那是廉價脂粉、就算因延展性差使阿冬看來像大花臉，總之她化好妝從洗手間裡走出來了。格二郎見她那個模樣，聽著她那撩撥內心深處的嗓音，突然興起一股奇妙的念頭，作夢似地脫口說出不得了的話：

「噢，阿冬啊，今天回去的時候，我買那條披肩送給妳。我把錢帶來了。怎麼，嚇著沒？」

話一出口，儘管音量小到只有兩個人聽得見，格二郎仍忍不住嚇一大跳，連忙想掩住嘴巴。

「哎呀，真的嗎？謝謝叔叔！」

可憐的阿冬，要是其他姑娘，肯定會講一兩句玩笑話、扮扮鬼臉，然而阿冬立刻當真，打心底高興似地靦腆鞠躬敬禮。事到如今，格二郎也無法收回前言。

「當然，閉館後，我們去平常的那家店，把妳喜歡的披肩買下。」

儘管格二郎興高采烈地拍胸保證，但一想到這麼大把年紀竟為十八歲小姑娘如此痴迷，便羞愧得無地自容。每說完一句，就有股莫名噁心又空虛寂寞的奇妙心情，不過另一方面，他又想用這筆不知算不算自己的、揩竊賊油得來的不義之財獲得這羞恥的快樂。這種卑賤、淒慘的感觸折磨得他坐立不安，阿冬可愛模樣的後頭浮現老婆歇斯底里的相貌及十二歲女兒等三個兒女的面容，在他腦中糾纏不清，搞得他完全失去判斷的力氣。不管了，順其自然吧。他突然大喊：

「機械場的老爹，能請你使勁轉一下木馬嗎？我突然想坐坐這玩意。阿冬，若妳閒著，一起上來坐吧。那裡的大嬸——啊，失禮，阿梅嫂也過來吧。喲，樂手們，可否省略喇叭，為我們伴奏一場？」

「幼稚，少胡鬧。乘什麼木馬，快快收拾回家才是正經。」上了年紀的售票員阿梅板著臉孔應道。

「噯，我今天碰上一點高興的事。嗨，各位，晚點我請每個人喝上一杯，怎麼樣？能為我轉木馬嗎？」

「哈哈哈，好吧。老爹，就幫他轉一場。監督，麻煩你吹笛打信號！」太鼓手附和著吼道。

「喇叭手，你今兒是怎麼啦？可別鬧得太瘋啊。」監督苦笑。

而後，木馬旋轉起來。

「來喲，轉上一圈，今兒我請客！阿冬、阿梅嫂、監督也上木馬坐吧！」

在醉鬼般的格二郎面前，山川大海、樹木和洋館的遠景彷彿從火車車窗看出去般，不停向後流逝。

「萬歲！」

格二郎無法克制地在木馬上伸展雙手，連呼萬歲。缺少喇叭的古怪樂隊配合他的吶喊演奏。

「此地離家數百里，遙遠滿洲大地……」

於是，喀噠、叩咚、喀噠、叩咚，旋轉木馬轉個不停。

〈旋轉木馬〉發表於一九二六年

芋蟲

時子從主屋告退，行經落入一片陰暗、任雜草掩徑的荒蕪庭院，前往夫婦倆居住的別館。她懷著極為古怪的心情，回憶方才主人預備少將（註一）千篇一律的褒獎，不由得聯想起咬下最討厭的味噌烤茄子（註二）時，那種軟呼呼的口感。

「須永中尉（滑稽的是，預備少將至今仍以過往的莊嚴軍銜，稱呼那不知是人還是什麼的廢兵）的忠烈不必說，當然是我陸軍的榮耀，那是眾所周知之事。然而提到妳的貞節，三年來毫無倦怠的面對那個廢人，完全拋棄私欲，捨身照護，妻子該盡的本分不過如此，卻是不可能的壯舉。我實在太敬佩妳，這真是今世的美談。但往後的路長遠得很，請堅定不移地照顧下去。」

鷲尾老少將每次見到時子，似乎都得這麼說上幾句才甘心。他總是極言稱讚舊屬——現在他扶養的須永廢中尉及其妻子。而時子聽著，就想起味噌烤茄子的滋味，於是儘量避開主人，但也不能整天和無法言語的殘廢大眼瞪小眼，所以常趁少將不在，去找夫人或小姐談天。

不過，起初這番讚賞確實切合時子犧牲的精神與罕見的忠貞，帶著一種說不出的驕傲快感撩撥她的心房，可是最近她再也無法如以往般坦然接受。或者說，她甚至害怕起這樣的表揚。每聽到一回，她便彷彿遭人指著鼻子責備「妳拿貞節美名當掩護，犯下千夫所指的惡行」，內心驚恐不已。

仔細想想，時子的變化之甚，連她自己都納悶人心竟能迥異至此。一開始她僅是不知世事、文靜嫻雅，不折不扣的貞節人婦，但如今，無論外表看上去如何，悚然的情慾之鬼已占據她的心。她把可憐的殘廢（其實這不足以形容他淒慘的身體狀況）丈夫——曾為國家干城的忠勇人物，弄成單為滿足她的慾望而飼養的野獸或道具。

這淫穢的惡鬼究竟打哪來？是那團黃肉塊的奇妙魅力所致？（實際上，須永廢中尉只是團黃肉塊，彷若負責撩起她情慾的畸形陀螺）抑或充盈她三十歲肉體的神祕力量所造成？恐怕兩者皆是。

每當鷲尾老人和時子說話，不論是自身最近豐腴起來的肉體，還是恐怕別人都嗅聞得到的體味，都教她無比心虛。「怎麼搞的，我為何莫名其妙肥成這樣？」儘管如此，時子的臉色卻異樣蒼白。老少將訴說著褒獎之詞時，總略帶狐疑地審視她胖碩的身軀。時子對老少將心生排斥，最大的原因似乎出在這裡。

由於地處偏遠鄉村，主屋和別館幾乎隔有半町之遠。其間是沒有道路的茂密草地，錦蛇不

註一　退役之後任預備役的少將。據說許多大佐為了自肥，在退役前升官，成為預備少將。
註二　在切段的茄子上抹油直接燒烤，再刷上味噌的料理。

時沙沙作響地爬出，不小心踏錯地方，還可能掉進掩埋在草叢裡的古井。遼闊的宅第四周，環繞著徒具外形的凌亂籬笆，外頭田野綿延，襯著遙遠的八幡神社森林，夫婦倆居住的雙層別館黑黝黝地孤立在那裡。

天空已有一兩顆星閃爍，房裡肯定一片漆黑。若她不代勞，丈夫連點煤油燈也沒辦法。黑暗中，想必那肉塊正靠坐著和式椅子，或從椅子滾落，倒臥在榻榻米上不停地眨巴眼，可憐哪。思及此，厭惡、淒涼、悲哀，摻雜著幾分淫蕩的情緒湧現，她不禁背脊發顫。

隨著逐漸接近，二樓的拉窗預告什麼似地張開墨黑大口，屋內咚咚咚傳來平常那種敲打榻榻米的鈍重聲響。「啊，又來了。」她心痛得眼皮發熱。那是她不自由的丈夫仰躺著，以頭撞地代替一般拍手叫人的舉動，焦急呼喚唯一伴侶時子的聲音。

「來嘍，你一定餓壞了吧？」

明知對方聽不見，時子仍習慣性地說著，忙忙奔進廚房後門，爬上梯子。

六張榻榻米大的房裡，擺有空具外殼的壁龕，一角備有煤油燈和火柴。宛如母親哄嬰兒，她不停呢喃「讓你久等，對不起」、「來了、來了，可是黑壓壓地什麼都看不清，我立刻點燈。再等一下就好」，自言自語——因為她丈夫耳朵根本聽不見——地點亮煤油燈，端到房間另一頭的書桌旁。

書桌前擺著一張綁上毛織友禪墊子的新專利和式椅，但上頭空無一物，而另一側的榻榻米上則倒臥一個穿老舊大島銘仙和服的異樣物體。與其說那是穿，形容為包裹著，或拿一個大島銘仙的包袱來比喻似乎更貼切，就是個如此古怪的東西。那包袱有一邊如人類點頭搗蒜，或像某種奇異的自動機器，咚咚、咚咚地敲打榻榻米。敲著敲著，大包袱也因反作用力一點一點改變位置。

「別生這麼大的氣，是這個嗎？」

時子做出吃飯的手勢。

「不是？那是這個嗎？」

她又換動作，但無法言語的丈夫僅是不住搖頭，拚命撞擊榻榻米。由於遭砲彈碎片傷殘，他面目全非，左側只剩小小黑洞勉強留下耳朵的痕跡。同樣地，左邊嘴角斜畫過臉頰直到眼下，有條縫合般的巨大瘡疤。右側太陽穴則有道醜陋的傷痕直爬上頭部。喉嚨像挖掉般深深凹陷，鼻子和嘴巴也原形不保。怪物顏面中，與周圍醜惡完全相反，碩果僅存、如孩童般清澈的渾圓雙眼，不耐煩地眨個不停。

「你有話要說？等等。」

她從書桌抽屜取出雜記本和鉛筆，讓殘廢歪曲的嘴咬住筆後，打開本子放到他嘴畔。因為他無法說話，也沒有能拿筆的手腳。

「妳厭煩我了？」

廢人像街頭可憐的殘障藝人，耗時許久，以嘴在本子上寫下極難辨讀的片假名。

「呵呵，你又在嫉妒。不是，不是的。」她笑著用力搖頭。

然而廢人急躁地撞起榻榻米，時子察覺他的心思，再次把雜記本拿近他嘴邊，於是鉛筆搖搖晃晃地動著：

「妳去哪？」

時子一瞧，忿忿奪下廢人口中的鉛筆，在空白處寫下「鷲尾先生那裡」，頂撞似地送到對方眼前。

「這還用說？我還能上哪？」

廢人繼續寫著，「三小時。」

「你孤伶伶地等候三小時嗎？對不起。」她歉疚地鞠躬，搖搖手說，「我再也不去了。」

宛若包袱的須永廢中尉自然是一臉不滿，但他大概懶得再動嘴巴，腦袋疲憊地垂著，將所有心意注入大眼，直盯著時子。

時子非常明白，這種情況能安撫丈夫的只有一個方法。話語不通，難以細細辯解，而應該最能表達情感的微妙眼神，卻無法讓腦筋有些遲鈍的丈夫明瞭。因此每回彆扭地拌嘴後，雙方都會急躁難耐地採取最簡單的和解手段。

時子突然蜷身覆上丈夫，朝歪曲嘴旁潮濕發光的巨疤，送上雨點般的親吻。廢人眼中總算流露安心神色，嘴上漾出哭泣似的醜怪笑容。時子一如往常，即使看見那可怕的笑，也不停止瘋狂的親吻。這是為了忘記對方的醜陋，強迫自己進入甜美的亢奮，同時隱含著一股妄念，想隨心所欲地狠狠玩弄這個失去一切的可悲殘廢。

然而，時子過分的好意嚇著廢人，他因窒息而痛苦地扭動身軀，歪曲著醜怪的臉龐，苦悶不已。時子見狀，體內蓄勢待發地湧出激烈情感。

她瘋了似地…………，…………………………，…………………………。（註）

註　初刊本中刪除的部分，後在岩谷選書版中大致補回為：「壓制住廢人，撕扯般剝開大島銘仙包袱，於是滾出一團無可形容的肉塊。」

變成這副模樣，如何還能保住性命？就像當時轟動醫學界、被報導為曠古奇聞般，須永廢中尉形同遭拔掉手腳的人偶，壞到不能再壞的地步，還受了淒慘、恐怖的傷。他的四肢幾乎從根部切斷，只剩微微突起的肉塊殘存手腳的痕跡。彷若僅餘胴體的怪物，從顏面起就傷痕累累，幾無完膚。

儘管外貌慘不忍睹，他依舊神奇地營養狀態極佳，健康無比。（鷲尾老少將歸功於時子的獻身照護，總不忘稱讚這點）不知是否缺乏其他娛樂，他的食欲特別旺盛，肚子油亮亮地隆起，鼓脹得幾欲破裂，在僅存的軀幹中格外醒目。

那猶如一條巨大黃色蠕蟲，或時子總在內心形容的畸形肉陀螺。偶爾，他會像蠕蟲一樣顫動手腳剩餘的四隻肉突（尖端表皮從周圍拉緊，扯出手提袋口般深深的皺紋，中央形成詭異的小凹洞），以臀部為中心，藉著頭和肩膀，陀螺似地在榻榻米上不停打轉。

現下，時子剝得廢人赤條條，他並未反抗，彷彿期待著什麼地直翻眼，望著蜷伏在他頭部的時子那狙擊獵物般、瞇成縫的眸子，及略略緊繃的細膩雙下巴。

時子讀出殘廢目光中的渴望，只要再前進一步，那種眼神就會消失。若在平時，當時子在一旁做針線活，殘廢無所事事地直盯著空中時，他的眼神就會變得更深沉，滲出苦悶。

這失去視覺與觸覺外一切感官的廢人，天生是個毫無讀書欲的莽漢，自從腦袋受刺激變得遲鈍後，更與文字絕緣。如今他只有與動物相同的物質慾望，沒有別的慰藉。然而，在宛若幽暗地獄的渾沌生活中，他舊有的軍人倫理觀仍不時掠過腦海，與淪為殘廢益發敏感的情慾彼此廝殺，以致流露出鬱悶神色。時子是這樣解釋的。

時子並不厭惡無力者眼中的無措情緒。她雖然動輒啼哭，卻有著欺凌弱小的嗜好。再者，這悲哀殘廢的苦悶不斷帶給她刺激。此刻她也毫不體恤對方的心情，征服似地迫近殘廢異常敏感的情慾。

×　×　×　×　×

時子做了個莫名其妙的惡夢，淒厲尖叫一聲，汗水淋漓地驚醒。

枕邊的煤油燈燈罩堆積出形狀詭奇的油煙，捻細的燈芯滋滋作響。房間天花板和牆壁異樣昏黃陰暗，身旁丈夫臉上的平滑疤痕反射燈光，泛著油亮亮的黃橙色。丈夫不可能聽見自己剛才的叫聲，雙眼卻睜得老大地直盯著天花板。時子望向桌上的鬧鐘，剛過一點。

時子醒來後，立刻感到身體有股不快，那應該就是惡夢的原因。但她仍有些睡眼惺忪，尚未清楚意識到那股不快前，心裡雖思索著哪裡不太對勁，又忽然想到另一件事，……………………，（註一）如夢似幻地浮現眼前。轉個不停的肉陀螺，與一身肥油的醜陋三十歲女子，如地獄圖般纏繞在一起。那是多麼噁心、多麼醜惡啊！然而，那場景具有麻痺她神經的力量，比任何對象都更激起她的情慾，這是她半輩子未曾經歷的。

「啊啊啊啊啊！」

時子緊抱胸懷，分不出是詠嘆或呻吟地叫喊，望著壞掉人偶般的丈夫睡姿。

這時，她才察覺不快的原因，想著「好像比平常提早許多」，離開被褥，走下梯子。

時子再次上床，注視丈夫的臉。丈夫依然不瞧她，只盯著天花板。

「你又在想了。」

三更半夜，除雙眼外無法傳達意志的人，不斷凝望空中某處的模樣，突然讓她內心發毛。儘管認定他腦袋遲鈍，但或許極端殘廢的人，心中有個截然不同的世界，而他正在那裡彷徨著。時子思及此，不禁一陣慄然。

她睡不著，腦中彷彿有團火焰，轟轟作響地翻騰。各種妄想雜亂浮現又消失，間或摻雜著三年前令她生活丕變的那樁事。

接獲丈夫負傷、送還內地的消息時，時子第一個念頭是幸好丈夫沒戰死。尚有往來的同事太太都羨慕她，說她幸福。沒多久，報紙對丈夫彪炳的戰功大書特書，時子從中得知丈夫身負重傷，但她沒料到竟會嚴重到這種地步。

終其一生，她恐怕都難以忘懷前往衛戍醫院（註二）見丈夫時的事吧。傷得慘不忍睹的丈夫，躺在純白被單裡茫茫然地看著她。透過醫師夾雜艱澀術語的說明，得知丈夫失聰，發聲功能也出現莫名障礙，甚至無法言語時，她已雙眼通紅，不住地擤鼻涕，完全不曉得接下來將面對的事實有多駭人。

醫師雖然一臉嚴肅，此時卻禁不住流露同情之色，說著「請別嚇到」，輕輕掀開白被單。只見前方詭異地擱著惡夢中出現的怪物，那是一具看不見手腳、被繃帶纏得圓滾滾的胴體。床上彷彿擺著沒有生命的石膏胸像。

時子一陣天旋地轉，不由得在床腳蹲下。

直到醫師和護士帶她到另一個房後，她才悲從中來，不理會旁人在場，號啕大哭。她伏在骯髒桌上哭了好長一段時間。

註一　初刊本中刪除的部分，後在岩谷選書版中大致補回為：「方才異樣遊戲的景況」

註二　收容、治療其所在地陸軍部隊的病患，並負責衛生部下士以下教育的陸軍機構。東京的衛戍醫院位在牛込區戶山町（現在的新宿區戶山）。

「這真是奇蹟。失去雙手雙腿的傷患不只須永中尉，但都無法保住一命。這全得歸功於軍醫正（註一）大人與北村博士高超的醫術，不管哪國的衛戍醫院，都沒有此種實例。」

醫師在時子耳邊說著這類安慰的話，不斷重複著令人不知該欣喜或悲傷的「奇蹟」一詞。

不單須永魔鬼中尉的顯赫武功，報紙對這外科醫學上的神奇病例，也大肆宣揚。

一眨眼，半年過去，長官與同袍陪伴如行屍走肉的須永回家，幾乎同時，做為他四肢的代價，……………。（註二）時子為照護殘廢而流淚時，世間則熱鬧滾滾地慶祝凱旋。她也收到來自親戚、朋友和鄉里雪花般數不清的「名譽」、「光榮」等稱讚。

很快地，靠微薄年金的生活陷入困頓，承蒙戰場上的長官鷲尾少將好意相助，兩人無償借住在他宅院的別館。由於遷居鄉下，兩人周遭一下變得冷冷清清。慶祝凱旋的熱潮退去後，世間也漸形冷漠，再沒人探訪他們。……………………，……………………，………………。……………………，……………………。（註三）

丈夫的親戚不曉得是厭惡這個殘廢，抑或害怕負擔物質上的援助，幾乎不曾踏進兩人住所。而時子沒有父母，兄妹都是少情寡義之人，於是可悲的殘廢與貞潔的妻子與世隔絕，孤伶待在鄉間。別館二樓六張榻榻米大的房間，就是兩人的全世界。且其中一方還如土偶般，耳不能聞、口不能言，生活全不由自主。

廢人像突然被拋進異世界的人類，驚嚇於迥然不同的生活，康復後，好一陣子形容茫然，動也不動地躺在床上，不顧時間，昏昏沉沉地想睡就睡。

時子靈機一動，讓丈夫嘴含鉛筆對話時，廢人首先寫下「報紙」和「勳章」。「報紙」是指大肆報導他戰功的剪報，「勳章」不必說，當然是指先前提到的金鵄勳章（註四）。恢復意識時，鷲尾少將最先拿給他看的就是這兩樣東西，廢人依然記憶猶新。

廢人經常寫下相同的字句，時子把兩樣物品拿到丈夫面前，丈夫便不住地看。他反覆讀著剪報時，時子都忍耐著發麻的手，以荒謬的眼神望著丈夫滿足的神情。

儘管比她輕蔑起「名譽」晚上許多，但廢人似乎也逐漸厭倦「名譽」。他不再要求這兩樣東西，殘存下來的，只有因殘廢而病態的激烈慾望。他像恢復期的腸胃病患者，狼吞虎嚥地渴

註一　此為陸軍軍醫階級，階位相當於佐官。

註二　初刊本中刪除的部分，後在岩谷選書版中大致補回為：「他被授與功五級的金鵄勳章。」

註三　初刊本中刪除的部分，後在岩谷選書版中大致補回為：「隨著歲月流逝，戰捷的興奮沉寂，對戰爭功臣的感激亦逐日淡去。須永廢中尉的事，從此無人提起。」

註四　頒發給武功卓越的軍人和軍中文官的勳章，從功一級到功七級。受勳者可獲得年金支給，但昭和十五年四月二十九日後的受勳者暫改為頒付賜金國債。從「先前提到的」的暗示，可看出刪節號中隱而未寫的部分是有關金鵄勳章的敘述。

求食物，無論何時都需索……………。（註一）時子若不答應，他便化身為巨大的肉陀螺，瘋狂在榻榻米上翻滾。

起初時子心中一陣驚悚，厭惡萬分，然而隨時間過去，她亦徐徐化成………………。（註二）對關在野外的獨棟房裡，失去將來的一切希望，且幾乎可謂無知的兩名男女來說，這就是生活的全部。形同一輩子都生存在動物園柵欄中的兩頭野獸。

難怪時子會視丈夫為可隨心所欲玩弄的大玩具。此外，受殘廢不知羞恥行為感化，比常人強悍的她會變得貪婪至此，終至令殘廢無法應付，也是天經地義之事。

有時候，她會覺得自己是不是快要發瘋了。………………………………

……，……………，…………。（註三）

不會說話、聽不見人語，甚至無法自由行動的悲哀怪道具，不是木頭或泥製，而是擁有喜怒哀樂的生物，這點化成無限魅力。不僅如此，唯一能傳達意志的渾圓雙眼………………，（註四）亦時而悲痛至極、時而怒火中燒地流露情緒。且不管他再悲傷，都只能流淚，無能擦拭，無論如何憤怒，也沒有恫嚇她的臂力，最後總是難以承受她壓倒性的誘惑，陷入異常的興奮。對時子來說，違背他的意願折磨這個全然無力的生物，甚至變成一種無上的歡愉。

×××××

時子闔上眼簾，三年來的種種，只有激情場面斷斷續續、接二連三、層層疊疊地浮現又消失。這些記憶如電影般歷歷在目地播放，是她身體有異狀時一定會發生的現象。每逢此時，她的野性必然更加殘暴，對可憐殘廢的折磨經常一發不可收拾。雖意識到這樣的情況，但體內湧現的凶猛力量，實在不是她能以意志控制的。

倏忽回神，房間裡猶如她的幻影，濃霧籠罩似地暗下。在這之外似乎仍有另一層幻影，而且隨時會消逝。精神亢奮的她感到害怕，心跳頓時加劇。但仔細一想，其實根本沒什麼。她爬出被窩，點亮枕邊的煤油燈，原來是捻細的燈芯燃盡，火光快熄滅罷了。

房間霎時通亮，卻依舊黃橙橙、灰濛濛，感覺有些古怪。靠著微光，時子倏地想起似地窺看丈夫的睡臉。他依然故我，姿勢一點也沒變，盯著天花板的同一個地方。

註一　初刊本中刪除的部分，後在岩谷選書版中大致補回為：「她的肉體。」

註二　初刊本中刪除的部分，後在岩谷選書版中大致補回為：「肉慾的餓鬼。」

註三　初刊本中刪除的部分，後在岩谷選書版中大致補回為：「自身竟潛伏著如此齷齪的情感，這也曾教她驚愕無比，戰慄萬分。」

註四　初刊本中刪除的部分，後在岩谷選書版中大致補回為：「對於她貪婪無厭的要求」

「哎呀，你要想到啥時？」她心中兀自發毛，但比起恐懼，面目全非的殘廢煞有介事沉思的模樣更令她痛恨。然後，難耐的凶殘又湧現她體內。

她極為突然地撲上丈夫的被子，猛地抓住對方的肩膀，瘋狂搖晃。

由於太過唐突，廢人嚇得渾身一震，流露強烈斥責地瞪住她。

「你生氣了？那是什麼眼神？」

時子吼著……………………。（註一）

「氣也沒用，你只能任我擺布！」

然而，……………（註二）偏偏此時，廢人竟不像平常那樣主動低頭妥協。剛才他直盯著天花板，就是在想這事嗎？或者他只是被妻子反覆無常的任性激怒？廢人偌大的眼珠幾乎蹦出，要刺上去似地直瞪著時子。

「你那是什麼眼神！」

時子尖叫，雙手按住對方的眼，瘋子般地「那什麼眼神」、「那什麼眼神」狂叫不休。…………………………。（註三）

時子大夢初醒地回過神時，廢人在她身下狂亂彈跳。雖然只剩胴體，卻極為強而有力，他不要命地蹦跳，幾乎快把沉重的她彈開。奇異的是，廢人的雙眼噴出赤紅鮮血，歪扭的疤臉水煮蛋般汗水蒸騰。

「……，……」

此刻，時子清楚意識到一切。忘我之中，她竟殘忍地毀掉丈夫碩果僅存的與外界相連的窗口。

但是，這斷不能說是時子犯下的過失，她很明白這點。最明顯的是，丈夫那雙傾訴千言萬語的眼妨礙他們墮落為安逸的野獸，她感到礙事極了，尤其憎惡偶爾浮現當中的所謂正義感。不單如此，那對眼眸似乎隱藏著更不同的可怕事物。

不過，這都是謊言。她心底最深處，難道不存在異常的駭人想法嗎？她不是想把丈夫弄成一具真正的行屍走肉、一個徹底的肉陀螺、一種僅有胴體觸覺的生物，好徹頭徹尾地滿足她無

註一　初刊本中刪除的部分，後在岩谷選書版中大致補回為：「壓制丈夫，故意不看對方的眼睛，強求那一貫的遊戲。」

註二　初刊本中刪除的部分，後在岩谷選書版中大致補回為：「不管她使盡任何手段」

註三　初刊本中刪除的部分，後在春陽堂版中大致補回為：「病態的興奮使她麻木，她甚至沒意識到手指正在施加多麼可怕的暴力。」

窮盡的殘虐心理嗎？殘廢全身只剩眼睛保有一絲人類的影子，她總覺得丈夫這樣不完全，不是她真正的肉陀螺。

這些念頭瞬間掠過時子腦中，她「哇」地尖叫，扔下狂亂跳動的肉塊，連滾帶爬地奔下樓梯，赤腳奔出漆黑戶外。她好似遭惡夢中的恐怖怪物追逐，沒命地跑著。她衝出後門，向右轉進村道，腦中意識著前方三町遠之處就是醫生的家。

×××××

千拜託萬拜託，總算拖來醫生時，肉塊依然瘋狂彈跳著。醫生雖聽過傳聞，畢竟從未見過實物，被殘廢可怕的樣貌嚇破膽，連時子在一旁滔滔不絕地辯解為何會一時失手犯下這樣的過錯，似乎也沒聽進耳裡。打完止痛針，包紮傷口後，便匆匆忙忙趕回去。

傷者終於停止掙扎時，天際已泛白。

時子撫摸著傷者的胸口，撲簌簌地掉淚，不斷說著「對不起」。肉塊大概是因受傷而發燒，整張臉紅紅腫腫，胸脯劇烈起伏。

時子整天沒離開病榻，甚至沒進食。她不停交換敷在病患頭上與胸前的濕毛巾，綿綿不絕地呢喃瘋子般的賠罪話語，在丈夫胸口以指尖寫著「原諒我」。悲傷與罪惡感壓得她忘卻時間。

××××

將近黃昏，病人的燒退了些，呼吸也順暢許多。時子心想病人的意識一定已恢復如常，便再次在他胸部皮膚逐字清楚地寫下「原諒我」，窺看他的反應。然而肉塊毫無回應。雖說失去雙眼，但他理當能搖頭或露出笑容，以某些方法答覆才對，可是肉塊卻動都不動，甚至是面無表情。從他呼吸的模樣來看，或許是睡著，不過他連理解字跡的能力都失去了嗎？抑或過度的憤怒讓他保持緘默？時子完全不明白。此時的丈夫只是軟綿綿的溫暖物體而已。

時子看著這具無法形容的靜止肉塊，漸漸湧起生平未經驗過的、發自心底的恐懼，不由自主地劇烈哆嗦起來。

躺在床上的確實是生物。他有肺臟也有胃袋，卻無法視物、無法聽音，連句話都講不出來。他沒有可抓東西的手、沒有可支撐站立的腳，這個世界在他是永恆的靜止、不斷的沉默、無盡的黑暗。以往是否有誰想像過如此恐怖的世界？個中居民的心境，能拿什麼比擬？他肯定想撕扯喉嚨大叫「救命」，再模糊都好，也渴求看看東西；再細微都好，也亟欲聽聽聲音。希望攀住什麼，企盼一把抓住什麼。然而，這都是不可能的。地獄，地獄啊。

時子突然「哇」地放聲大哭。萬劫不復的罪業、無可救藥的悲愁，致使她像孩子般啜泣不已，只一心想要見正常模樣的人。她拋下悲哀的丈夫，奔向鷲尾家主屋。

默默聽完時子因劇烈嗚咽而含糊難辨的漫長懺悔後，由於事態驚人，鷲尾老少將一時說不出話。

「總之，我去瞧瞧須永中尉吧。」不久，他恍惚地說。

時已入夜，僕傭為老人準備提燈。兩人沉浸在各自的思緒中，無言走過闇黑的草原，來到離館。

「沒人，怎麼回事？」領頭上二樓的老人大吃一驚。

「不，他睡在床上。」

時子越過老人，奔到丈夫剛才躺著的被窩處。但怪異的是，床上只剩一個空殼子。

「啊啊……」時子呻吟，茫然佇立。

「他無法自由行動，不可能離開，快點在家裡找找。」

好一會兒後，老少將才催促似地說。兩人樓上樓下尋遍每處角落，完全沒發現殘廢的蹤影，卻發現某樣可怕的東西。

「啊，這是什麼？」

時子盯著殘廢方才倚著的枕邊柱子。上面以鉛筆像小孩子塗鴉般歪歪扭扭地寫著字，若不費心辨讀，實在看不出意思。

「我原諒妳。」

當時子讀出這幾個字時，赫然一驚，頓時明白一切。殘廢拖著無法動彈的身軀，以嘴巴找到桌上的鉛筆，不曉得耗費多少心力，總算寫下這幾個片假名。

「或許他自殺了！」時子驚慌失措地望著老人，顫動著失去血色的嘴唇。

他們緊急通報鷲尾家，僕傭手持提燈，在主屋和別館中央雜草叢生的庭院集合。然後，眾人分頭在暗夜庭院各處展開搜索。

時子跟在鷲尾老人後面，仰賴他提燈的淡淡光芒走著，內心充滿不祥的預感。柱子上留下「我原諒妳」，那一定是對她在胸上寫「原諒我」的回答。他要傳達的是「我要死了，但不氣妳做的事，放心吧」。

他的寬大更教時子心如刀割。一想到那沒有手腳的殘廢，連好好走下樓梯都沒辦法，只能一階階滾落的模樣，她既心痛又害怕得渾身戰慄。

走一陣子後，她突然想到一件事，悄聲問老人：

「前面有座古井，對吧？」

「嗯。」

老將軍只是點頭，朝那兒走去。

無盡黑暗中，提燈的光僅能幽幽照亮一間左右的範圍。

「古井在這附近。」

鷲尾老人自言自語，接著舉起提燈，試圖看清遠方。

此時，時子忽然有股預感，停下腳步。她豎起耳朵，聽見不知何處傳來蛇類遊走草叢般的細微聲響。

她和老人幾乎是同時目睹。她自然不必說，連老將軍都為那驚駭無比的景象懾住，呆立原地。

提燈火光勉強暈開的朦朧夜色中，有個黝黑物體在茂密雜草中慢吞吞地蠕動，以可怕的爬蟲類姿勢高高抬頭窺望前方，沉默不語，胴體波浪般起伏，用四隅的瘤狀突起掙扎爬過地面，狀似心急如焚卻不聽使喚，只能一點點緩慢前進。

不久，那高舉的頭顱突然往下一垂，從視野中消失。剛聽見比方才更響的草葉摩擦聲，那物體便一個倒栽蔥，遭拉扯進地面似地不見。緊接著，遙遠地底傳來鈍重的「波咚」一聲。那邊的草叢中隱藏著大開口的古井。

即使目擊這一幕，兩人也無力衝上前，只是愣怔原地，良久難以動彈。

儘管古怪至極，但驚心動魄的那一剎那，時子竟唐突幻想起一幕情景：黑夜中，一條芋蟲爬過樹的枯枝，來到盡頭處時，由於軀體過於笨重，突然墮入永無止境的漆黑深淵。

〈芋蟲〉發表於一九二六年

帶著貼畫旅行的人

假如這不是夢，或一時失常造成的幻覺，那個帶著貼畫旅行的男子無疑是個狂人。然而，就像夢有時會帶我們窺見與現實略有歧異的另一個世界，又如狂人能夠見聞我們完全無法感知的事物，或許這是我透過神奇的大氣透鏡機關，偶然窺覷到的異世界一隅。

忘記是幾時，但那是某個溫暖的陰天，我在專程前往魚津觀賞海市蜃樓（註一）的歸途上。偶爾談起此事，會遭好友指責「你不是從沒去過魚津」，我也真無法提出何年何日去魚津的切確證據。所以，那果然是場夢？但我從未做過色彩如此濃烈的夢。夢中景物往往像電影般全是黑白，可當時火車中的情景，以那幅豔毒貼畫為中心，更勝萬紫千紅的顏彩，好似蛇的眼瞳，鮮活地烙印在我的記憶裡。難道有這種宛若著色電影的夢？

那一刻，我生平第一次看到海市蜃樓。我原想像會是美麗龍宮城浮現在大蛤蜊呼吸中的傳統畫面（註二），因此目睹真正的海市蜃樓時，遭受到一股近乎恐怖的衝擊，差點沒滲出冷汗。

魚津海岸成排松樹邊聚滿豆粒般的大批人群，屏息望著占據整片視野的天空與海面。我不曾見過那般平靜瘖啞的大海，一直深信日本海是驚濤駭浪的荒海，因此意外極了。那海是灰色的，不興一絲波浪，猶如延伸到無垠彼方的沼澤，然後也像太平洋的海，沒有水平線，大海與天空交融在同樣的灰色裡，彷彿眼前遭深不可測的厚霧完全覆蓋。以為是天空的上部雲霧，意外是海面，一艘大白帆船幽靈般輕飄飄地滑行過去。

海市蜃樓彷彿空中播放的巨型電影，映出乳白底片表面滴上墨汁、自然暈滲開的情狀。

遙遠能登半島的森林透過交錯的大氣變形透鏡，猶如焦點不太精準的顯微鏡下的黑蟲，渾沌卻大得離譜地浮現天空，壓在觀眾頭頂上。雖然看似一塊形狀奇特的烏雲，但若是烏雲，必能清楚看出所在。海市蜃樓十分不可思議，與觀眾間的距離非常曖昧，既像飄浮於遠洋的大海妖，動輒又像逼近眼前一尺的異形霧靄，有時甚至像浮在觀者角膜表面的一點黑影。距離上的模糊，使海市蜃樓予人一種超乎想像的癲狂之感。

形狀游離、漆黑龐大的三角形塔般層層堆疊，轉眼崩塌，或左右延展，像長長的火車行走，又崩解成好幾根並列的檜木樹梢，看似文風不動，卻不知不覺間變得面目全非。

倘使海市蜃樓的魔力能引人發狂，那麼至少坐上歸途的火車前，我都未能逃脫。眺望著妖異的天空足足站了兩小時，直到黃昏離開魚津，在火車中過夜時，我的心境確實完全不同於日

註一　魚津是位於富山縣東北部沿岸的水產工業都市，以海市蜃樓聞名，尤其四、五月經常可見。亂步對透鏡造成的奇妙現象極感興趣，會受海市蜃樓現象吸引是理所當然的，但他似乎未曾有幸親眼目睹。

註二　中國古代相信海市蜃樓是大蛤蜊吐出的氣息，應是指以此為題材的圖畫。

常。或許那就像過路魔，是瞬間侵略人心的短暫瘋狂。

傍晚六點左右，我從魚津車站乘火車返回上野。不知是否奇異的偶然，抑或那一帶的火車皆如此，我搭的二等車廂（註一）如教堂般空蕩，除了我，只有一名先到的旅客蜷坐在對面角落的座椅上。

火車發出單調的機械聲，沿寂寥海岸的險峻岩石及沙灘無邊無際地行走。我隱約感覺到沼澤般的海上，那雲霧深處的黑血色夕陽。看起來大得詭異的白帆船如夢似幻地滑行其間。這天沒有一絲涼風，悶熱無比，連隨火車前行而從車廂處處開啟的窗戶鑽進的微風也像幽靈一樣有頭無尾。火車藉許許多多的短隧道和成列擋雪柱，將遼闊灰空及大海切成片片斷斷地通過。

經過親不知的斷崖（註二）時，外頭天色已暗到彷彿車內電燈與天空同亮。此時，對面角落的唯一同乘者突然站起，打開座椅上的大黑緞布巾，包進立在窗邊的一個約二尺至三尺的扁平物。這沒來由地給我一種奇妙的感受。

那扁平物應該是個畫框，似乎有特殊意義，男子才會將畫的正面朝窗玻璃擺放。就狀況只能推測，他是特意將原本裹在包袱裡的東西取出，並擺放在窗邊。且當他重新包覆時，我瞥見框裡色彩斑爛的繪畫格外栩栩如生，感覺非比尋常。

我重新觀察這古怪物品的物主，發現物主奇異更甚，忍不住大吃一驚。

他一身式樣極為老舊、只能在父執輩年輕時的褪色照片中看到的那種窄領窄肩黑西裝，但高個兒腿長的他穿起來莫名體面，甚至是風姿瀟灑。他的顏面細長，除雙眼有些炯炯逼人外，整體相當齊整洗練。他漂亮梳整的頭髮烏黑濃密，乍看約四十歲左右，但仔細一瞧，他滿臉皺紋，也像六十好幾。那漆黑頭髮與蒼白臉龐上縱橫密布的皺紋形成強烈對比，極其詭異，剛發現時我驚詫不已。

他慎重包妥後，突然轉向我。那時我正熱心地觀察他的舉動，兩人視線碰個正著。於是，他有些難為情地勾起唇角，露出淡淡笑容，我也不禁點點頭回禮。

接著經過兩三個小站，期間我們坐在相對的角落，視線偶爾遠遠交會，又尷尬別開，重複數次。外頭一片黑暗，就算貼著窗玻璃望出去，除海面偶有漁船的舷燈孤伶伶浮現，沒一絲光芒。漫無邊際的黑暗中，我們細長的車廂彷彿唯一的世界，不停震動著前進。好似只有我倆被

註一　當時的火車像現今的飛機有頭等艙、商務艙、經濟艙之分，區別為一等、二等、三等車廂。一等車為貴族、公司社長、將軍等上流階級，二等車為公司高級幹部及將校等中流階級，三等車為一般庶民乘坐。

註二　位於新潟富山縣境西頸城郡青海町市振至青海車站的一段險峻的斷岸，正確名稱是「親不知子不知」。北陸本線的親不知站，西側市鎮是親不知，東側則為子不知。

遺留在昏暗車廂裡，全世界的生物都消失無蹤。

我們所在的二等車廂，行經每一車站都無人上車，列車員（註一）和車掌也一次都未曾現身。如今回想起來，真有些蹊蹺。

我害怕起這像四十歲也像六十歲、風采猶如西洋魔術師的男子。在沒其他事物轉移注意力的情況下，恐怖無限增殖，擴散全身。終於，我每根汗毛都充滿畏懼，再也承受不住。我冷不防站起身，大步走向男子。正因這般厭惡懼怕，我更要接近他。

我在他對面悄悄坐下，彷彿化身妖怪，以奇妙的顛倒心情瞇眼屏氣，直盯那張近看益發異常的皺紋白面。

從我一起身，男子便一直以目光迎接我。當我望向他時，他等候許久般，下巴努努身旁的扁平物品，冷不防寒喧道：

「這個嗎？」

他的口吻太理所當然，我反而愣住了。

「您想瞧瞧吧？」

見我沉默不答，他重複地問：

「您願意嗎？」

受對方的態度牽引，我忍不住提出奇怪的要求，儘管我絕非為那物品而接近。

「樂意之至。我方才便想著，要是您，一定會為此過來。」

男子（毋寧說老人較妥當）修長的手指靈巧解開大包袱，把那畫框般的東西正朝車內，靠放在窗邊。

我偷瞄一眼，禁不住閉上眼睛。至今我仍不明白為何有此反應，只覺得非這麼做不可，於是闔眼好幾秒鐘。再次睜眼時，前方出現未曾見過的奇妙物品。話雖如此，我也找不到能清楚說明其「奇妙」之處的詞藻。

畫框裡，以藍色塗料為主，豔毒地畫著幾個相通的房間，並用極端的遠近法繪出榻榻米和格狀天花板延伸到深處的光景，彷若歌舞伎舞台的宮殿背景。左前方粗糙描摹出一道書院風（註二）的墨黑窗戶，旁邊無視角度地畫著一張同色書桌。簡單地講，這是類似繪馬板（註三）的

註一　正式稱呼為車掌補，負責準備臥鋪、打電報等。於昭和五十一年廢止。
註二　源自室町末期的日本建築樣式，影響和式建築至今。
註三　祈願或還願而供奉在神社的畫牌。

獨特畫風。

這些背景中浮現兩個約一尺的人物。以「浮現」形容，是因只有人物為貼畫。一襲黑天鵝絨舊式西裝的白髮老人拘謹坐著（神奇的是，除髮色外，他不僅酷似畫框的主人，連衣服也一模一樣），還有穿著緋鹿子（註一）長袖和服、搭配出色的黑緞腰帶、梳著結綿髮型（註二），年約十七八歲的嬌滴滴美姑娘，帶著難以言喻的嬌羞，倚在老人膝上，宛如戲裡的豔情場景。

西裝老頭與年輕美女對照之特異自不必說，但我感覺「奇妙」的並非此事。

與簡陋的背景相反，貼畫的精巧教人歎為觀止。臉的部分以白絹做出凹凸，甚至呈顯每條細紋。姑娘頭頂一根根植入真髮，像人類一樣綁起，而老人應該也是細心種上白髮。西裝縫線整確，有的地方甚至貼上粟米大小的鈕釦。且不管是姑娘的胸脯隆起或妖媚腿部曲線，還是微敞緋紅縐綢中若隱若現的膚色、生著貝殼般指甲的手，都精緻到彷彿拿放大鏡檢視，便能確實看見每個毛細孔。

提到貼畫，我只看過羽球板上那種歌舞伎演員肖像，其實那已夠精美，但我當下看到的貼畫更是巧奪天工，完全不是那種東西能夠比擬。這肯定出自名師之手吧，不過並非我所謂「奇妙」的地方。

畫框本身似乎相當老舊，背景的塗料處處斑駁，姑娘的緋鹿子衣裳、老人的天鵝絨西裝都褪色得不像樣，儘管如此，仍舊維持著難以名狀的毒豔，散發出的灼灼生氣幾乎要烙印在觀者眼底。若要說神祕，確實十分神祕，可是我的「奇妙」，指的也不是這點。

那種「奇妙」硬要形容，就在於兩個貼畫人物都是活的。

如同文樂的人偶劇中，整天的演出裡僅有鮮少的一兩次，且是短短一瞬間，名師操縱的人偶會忽然蒙神明注入生命般栩栩如生。然而，這兩個人物，像是不給生命溜走的機會，將剎那獲得新生的人偶直接封印在木板上似地，永遠存活下來。

老人看出我的驚訝，滿懷希望地大喊：

「啊啊，或許您會懂！」

老人慎重地打開肩揹的黑皮革箱鎖，取出一架相當古老的望遠鏡，並遞給我。

「喏，請以這副望遠鏡瞧瞧畫。不，那裡太近，恕我冒昧，請再過去一點，對，那位置正好。」

註一　有緋紅斑點的染色布。

註二　變型的島田髷髮型，特徵為在中央髮髻綁上花布。

儘管這請託極其詭異，但我已成為無窮好奇心的俘虜，便照老人說的離開座位，後退五六步。老人將畫框舉在燈下，以便我看清。如今想來，那副情景必定相當古怪而瘋狂。

老人遞給我的望遠鏡，恐怕是二三十年前的舶來品，也就是小時候眼鏡行看板上常見的那種怪形雙筒望遠鏡。由於久經摩擦，黑色表皮剝落，處處裸露出底下的黃銅材質，和物主的西裝一樣，是教人懷念的陳舊物品。

我覺得稀奇，把玩望遠鏡好一會兒，然後拿到眼前準備窺看。此時突然……真的非常突然，老人發出近乎尖叫的聲音，嚇得我差點弄掉望遠鏡。

「不，不行，你弄反了！不能反著看，千萬不可！」

老人一臉蒼白，眼睛瞪得老大，不住地揮手。倒著看望遠鏡是多嚴重的事？我無法理解老人奇異的舉動。

「沒錯、沒錯，我不小心弄反。」

我專注於望遠鏡，沒太在意老人不安的表情。調整望遠鏡到正確方向後，我急忙湊前窺探貼畫上的人物。

隨著對準焦點，兩個圓形視野徐徐重合為一，模糊彩虹般的景象漸漸明晰，姑娘大得嚇人的上半身宛如全世界，塞滿我的視野。

從今往後，我再沒看過景物如此顯現，所以很難描述得讓讀者明白，但類似的例子，大概就像海女潛進海中某一瞬間的情景吧。海女裸身待在海底時，由於藍色水層複雜地晃動，軀體海草般不自然地扭曲，輪廓也朦朧不清，好似白茫茫的怪物。然後，她慢慢漂浮上來，水層的藍色漸漸淡去，形狀變得清晰。當海女探頭出海的瞬間，赫然吸引所有目光，水中的白色怪物倏地現出她人類的真面目。同樣地，透過望遠鏡，貼畫上的姑娘等身大地出現眼前，活生生動了起來。

十九世紀老式雙筒望遠鏡的球面彼端，存在超乎意料的另一個世界。在那裡，綁著結綿髮型的嫵媚姑娘，與穿舊式西裝的白髮男子過著光怪陸離的生活。魔法師讓我窺見不該偷看的景象，於是我懷著無法言喻的古怪心情，受蠱惑似地出神注視著這奧妙的世界。

姑娘並未移動，但周身氛圍和肉眼所見時截然不同，充滿生氣。她白皙的面孔微泛紅暈，胸脯起伏（實際上，我甚至聽見心跳聲），透過縐綢衣裳，軀體陣陣散發年輕女子的活力。

我藉望遠鏡仔細巡遍女子全身，然後轉向她依偎的幸福白髮男子。

在望遠鏡的世界裡，老人也一樣活靈活現。他環著相差四十歲有餘的年輕姑娘，狀似幸福無比，弔詭的是，大大映在透鏡上的臉上，那數以百計的皺紋底部，卻意外流露苦悶的神色。由於透鏡作用，老人龐大的面孔逼近在我眼前一尺，那混合悲痛與恐怖的奇異表情，愈看愈毛骨悚然。

我彷彿遭魘住，無法繼續窺視，忍不住移開望遠鏡，骨碌碌地東張西望。寂寞的夜間火車上，舉著畫框的老人身影依舊，窗外一片漆黑，單調的車輪聲傳來，就像從惡夢中驚醒一樣。

「您相當詫異哪。」

老人將畫框擺回原來的窗邊，就座後，示意我在對面坐下，注視著我如此說道。

「我腦袋好像有點不對勁，這兒真悶熱。」

我掩飾害羞地這麼應聲。於是老人蜷起背，猛地湊向我，修長手指在膝上打暗號似地動著，悄然低語：

「他們是活的，對吧？」

然後像要坦白什麼重大祕密般，背蜷得更深，炯炯雙眼睜得渾圓，幾乎要鑽出洞地直盯著我，如此呢喃：

「您想不想聽他們真正的身世？」

火車的震動與車輪的聲響交雜，我以為錯聽老人低沉的話語。

「身世？」

「對。」老人的話聲依然深沉，「特別是白髮老人的。」

「自年輕時起嗎？」

那天晚上，不知為何我也講出莫名反常的話。

「嗯，是他二十五歲時的事。」

「願聞其詳。」

我像催促老人吐露常人來歷般，若無其事地請求。老人高興得皺紋隨之彎曲，說著「啊啊，您果然願意聽」，敘述起這番離奇的故事。

「這是我畢生最重大的事。我記得非常清楚，明治二十八年四月，家兄變成那樣（他指著貼畫老人），是二十七日的黃昏。當時我和家兄尚未繼承家業或獨立，居住在日本橋通三丁目，父親經營綢緞莊。淺草的十二階（註）剛建好不久，家兄幾乎每天都興奮地爬上那座凌雲

註　正式名稱為凌雲閣。明治二十三年，由威廉·巴爾頓設計建造的觀景設施。在關東大地震中半毀，遭陸軍工兵隊拆毀前，一直是淺草名勝。

閣賞景。家兄非常愛好異國風物，也很喜歡新奇玩意。例如，這副望遠鏡據說是外國船長的東西，家兄在橫濱唐人街一家奇特舊貨商店尋到，花費一筆不小的代價才入手。」

老人一提到「家兄」，彷彿那兒就坐著他的兄長似地，望向貼畫的老人，或指著他。老人記憶中真正的兄長與貼畫的白髮老人混在一塊，好似貼畫活生生地在聆聽他說話。他的語氣像意識到身旁坐著第三者，但奇怪的是，我一點都不覺得彆扭。那一瞬間，我們宛如超越自然法則，居住在與原本世界有些分歧的另一個世界。

「您曾登上十二階嗎？哦，沒有，真是遺憾。那玩意不知究竟是哪個魔法師建造的，簡直怪異到極點。表面上宣稱是義大利技師巴爾頓（註一）所設計，但您想想，提到當時的淺草公園，名勝頂多只有蜘蛛男的見世物、姑娘劍舞、踩球、源水的陀螺（註二）、窺孔機關，較奇特的就是富士山的仿造品，及叫梅茲的八陣隱杉（註三）。瞧瞧，那種地方冒出高聳的紅磚塔，豈不嚇人？據說塔高四十六間，約莫半町大，八角型屋頂像唐人的帽子尖不溜丟，只要到地勢稍高的地方，不管從東京哪裡，都看得見這座紅色怪物。

「如我方才說的，明治二十八年春天，家兄剛獲得這副望遠鏡不久。從此家兄出現奇妙的變化，家父憂心家兄精神失常，而我也是。您大概隱約察覺到，我非常敬愛家兄，因此我擔心不已。您道那是什麼模樣？家兄胃口變得極差，對家裡人不理不睬，老關在房裡沉思，以致身子消瘦，臉色像患肺病般土灰，只有一雙眼炯炯有神。他原本氣色就不太健康，當時更蒼白得不像話，加上性格消沉，真教人不忍卒睹。儘管如此，他每天仍上班似地固定往外跑，從大白天到黃昏，搖搖晃晃不曉得上哪去。就算問他，他也堅決不肯透露。家母憂心地使盡各種方法探聽家兄積鬱的理由，家兄卻執意不說。這種情況持續一個月之久。

「由於實在放心不下，母親拜託我悄悄跟蹤家兄，看他究竟到什麼地方。那一天，也是這樣陰陰沉沉，怪討人厭的。家兄和平常一樣，中午過後便穿上特地訂做、當時算相當時髦的黑天鵝絨西裝，肩上揹著這副望遠鏡，走往日本橋通的馬車鐵道（註四），我隨即小心跟上。然後，家兄便在前往上野的馬車鐵道排隊，轉眼突然上車。那時與現今的電車不同，車廂數非常

註一　威廉・基寧蒙多・巴爾頓（William Kinninmond Burton，1856-1899），英國衛生技師。明治二十年受內務省召請赴日整頓下水道，亦兼任帝國大學教授。本作中說他為義大利技師是錯誤的。後來巴爾頓擔任台灣總督府顧問，明治三十二年病逝東京。他亦是柯南・道爾的幼時玩伴。

註二　指松井源水的雜技式陀螺表演。松井源水共傳十七代，自第四代起便以淺草為據點，善用陀螺表演招攬人群賣藥。

註三　明治十年左右，在淺草奧山和橫濱展出的迷宮，別名八陣臥龍道。「八陣」是中國自古傳下的八種陣形，「隱杉」是以杉樹籬笆圍繞而成的迷宮。關東地區多以此名稱呼迷宮。

註四　在馬路上鋪設鐵軌，以馬牽引客車的公共交通設施，也稱鐵道馬車。日本的馬車鐵道始於明治十五年的新橋至日本橋路段。各地皆有設置，但在東京，明治三十六年即為電車取代。

少，不能搭乘另一截車廂追上。我只好無奈砸下家母給我的零用錢，搭上人力車。若碰上夠積極的車夫，人力車也能輕易地緊緊尾隨馬車鐵道。

「家兄下馬車鐵道後，我也跳下人力車，亦步亦趨地跟上。最後抵達的目的地，竟是淺草的觀音寺。家兄從寺裡的商店街直接經過本堂前，分開人潮似地穿過本堂後面的見世物小屋之間，來到剛才提到的十二階前，走進石門付錢，從掛著『凌雲閣』匾額的入口消失在塔中。我做夢也沒料到，家兄每天竟是跑來這種地方，不禁目瞪口呆。當時我未滿二十，幼稚的心裡興起罕異的念頭，家兄該不會遭十二階的怪物作祟？

「我只跟著父親去過十二階一次，不曾重遊，總覺得怪恐怖的。但家兄都上去了，我無可奈何，只好慢個一樓左右，一步步踩上陰暗的石階。那兒窗戶不大，紅磚牆又極厚，冷得像地窖似的。而且當時正值日清戰爭，一邊牆上掛滿稀罕的戰爭油畫。像是露出狼般凶猛的表情、嘶吼著向前衝刺的日本兵，遭步槍上的刺刀削掉側腹、雙手按著噴出的血水、紫脹著臉頰和嘴唇掙扎的支那兵，及砍斷的髮辮頭顱氣球般高高飛起的模樣等，這些說不出的驚駭、血腥的油畫在幽微光線中油膩膩地發亮。在這之間，陰森石階如蝸牛殼般無止境地往上延伸，真是古怪至極。

「屋頂上只設有八角形欄杆，是座沒有牆壁的瞭望台。一走上那兒，四下便突然亮起，由於剛走過極長的陰晦道路，這真會嚇人一大跳。雲朵低得幾乎伸手可及，左右環顧，全東京的屋頂雜然錯落彷若塵芥，品川的御台場則像盆景。我忍著頭暈眼花，往下窺看，觀音寺的本堂也在遙遠的底下，見世物的棚子好似玩具，只看得見行走人們的頭和腳。

「屋頂上，十餘名參觀者聚在一起，神情害怕地竊竊私語，望著品川的海邊。家兄呢？四下一看，他獨自遠離人群，拿望遠鏡直盯著淺草寺的境內瞧。我從後面看去，家兄的天鵝絨西裝鮮明地浮現在陰沉沉的白色雲朵中。由於我完全瞧不見底下雜亂的景物，因此立刻就認出家兄，卻覺得他像西洋油畫中的人物般，神聖無比，教人不敢貿然出聲呼喚。

「可是，想到家母的吩咐，我也不能繼續裹足不前。我靠近家兄背後，出聲問，『哥哥，你在做什麼？』家兄身子一震，轉過頭，只見他一臉尷尬，什麼也沒說。我趁著近處無人，在塔上說服起家兄，『哥哥這陣子的模樣，教爹娘擔心不已。我正奇怪哥哥每天都上哪去，原來是來這裡。請告訴我理由吧，至少告訴我這個平素與哥哥最要好的兄弟。』

「家兄遲遲不肯坦白，但經我再三央求，他終於拗不過我，開口傾吐深藏在心底一個月的祕密。提到家兄煩惱的原因，這又是樁離奇古怪的事。家兄說，約一個月前，他登上十二階，拿這副望遠鏡窺看觀音寺境內時，偶然在人群間瞥見一名姑娘。那姑娘美得無法形容、好比天仙，連平素對女人毫無興趣的家兄，也被她攪得情迷意亂，渾身直顫。

「當時家兄只看到姑娘一眼，大吃一驚，不小心弄歪望遠鏡，他想再看第二眼，便往同一個方向拚命尋找，鏡頭卻捕捉不到那姑娘。望遠鏡裡看起來雖近，但事實上距離很遠，且人潮洶湧，就算看過一眼，也不一定能再找出來。

「從此以後，家兄念念不忘望遠鏡中的佳人。他非常內向，所以患起古典的相思病。現代人聽了可能要笑，不過當時的人真的非常保守，不少男人對路上擦肩而過的女孩一見鍾情，患起相思病。不必說，家兄拖著那連飯也吃不下的衰弱身體，可悲地痴心妄想著姑娘會再次經過觀音寺境內，因此日復一日，義務似地爬上十二階，拿著望遠鏡尋找。愛情真是不可思議。

「家兄向我坦白後，又著迷地看起望遠鏡。我實在同情家兄，儘管他的行動希望渺茫、徒勞無功，我卻興不起勸阻他的念頭。我為這過於不幸的情狀熱淚盈眶，直盯著他的背影。豈料這個時候——啊啊，我永遠忘不了那妖異美麗的光景。雖然已是三十年前的事，但一閉上眼，那夢幻的繽紛色彩，依然歷歷在目。

「如同方才說的，我站在家兄身後，看得到的只有天空。曚曨積雲之中，家兄瘦削的西裝模樣圖畫般浮現，而積雲不斷移動，直教人誤以為是家兄飄浮在半空中。此時，彷彿煙火倏地燃放，五顏六色的無數彩球爭先恐後地飄上霧白天空。用言語實在難以描述，但那真的猶如繪畫般，又彷若某種前兆，讓我充滿一種說不出的怪異心情。究竟怎麼回事？我急忙往下一看，原來是賣氣球的不小心失手，將氣球一口氣全放上天空。當時，氣球這東西遠比現今稀奇，就算知曉彩球的真面目，我仍擺脫不掉瑰異的心緒。

「奇妙的是，雖然不是這事造成的，但家兄無比興奮，蒼白的臉漲得赤紅，喘著氣來到我身邊，突然拉起我的手說，『走吧，不快點就來不及了！』家兄拚命扯著我跑下高塔的石階，似乎是找著先前的姑娘。他說她坐在鋪著榻榻米的大客廳裡，馬上過去應該來得及，一定還在原處。

「家兄以觀音堂後面一棵巨松為標記一路尋過去，卻不見任何像樣的房屋，真是摸不著頭腦。我覺得是家兄錯看，但他沮喪的模樣實在教人不忍。為了安慰他，我便到附近的茶攤子等地方四處尋找，可是哪兒都沒有那樣的姑娘。

「找著找著，我不慎和家兄分散。我巡過茶攤子，一會兒後回到原來的松樹下。那邊並排著許多攤販，其中有間窺孔機關的小攤，老闆劈啪甩著鞭子做生意。仔細一看，家兄不正屈著身子，專注地盯著窺孔嗎？『哥哥，你在幹什麼？』我拍拍家兄的肩膀，他驀地一驚，回過頭。他當時的表情，我至今難忘。該怎麼形容才好，就像在做夢一樣嗎？他整張臉都化掉似地，眼神遙望遠方，連話聲都空洞得古怪。他說，『喂，我找的姑娘就在這裡面啊！』

「聽家兄這麼說，我急忙付錢，望進窺孔。原來那是菜攤阿七（註一）的窺孔機關故事。那時正放到吉祥寺的書院裡，阿七依偎在吉三身上的圖片。我忘也忘不掉，窺孔機關小攤的老闆夫妻和著沙啞的嗓音，揮著鞭子打節拍，唱著口白，『湊過來看看呵，開開眼界呵！』啊啊，那奇特聲調彷彿還縈繞在我耳邊。

「窺孔畫的人物是貼畫製成，但應是出自名師之手。阿七栩栩如生的美豔容貌，在我看來，彷若活生生的真人，怪不得家兄會說，『即使曉得這姑娘是仿造的貼畫，我也難以死心。雖然可悲，但我終究無法放棄。一次就好，我也想像吉三一樣，成為貼畫裡的男子，和她講講話。』然後，家兄便失魂落魄地杵在原地，動也不動。仔細想想，窺孔機關的圖片為了採光，上方是開放式的，家兄肯定是從十二階的樓頂斜斜看見。

「此時已近薄暮，行人漸疏，窺孔機關前僅剩兩三個娃娃頭的孩子依依不捨地流連不去。原本白晝天色就陰沉，到日暮時分更似大雨將至，厚雲低垂，形成壓迫得人快發瘋的討厭天氣。接著，雷鳴如太鼓聲隆隆傳進耳底。在這當中，家兄凝望遠方，文風不動，大概足足有一小時之久。

「天色完全暗下，當遠方踩球雜技的花煤氣燈（註二）繽紛閃爍起來的時候，家兄才大夢初醒似地突然捉住我的手臂，說出奇怪的話，『啊，我想到一個好主意。拜託你，反著拿這個望遠鏡，用大透鏡看我。』家兄不理會我的疑惑，只是堅持『照做就是』。我天生不喜歡透鏡這類東西，不管是望遠鏡或顯微鏡都一樣。我覺那令遠方東西飛近眼前，及把小蟲變得像怪物般巨大的妖異作用十分恐怖，所以不常碰家兄珍藏的望遠鏡。正因如此，更覺得那是種惡魔的器械。何況，在連人臉都分辨不清的昏黑中、蕭條的觀音堂後，以望遠鏡倒著看哥哥，這行為既瘋狂又可怕。但家兄再三央求，我無可奈何地照做。反過來看，站在二三間遠處的家兄僅剩二尺大，因而加倍清晰地浮現在幽暗中。我完全看不到其他景色，只有家兄縮小的西裝打扮玲瓏

註一　天和二年（一六八二）的火災時，阿七到駒込的正仙寺避難，與寺院侍童生田庄之助（亦有吉三、吉三郎等說法）落入愛河。回家後，阿七心想只要發生火災，就能與庄之助再會，加上受吉祥寺門前的混混吉三郎教唆，遂而縱火。據說後來阿七被捕，處以火刑。此事成為淨瑠璃、歌舞伎等戲碼題材，十分有名。

註二　兼具裝飾及廣告功能的煤氣燈。肇始於明治十年，東京銀座尾張町顯示日日新聞社名的煤氣燈，吉原的妓樓等也有設置。雖無法上色，但火焰會在內閃閃搖動。

地站在透鏡正中央。大概家兄在倒退走吧，眼見他愈來愈小，終於縮成一尺左右，如人偶般嬌小。接著，他的身子忽然浮起，我還在訝異，他竟已融入黑暗中。

「我心生恐懼（您一定會笑我都什麼年紀了還那麼膽小，但我真的是渾身戰慄，毛骨悚然），立刻放下望遠鏡，喊著『哥哥』，跑向家兄消失的地方。可是，不知為何，不管怎麼找，就是不見家兄蹤影。以時間來看，家兄不可能到太遠的地方，卻遍尋不著。弔詭的是，家兄就這樣從這世上消逝無蹤。此後，我益發害怕望遠鏡這種惡魔的器械，尤其厭惡這不曉得原本屬於哪國船長的異人望遠鏡。其他的姑且不論，唯獨這副望遠鏡，無論如何都不能反過來看。我深信只要顛倒使用，便會引發凶事。這樣您就能明白，我為何會緊張地制止您倒著拿了吧。

「話說，我累得折回原本的窺孔機關小攤時，突然想到一件事。家兄會不會是過於愛慕貼畫姑娘，借助惡魔的望遠鏡之力縮小自己的身體，悄悄溜進貼畫世界？於是，我拜託尚未收攤的老闆讓我看看吉祥寺場面的畫，沒想到……啊啊，不出所料，家兄竟變成貼畫，在煤油提燈的火光中，取代吉三，一臉歡喜地緊緊摟住阿七。

「可是啊，我並不覺得悲傷，反而為家兄能夠實現心願、獲得幸福，高興得流淚。我強硬地和老闆說好，不管開多少價都無妨，一定要把那張畫讓給我（奇妙的是，老闆一點都沒發現穿西裝的家兄取代侍童吉三坐在那兒），然後飛奔回家，一五一十地稟告家母。但雙親只是斥責：『你胡說八道什麼？連你都發瘋了嗎？』完全不肯聽信。這豈不是滑稽至極嗎？哈哈哈哈哈！」老人大笑起來。奇怪的是，我也和老人同感，一起放聲大笑。

「他們深信人不可能變成什麼貼畫，可是家兄真的變成貼畫。證據就是，後來家兄完全從世上消失。但家人完全想錯方向，認為家兄是離家出走，真可笑。我不理會別人怎麼說，向家母要了錢，終於得到那張窺孔機關圖，並隨身攜著從箱根旅行到鎌倉，因為我想帶家兄蜜月旅行。如今搭著火車，我就禁不住想起當時的事。那時候我也像今天這樣，把畫靠在窗邊，讓家兄和情人欣賞外頭的景色。家兄不知有多麼幸福啊。姑娘也是，家兄對她一片真心，她怎會討厭家兄？兩人宛若新婚夫婦，羞紅臉撫摸著彼此的肌膚，極其和睦地互訴衷情。

「後來，家父收起東京的生意，返回富山附近的故鄉，我也一直住在那裡。經過三十多年，為讓家兄睽違許久地看看風貌改變的東京，我和家兄一同踏上旅途。

「可悲的是，姑娘雖說活著，但原本就是人工仿造的，年紀不會增長，而家兄儘管變成貼畫，畢竟是勉強改變形體，根本之處仍為壽命有限的人類，因此會和我們一樣逐漸衰老。瞧，家兄原是二五美少年，現下卻白髮蒼蒼，臉上爬滿醜陋的皺紋。家兄不曉得該有多哀傷啊。對方永遠年輕貌美，只有自己不斷老醜下去，真是恐怖。家兄的表情非常憂傷，好幾年前起，便是這般痛苦。思及此，我益發同情家兄。」

老人黯然望向貼畫裡的老人，不一會兒，突然想到似地說：

「哎呀，我嘮叨得太久。不過，您應該能理解吧？您不會像其他人那般，說我是個瘋子吧？啊啊，這樣也值得。如何？哥哥們也聽累了吧？而且還當著你們的面敘舊，你們一定害臊極啦。馬上讓你們休息。」

老人輕輕將畫框包進黑布巾。這一剎那，不知是否錯覺，我似乎看見貼畫的人偶臉龐微微歪曲，唇角有些害羞地向我送上致意的微笑。老人不再開口，我也沉默不語。火車依然叩咚叩咚地發出沉重的聲響，駛過黑暗。

約莫十分鐘過後，車輪聲放慢，窗外逐漸出現兩三盞燈火，火車在不知何處的山間小站停下。只有一名車站人員孤伶伶地佇立月台。

「那麼，我先告辭。我要在這兒的親戚家住上一晚。」

老人抱起畫框包袱站起，留下這句道別，走出車廂。我望向窗外，老人細長的背影（那與貼畫中的老人是多麼維妙維肖啊）在簡陋的柵欄處將車票遞給站員後，融入後方黑暗似地消失不見。

〈帶著貼畫旅行的人〉發表於一九二九年

目羅博士不可思議的犯罪

一

我曾經為了尋找偵探小說的靈感，四處遊蕩，沒離開東京的時候，去處大多一定，例如淺草公園、花屋敷（註一）、上野的博物館、上野的動物園、隅田川的共乘蒸氣船、兩國的國技館（註二）（那圓形屋頂令人聯想起往年的帕諾拉馬館（註三），深深地吸引著我），現下我也才剛去國技館看完「妖怪大會」（註四）回來。我暌違許久地鑽進「八幡不知藪」，耽溺於孩提時代的懷念回憶。

這話，還是要從我被催稿催得焦慮、家裡待不住，在東京市內閒晃一星期左右的某天，於上野動物園偶然邂逅一名奇妙人物說起。

當時是黃昏，將近閉館時間，遊客大多已離去，館內悄然無聲。

戲場和寄席等地都是這樣，江戶人總不好好看到最後一幕，淨是擔心散場時寄鞋處的混亂，他們的這種性情實在與我不合。

動物園也是如此。東京人不知為何就是急著趕回去。門都還沒有關，場內卻已一片空蕩，連個人影也無。

我呆呆地站在猿猴籠子（註五）前，享受著園內前一刻仍人潮洶湧的異樣寂靜。

猴子似乎也因沒人娛樂牠們，靜悄悄地狀似寂寞。

由於太過安靜，一會兒後，我背後突然感覺到人的氣息，不禁一陣毛骨悚然。

那是個留長髮、臉色蒼白的青年，穿著磨得沒摺痕的衣服，就像所謂的「倫偏」（註六），

註一　位於淺草六區北方至淺草寺觀音堂的淺草公園第五區，俗稱奧山的遊樂園。嘉永六年（1853）做為植物園開園，明治十八年更換經營者後，開始展示菊工藝、活人偶，還併設動物園、遊樂園。昭和時年動物賣給仙台市，只留下後者，直至今日。

註二　國技館是相撲常設館，明治四十二年剛落成於東京本所兩國的回向院境內時，除相撲以外，也舉行納涼大會、菊人偶展等，受到庶民喜愛。二次世界大戰後，為進駐軍接收，歸還後成為日本大學講堂，昭和五十八年拆毀。相撲活動轉移到昭和二十九年建成的藏前國技館，後來昭和六十年兩國新國技館落成，取代之。

註三　帕諾拉馬（Panorama）是一種展覽裝置，在半球形圓頂內畫上背景，利用遠近法，在前面設置大小不一的人偶及模型，使其看似眺望戶外的遼闊風景，於一七八八年由英國的李察德．派克所發明。

註四　指「鬼屋」展示設施。在國技館，昭和六年三月十日至四月二十九日由讀賣新聞主辦，舉行「日本傳說妖怪大會」活動，除重現各種怪談場面，出口附近亦設有「藪迷宮」。昭和八年，以「傳說名寶大會」為名，展出知名寺院神社的寶物，及妖怪的吉歐拉馬（類似平面的帕諾拉馬），其中亦包括「淺茅原一家」（傳說中住著鬼婆）的場面。昭和十一年舉行國民新聞社主辦的「世相博覽會」，亦展出「六道十字路」等恐怖場面的吉歐拉馬。

註五　上野動物園的猴山完成於昭和六年十月，因此在同年四月發表的這篇作品付梓時，尚未落成（也有文獻記載的時間更晚，但可能是一般獼猴和台灣獼猴相繼凍死，改為放入日本獼猴的日期）。在此之前，猴子關在明治四十年蓋的木造溫室玻璃門內側，各約九十公分見方、高一．二公尺的金屬籠子裡。因有玻璃阻隔，無法向猴子扔蜜柑或木棒。昭和五年這棟建築物修建為鋼筋水泥雙層樓的動物舍，猴子關在一樓的籠子後，才能像本文中寫的拿東西給猴子。但猴子曬不到太陽，經常生病，於昭和七年新蓋溫室。（參考文獻《上野動物園百年史》東京都，昭和五十七年。）

註六　Lumpen，出自德語「襤褸、舊衣」之意，指穿著舊衣服的流浪漢。

人卻異於外表，相當活潑，此刻已逗弄起籠裡的猴子。

青年似乎常來動物園，逗猴子的技巧爐火純青。光拿一個餌，也要猴子表演上各種才藝，他看得爽快才扔出，非常有意思。我開心地笑著，一直觀賞他逗猴子。

「猴子為什麼老愛模仿？」

男子突然問我。他把蜜柑皮上拋接住，又拋了接住。籠子裡一隻猴子也以完全相同的動作，拋接著蜜柑皮。

我微笑以對，男子繼續道：

「模仿這回事，仔細想想真可怕。神明竟給猴子那樣的本能。」

我心想，這男子是個哲學家流浪漢。

「猴子模仿很滑稽，但人模仿可不好玩。神明給予人類一些與猴子相同的本能，這點十分恐怖。您曉得旅人在山中碰到大猿猴的故事嗎？」

男子大概是個話匣子，漸漸聒噪起來。我有點怕生，不很喜歡別人與我攀談，這名男子卻莫名引起我的興趣。可能是他蒼白的臉和一頭蓬髮吸引了我，也或許我喜歡上他那種哲學家風格的說話方式。

「不曉得，大猿猴有什麼不對勁嗎？」我主動追問下文。

「有個旅客在遠離人跡的深山碰上一隻大猿猴，隨身短刀遭猿猴搶走。猿猴抽出刀，好奇地甩動。旅客是個城市人，手無寸鐵，命在旦夕。」

黃昏的猴子籠前，臉色蒼白的男子講述起奇妙的故事，這樣的情景令我歡喜。我「嗯、嗯」地應和。

「旅客想奪回刀子，但對手是擅長爬樹的猴子，根本無從對付。不過旅人十分機智，想到一個妙點子。他撿起地上的樹枝當刀子，擺出各種姿勢。可悲的猴子因具備神明賜與的模仿本能，逐一學起旅人的舉動，最後竟然自殺身亡。原來是旅人看猿猴玩得起勁，便不停拿樹枝敲打自己的頸脖。猿猴仿效旅客，以白刃斬向脖子。這下糟糕！猿猴血流如注，依舊不住地拿刀砍脖子，直到斃命為止。旅客不僅奪回刀子，還獲得一隻大猿猴當土產。哈哈哈哈……」

男子說完大笑，笑聲卻陰森莫名。

「哈哈哈哈，這怎麼可能？」

我也笑道，男子突然變得一本正經：

「不，這是真的。猴子的宿命就是如此悲慘。要不然來試試吧。」

男子拾起附近的木棒扔給一隻猴子，接著拿隨身手杖做出砍脖子的動作。你道情況如何？這男子似乎非常慣於操弄猴子。只見猴子撿起木棒，隨即抵在脖子上鋸起來。

「瞧，倘若那木棒是真刀，會怎麼樣？那隻小猴子早魂歸西天。」

偌大的園內一片空蕩，沒半個人影。茂盛樹木底下，夜晚的黑暗凝結成陰森闇影，我不禁打心底膽寒。站在我面前的慘白青年不像普通人，彷彿是個魔法師。

「您明白模仿的可怕嗎？人類也是一樣天生就無法不去模仿，背負著悲哀的宿命。有個叫塔爾德（註）的社會學家，甚至以『模仿』兩個字概括人類的生活。」

內容我已無法一一記得，但青年接著談論許多關於「模仿」的恐怖。此外，他亦對鏡子懷抱異常的恐懼。

「直盯著鏡子時，您不會感到害怕嗎？我覺得再沒有比鏡子更駭人的東西。您問哪裡可怕嗎？因為鏡裡有另一個自己，猴子似地模仿著自己啊。」

印象中他還講過這樣的話。

到動物園關門的時刻，工作人員催趕我們離開。而後，我倆並未分手，在完全暗下來的上野森林裡邊聊邊並肩走著。

「我認識您，您是江戶川先生，對吧？寫偵探小說的。」

在漆黑森林小徑中忽聞此言，我又嚇一大跳。對方好似變成神祕莫測的恐怖男子。同時，我對他的興趣也更加濃厚。

「我很喜歡您的作品。最近幾部老實講不怎麼有意思，但您以前的創作可能是當時罕見吧，我非常喜歡。」

男子很直接，這也令我頗有好感。

「啊啊，月亮露臉了。」

青年的話跳得厲害，我忍不住懷疑他是不是瘋子。

「今天是十四號嗎？幾乎是滿月呢。所謂月光傾洩，便是如此吧。月光多麼奇妙啊。我在

註　強．加布里埃爾．塔爾德（Jean Gabriel Tarde，1843-1904）。法國犯罪學家、社會學家，主要著作有《比較刑事學》（1886）、《刑事哲學》（1890）、《犯罪研究與社會》（1892）。他在《模仿的法則》（1890）中提倡社會成立的根本要從類似、模仿中去尋找。據說江戶川亂步大正五年從早稻田大學政治經濟學部畢業時的論文〈競爭論〉，就是以《模仿的法則》和威廉．麥克道格（William McDougall）的行動心理學為基礎寫成。

書上讀過月光會施展妖術（註一），這是真的，同樣的景色看起來與白天截然不同，此刻您也和方才站在猴子籠前時判若兩人。」

男子注視著我，我不禁萌生古怪的心情，對方陰影般的雙眼、泛黑的嘴唇彷彿是莫名恐怖的東西。

「月亮與鏡子很有緣，像水月這個語彙，及『願月亮為明鏡』（註二）這樣的歌詞，都證明兩者具有共通點。請看這片景色。」

他指著底下那泛著黑銀色澤、彷若白晝兩倍大的不忍池。

「您不覺得白天時是真正的景色，而月光照耀下的，其實是白晝景色的鏡中倒影嗎？」

青年自身也像鏡中的影子般，身形朦朧，臉色幽白。

「您是不是在尋找小說的靈感？我有段親身經歷，頗適合小說情節，不如與您分享。您願意聽聽嗎？」

事實上，我確實在尋找寫作的靈感。即便不是如此，我也想知道這個奇妙男子的體驗。依他剛才敘述的模樣，那絕不會是平凡無奇的無聊故事。

「願聞其詳。您可否陪我上哪用飯？我們在安靜的房裡慢慢聊吧。」

他搖搖頭拒絕我的提議。

「不是我要回絕您的好意，我這人不講客氣的。可是我要說的故事，不適合明亮的燈光。若您不介意，我們就坐在這兒的長椅，沐浴著魔法師的月光，望著倒映在巨大明鏡上的不忍池景，讓我娓娓道來吧。故事並不長的。」

青年的品味令我欣賞。於是，我和他並坐在能俯視不忍池的林中大石上，聆聽他奇異的故事。

二

「柯南·道爾的小說裡，有部《恐怖谷》（註三）吧。」

註一　歐美自古就有月光會引人瘋狂的想法，莎士比亞的《奧塞羅》第五幕第二場、彌爾頓的《失樂園》XI，四百八十行亦有提及。「月光的妖術」後來亦時常出現在亂步作品，例如〈偉大的夢〉（昭和十年）、〈月亮與手套〉（昭和三十年）。

註二　引用自《常磐炭坑節》（福島縣民謠）的一節，「拆散兩地未得見，願月亮為明鏡」。

註三　發表於一九一四～一五年的夏洛克·福爾摩斯系列長篇偵探小說，原名《The Valley of Fear》，主題為美國礦坑勞動爭議所引發的命案，「恐怖谷」為形容礦坑小鎮巴爾斯頓之詞。

青年唐突地起頭。

「那是指險峻的高山間形成的峽谷。不過，恐怖谷並非全是自然峽谷，在東京正中央的丸之內，一樣存在類似的峽谷。

高聳大樓夾縫間的小路，遠比天然峽谷險峻陰森。那是文明製造出的幽谷、科學製造出的深谷。從谷底道路仰望，兩側是高達六、七樓的殺風景水泥建築，不像自然斷崖有綠葉和四季花朵，也沒有娛樂視覺的凹凸起伏，完全是一斧劈開的巨大灰色裂縫，頂上天空細得像條帶子。太陽和月亮，一天只現身短短幾分鐘。都市的谷底，連白天也漆黑得可看到星辰，不停地颳著詭異的冷風。

大地震前，我都居住在這類峽谷中。建築物正對丸之內的S路，前面十分明亮宏偉，但繞到後頭，便與其他大樓背對背，朝彼此袒露水泥牆。兩片帶窗的斷崖，僅隔著兩間寬的道路相望。所謂都市的闇谷，指的就是這樣的地方。

偶爾有人將大樓的各個房間兼做住宅，但大部分是只在白天使用的辦公室，入夜之後空無一人。正因白天熱鬧，夜晚的寂寥更難以形容，簡直是深山幽谷，教人懷疑會有貓頭鷹突然鳴叫。剛才所提的大樓背面的窄路，一到夜裡，便成為徹頭徹尾的峽谷。

我白天在玄關擔任守衛，晚上在那棟大樓的地下室起居。雖然有四、五個同事也住在那兒，但我喜歡繪畫，一有空就孤伶伶地對著畫布塗塗抹抹，自然而然地，經常有整天沒和其他人說上半句話的日子。

事情發生在那後方峽谷，因此有必要稍微描述一下樣貌。在那裡，建築物本身具有詭奇的巧合。若說是巧合，也實在巧過頭。這可能是建築師一時興起的惡作劇。

這兩棟建築物大小相近，皆是五層樓，而正面和側面不管是牆壁顏色或裝飾都截然不同，唯有面對峽谷的背側，每寸如出一轍。從屋頂形狀、灰色牆壁到每層樓各有四道窗戶的結構，宛若照片翻拍似地一模一樣。搞不好連水泥的皸裂痕跡都相同。

臨峽谷的房間，一天僅有幾分鐘（這麼說是有點誇大），嗯，真的只有一下子的時間照得到陽光，自然乏人問津，租不出去。尤其最不方便的五樓總空著，所以我閒暇時常拿著畫布和畫筆潛進那裡。而每次望出窗戶，對面的建築物簡直就像這兒的照片般維妙維肖，弔詭至極，好似某種不祥的前兆。

豈料，我這預感沒多久便成真。五樓北窗有人上吊，且間隔一小段時日，連續發生三次。

第一個自殺者是中年香料代理商，第一次來租事務所時，即令人印象深刻。他沒半點生意人的豪邁氣息，陰陰沉沉的，總是若有所思。我猜他搞不好會租下後頭面對峽谷、曬不到太陽的房間，不出所料，他挑選五樓北側最荒僻（這麼形容很奇怪，但感覺就是如此）、最陰森、房租也最便宜的相連兩房。

我想想，大概是他搬進來一星期的事吧，總之沒隔太久。那香料代理商是個單身漢，所以把其中一間當寢室，擺張廉價床。晚上就在俯視那座幽谷的陰森斷崖上，遠離人跡的巖窟般房間獨自起居。某月光清亮的夜晚，他竟往突出窗外、掛電線用的小橫木套上細繩，上吊自殺。

翌日早晨，負責清掃那區的道路清潔員，發現斷崖頂上有具屍體兀自擺盪，不禁一陣騷動。

他為何自殺？理由不明。警方雖然盡力調查，但他的生意頗順利，並未背負債務。何況他單身，既無家庭糾紛，也非為愛自殺或失戀尋短。

『肯定是一時鬼迷心竅，那人剛來的時候就莫名陰沉古怪。』

人們如此解釋，事情暫告一段落。然而未幾，同間房租給另一人。對方沒當那兒是住所，但有天晚上宣稱熬夜處理要事，就關在房裡，隔天早上又成吊死鬼一具。那人以完全相同的方法自盡。

原因依舊不明。這次的上吊者和香料代理商不同，個性開朗活潑，他會選擇那個陰森的房間，純粹是租金低廉的緣故。

恐怖谷中大開的詛咒之窗。只要進入那個房間，人們便會毫無理由地尋死。這種怪談般的流言悄悄流傳開來。

第三個犧牲者不是一般房客。那棟大樓的職員中有個豪傑，主動表示願意親身試試。瞧他那股幹勁，像上鬼屋探險似的。

青年說到這裡，我覺得故事有點無聊，於是插嘴：

「然後那個豪傑也一樣上吊了嗎？」

青年面帶驚訝地望著我，狀似不快地回答，「是的。」

「有個人上吊，同一場所就會吸引更多人上吊。這便是模仿本能的恐怖嗎？」

「哦，所以您覺得無聊？不，沒那麼無趣。」青年鬆了口氣似地訂正我的誤會，「並非老有人死在惡魔平交道之類庸俗無奇的故事。」

「抱歉打岔，請繼續說。」

我殷勤地為方才的誤會道歉。

三

「連續三晚，職員獨自在那邪異的房間度過，可是什麼都沒發生。他像驅逐惡魔似地神氣不已。於是我提醒他『你過夜的三個晚上都是陰天，月亮並未出現啊』。」

「哦，那些自殺與月亮有什麼關係嗎？」我有些吃驚地反問。

「嗯，我察覺最早的香料代理商和第二個租房間的人，都死在月光清亮的夜晚。假如沒有月亮，就不會引起不幸。而且，那往往發生在銀白妖光照進峽谷的短短數分鐘之間，我深信那一定是月光的妖術。」

青年微微抬頭，眺望月光籠罩下的不忍池。

那裡幽幽地、妖異地橫亙著青年所謂映照在巨大明鏡上的池水景色。

「元凶就是這玄祕的月光魔力。月光似冷火，會誘發抑鬱的激情，人心將如燐般熊熊燃燒，於是有《月光曲》（註一）這類的作品產生。即使不是詩人，也能從月亮那兒學到無常。倘若『藝術性瘋狂』的形容獲得認可，那麼月亮就是將人導向『藝術性瘋狂』的事物吧。」

青年的敘述方式令我有點厭煩。

「意即月光促使那些人上吊？」

「是的，有一半是月光的罪孽。可是並非直接作用，否則渾身沐浴在月光下的我們，早差不多該去上吊了。」

猶如鏡中影像的青年戲謔地笑著。我像聽到怪談的孩子般，禁不住感到害怕。

「那個豪傑職員第四天晚上也睡在惡魔房間裡。不幸的是，那天月光十分明亮。半夜突然在地下室的被窩中醒來，我望著自高窗照進來的月光，倏然心頭一驚，忍不住起身，穿著睡衣便從電梯旁的窄梯直衝上五樓。夜半的大樓迥異於白天的熱鬧，那情境有多寂寥、多嚇人，您肯定無法想像。那是座擁有上百個小房間的大墓場，是傳說中的羅馬地下墓穴（註二）。大樓裡不是全然黑暗，走廊每個要所都設有電梯，但昏暗的燈光反而更驚悚。

註一　貝多芬的鋼琴奏鳴曲第14號升 c小調，作品二七之二（一八〇一），由詩人瑞爾斯塔（Ludwig Rellstab）命名為《月光》。

註二　拉丁語為catacumbas，是古代基督教徒的地下墓場，羅馬一世紀時以其巨大而聞名。八世紀左右漸為世人遺忘，十六世紀左右重新挖掘調查。

好不容易抵達五樓的房間後，我懼怕起夢遊病患般在廢墟大樓遊蕩的自己，不由得瘋狂地敲門，呼喊那職員的名字。

但毫無回應，只有我的叫聲在走廊迴響，寂寥地消失。

我轉動門把，輕易地打開門。角落的大桌上，藍燈罩孤伶伶地亮著。我憑藉燈光四下掃視，卻不見任何人影。床上是空的，而那扇窗大敞。

窗外的大樓，從五樓一半以上到屋頂，籠罩著即將溜走的最後一點月光，滉漾著朦朧銀光。一扇形狀一模一樣的窗敞開，張著漆黑大口。在邪魅的月光下，兩方益發肖似。

可怕的預感令我顫抖不止。為確定情況，我探出窗外，卻沒有勇氣立刻往該處看，因此先望向遙遠的谷底。月光只照到對側建築物頂端的一小部分，大樓間的狹縫一片漆黑，深不見底。

我硬是將不聽使喚的腦袋慢慢轉向右邊。建築物的牆雖然背光，但月光從對面反射過來，尚不到無法辨識物體形狀的地步。隨著視線移動，我所預期的東西果真出現。穿黑西裝的男人雙腳、無力下垂的雙手、完全伸直的上半身、深深彎折的脖子、斷成兩半般耷拉的頭，豪傑職員一樣難逃月光的妖術，在電線橫木上吊。

我急忙縮回窗戶，深怕自己步其後塵。霎時，我猛然望向對面，不料那漆黑的四方洞穴裡，竟清楚浮現一張臉。那是即使在月光下也蠟黃乾縮、毋寧說是畸形的醜惡臉龐。那傢伙不正盯著我嗎？

我大吃一驚，瞬間怔在原地，這實在太意外。或許我還沒告訴您，對面那棟大樓的持有者和擔保銀行鬧糾紛，正在打官司，沒半個人居住。

三更半夜的空屋裡有人，且從自殺現場正對面的窗子探出一張蠟黃色的怪物臉龐。這事非同小可，會不會是我的幻覺？那妖怪的邪術會不會使我萌生上吊的念頭？

我一陣哆嗦，背後彷彿澆上冰水，卻無法移開視線。仔細一瞧，那傢伙身形瘦削，是年約五十的小個子老頭。他直盯著我，接著別具深意地咧嘴一笑，驟然消失在黑暗中。他的笑容是多麼猥瑣啊。容貌完全走樣，滿臉皺巴巴，只有嘴巴幾乎要裂開地往左右大大伸展。」

四

「隔天，我詢問同事和其他辦公室的打雜老人，大家都說對面大樓是空屋，晚上連個守衛都沒有。那果然是幻覺嗎？

針對連續三次毫無理由、離奇古怪的自殺，警方也徹底調查一番，但現場全無疑點，只能就此擱下。可是，我難以相信有這般玄之又玄的事，無法滿足在那間房過夜的人全都發瘋的荒誕解釋。那蠟黃傢伙可疑萬分，絕對是他殺害三人。案發當晚，他從對面窗戶窺看此處，且詭異獰笑。其中必定隱藏著什麼可怕的祕密，我如此深信。

約一星期過後，我有了驚人的發現。

某天我辦事回來，漫步在那棟空大樓的正面大馬路上。那大樓旁邊有幢叫三菱某號館（註）的老式紅磚建築物，是連棟的小型出租事務所。有個紳士蹦跳走上其中一間的石階，引起我的注意。

那是穿著晨禮服、有些駝背的小個子老紳士，但我總覺得對方的側臉似曾相識，便停下腳步緊盯著他。紳士在事務所入口擦擦鞋，突然轉向我。我驚詫得幾乎忘記呼吸。那打扮不俗的老紳士，千真萬確是當晚從空大樓窗戶探出臉的黃怪物。

紳士消失在事務所後，我看看金字招牌，上面寫著目羅眼科、醫學博士目羅聊齋。我叫住附近的車夫，確定剛才走進去的就是目羅博士本人。

堂堂一個醫學博士，竟在三更半夜潛入空大樓，還望著上吊男子詭異獰笑，這古怪的情況究竟該如何解釋？我無法克制地興起強烈的好奇心。之後，我便不著痕跡地向更多人打探目羅聊齋的經歷與日常生活。

目羅儘管是老博士，卻不太出名，似乎也不擅長營生之道。暮年之後，只能租店開業，不過他性格怪異，對病患十分冷漠，有時舉止甚至像瘋子。他沒娶妻亦沒生子，單身至今。這間事務所也兼住所，他生活起居都在裡頭。此外，他博覽群書，我打聽到他收藏許多專門以外的舊哲學書和心理學、犯罪學典籍。

『診療室深處的房間內，玻璃箱中擺滿各式各樣的義眼，上百顆玻璃眼珠就這樣直瞪著來者，真教人發毛。另外，不曉得眼科怎會需要那種東西，居然還擺著兩三具骸骨和等身大的蠟像。』

我工作的大樓裡的某商人告訴我接受目羅氏診療時的奇妙體驗。

註　明治初期，丸之內的武家宅第在火災中燒燬後，由陸軍接收使用，後來賣給三菱集團，於明治二十七年建成此一大樓群。據說亂步大正四年居住在丸之內三菱某號館的奧田商店地下室。

後來，只要有空，我就時時留意博士的動靜。另一方面，我也常從此處偷窺對面空大樓的五樓窗戶，卻沒發現任何異狀，蠟黃色的臉龐一次都未出現。

目羅博士怎麼看都很可疑。那天晚上對側窗戶的醜惡面孔，肯定是博士。但他究竟是哪不對勁？假設那三次上吊不是自殺，而是目羅博士策畫的命案，動機是什麼？又是透過何種手段？想到這裡，我的思考便遇上瓶頸。儘管如此，我仍深信目羅博士就是那些自殺案件的加害者。

我每天淨想著這件事。有一次，我甚至爬上博士事務所後的紅磚牆，從窗外偷窺，博士的私室裡擺著骸骨、蠟像、裝義眼的玻璃箱等物品。

可是，我怎麼也想不透。隔著峽谷，要如何從對側大樓操縱這房間的人？用催眠術嗎？不，這行不通。據說催眠術中，關乎生死的重大暗示是完全無效的。

不過，最後一次上吊事件的半年後，我總算遇上一個解開疑惑的機會。那個惡魔房間再度租出，房客來自大阪，完全不曉得相關的恐怖流言，而大樓的事務所想盡量賺取房租，沒透半點口風就簽約。他們覺得經過半年，應該不會再發生同樣的事。

可是，至少我仍堅信這房客絕對會上吊，而想盡力防患未然。

那天起，我撇下工作，無時無刻不留意著目羅博士的動靜。終於，我識破博士的祕密。」

五

「大阪人搬來後的第三天黃昏，我監視著博士的事務所，發現他避開耳目，沒提出診包便徒步外出，我立即跟上。出乎意料地，博士走進附近一棟大樓裡的知名西服店，從許多成衣中挑選一套西裝後就返回事務所。

生意再怎麼不好，博士好歹也是個醫生，不可能穿廉價成衣。若是要給書生穿的，也不需勞動主人偷偷摸摸去買。其中一定有什麼文章。那套西裝究竟有何用途？我怨恨地望著博士的背影消失在事務所入口，在原地站了一會兒，忽然想到可從後邊圍牆偷窺博士的私室，或許能看到他的動向。於是，我立刻往事務所後方跑去。

我爬上圍牆窺探，博士果然在房裡，且明顯做著相當詭異的事。

您猜一臉蠟黃的醫生正在做什麼？喏，我不是提過房裡有等身大的蠟像嗎？醫生正為蠟像穿上剛買來的那套衣服。上百顆玻璃眼珠就直盯著這一幕。

至此，身為偵探小說家的您應該已全明白吧？當時我也赫然醒悟，並為這老醫者破天荒的點子驚歎不已。

博士為蠟像購置的成衣西裝，天哪，從顏色到花樣，全與那個惡魔房間的新房客的打扮如出一轍。

不能再拖拖拉拉下去。今晚恰好是個月夜，或許會發生恐怖的異事。無論如何，我得想想法子才成。我焦急得跺腳，拚命動腦，突然冒出一個連自己都驚奇的絕妙手段。待我娓娓道出後，您一定也會為我拍手叫好。

我做好萬全的準備，入夜後便拎著大包袱，爬上惡魔的房間。新來的房客傍晚已回家、鎖上房門，但我拿備份鑰匙打開，接著走近書桌，佯裝要徹夜趕工的模樣。那盞藍燈罩的桌燈，照亮偽裝成房客的我。至於服裝，我借用同事一套和那房客非常相像的西裝。髮型不必說，也小心梳理得一模一樣。我背對那扇窗戶，靜靜等候。

用不著提，這是為了讓對面窗戶的黃臉傢伙知道我在這兒。我下一番工夫，絕不轉向背後，不給對方一絲可趁之機。

我大概待了三小時之久吧。我的猜測是否正確？我的計畫會順利成功嗎？真教人心癢難耐、緊張萬分。是不是該回頭了？不曉得多少次，我差點按捺不住地轉過頭去。不過，時機終於到來。

手表指著十點十分。『荷、荷』兩聲，外頭傳來貓頭鷹的啼叫。哈哈，這就是暗號吧，是誘人窺看窗外的餌。若丸之內的正中央響起貓頭鷹叫聲，任誰都會想要開窗察看一番。我悟出對方的計謀，不再猶豫，起身打開玻璃窗。

對面建築物灑滿月光，閃爍著銀灰光芒，如之前所說，構造和這邊的建築物完全相同。那景色多麼古怪啊。光這樣描述，實在無法傳達那種近似瘋狂的心境，感覺像眼前突然出現一面大得要命的鏡牆，原原本本倒映出這側的建築物。這全是結構相似與月光妖術的加乘效果。

正對面顯現我所站立的窗戶，玻璃窗也一樣開著，還有我自己……咦，這鏡子真詭異，為什麼沒照出我的身影？我忽然陷入疑惑，不由自主地思索著。這就是令人毛骨悚然的陷阱所在。

咦，我去哪兒了？我應該要站在窗邊才對。我東張西望，重新檢視對窗，不斷尋覓。

於是，我突然發現自己的影子。可是我不在窗旁，而是在外頭牆上。我的身子被細繩吊在電線用的橫木上。

『啊啊，原來如此，我在那兒啊。』

這樣的描述聽來或許很滑稽，但那種心情是語言無法傳達的。那是惡夢。沒錯，就如同在惡夢裡，不受控制地做出非本意的舉動。明明睜著眼，鏡中的自己卻閉著眼睛的話，該怎麼辦？不會忍不住像鏡中的自己那樣閉上嗎？

換句話說，為符合鏡中的情景，不得不有樣學樣。對面的自己上吊，看到這一幕，真身的自己也無法安逸地停留原地。

我上吊的模樣一點兒也不醜、一點兒也不可怕，簡直美極了。

那是一幅畫。我有股衝動，也想變成那幅美麗的畫。

若缺少月光妖術的幫助，目羅博士這場幻怪的詭計或許全然無力。

我想您當然明白，博士的詭計，是讓蠟像穿上與這間房的房客相同的衣服，掛在與這邊的電線橫木相同位置的木樁上，再以細繩拉扯搖晃，十分簡單。

但構造完全相同的建築物和妖異月光發揮驚人的效果。

這陷阱恐怖至極，連早知情的我都忍不住一腳踩上窗框，然後才赫然驚醒。

我像從麻醉中甦醒，抵抗著難捱的苦悶，打開預備好的包袱，直盯著對面的窗戶。

這是多麼令人期待的數秒鐘啊。我的預測準確命中，為察看我的情況，那張蠟黃的臉——也就是目羅博士，冷不防從對窗冒出。

我已準備好迎擊，怎能錯過這一剎那的好機會？

我抱起包袱中的物體，讓其一屁股坐到窗框上。

您知道那是什麼嗎？一樣是個蠟像。我從那間西裝店借來人型模特兒。

我幫人型模特兒套上晨禮服，就是目羅博士常穿的那種款式。

當時月光直射谷底，因此反射得這邊窗戶一片銀白，足以看清眼前景象。

我懷著決一生死的念頭，凝視著對窗的怪物，內心使勁吶喊，可惡，中招吧！中招吧！

結局如何？神明果然授與人類和猿猴相同的宿命。

目羅博士陷入相同的奸計。小個子老人可悲地跨過窗框，與這邊的人體模型一樣地坐下。

我成為人偶師。

我站在人體模型後方，舉起模型的手，對面的博士也跟著舉手。

我搖晃模型的腳，博士也跟著晃腳。

然後，您猜猜，接下來我做了什麼？

哈哈哈……我殺了人喲。

我使盡全力，一把將坐在窗邊的人體模型推下。模型喀唧一聲，消失在窗外。

幾乎同時，對窗猶如這邊的倒影，身穿晨禮服的老人劃開風，墜落到遙遠的谷底。

接著，「砰」一聲，我依稀聽見東西撞地的聲響。

……目羅博士就此殞命。

我露出那蠟黃臉上曾浮現的醜惡笑容，捲起右手中的繩索。沒兩三下，人體模型便越過窗戶，回到房裡。

萬一模型掉到底下，害我冠上殺人嫌疑，可傷腦筋啦。」

青年說完，像臉色蠟黃的博士般露出令人戰慄的微笑，直盯著我。

「目羅博士的殺人動機嗎？用不著對身為偵探小說家的您多說吧。人不需要任何動機，也會為殺人而殺人，您不是再清楚不過？」

青年站起身，毫不理會我的挽留，快步往另一頭走去。

目送他消失在霧靄中的背影，我沐浴在燦爛傾注的月光下，恍恍惚惚地坐在石子上，動彈不得。

與青年的邂逅、他的故事、甚至是青年本身，是否都是他所謂「月光妖術」製造出的詭奇幻影？我深自詫異著。

〈目羅博士不可思議的犯罪〉發表於一九三一年

《人間椅子》解題

文／傅博

※本文涉及故事謎底，請先閱讀作品爲宜。

《人間椅子》為《江戶川亂步作品集》第二集。一共收錄江戶川亂步所撰寫的變格推理短篇十五篇。亂步自一九二三年四月，發表〈兩分銅幣〉登上推理文壇後，推理短篇之創作集中於前四年，即一九二三至二六年。在這四年一共創作了三十三篇，而前兩年，幾乎都是本格推理，後兩年即變格推理為多。

二次大戰前，日本推理小說原則上分為本格推理與變格推理兩類。凡是解謎為主題的，即稱為本格推理，內容偏重於怪奇、恐怖、傳奇、犯罪、耽美、幻想、科幻等，幾乎沒有解謎要素的作品，便合稱為變格推理。

亂步作品最大特徵是亂步本人的嗜好與願望的巧妙表達，而在變格推理裡更明顯，如淺草情趣、馬戲團、透鏡嗜好、人偶、侏儒、變身願望……等等。

〈人間椅子〉（人間椅子）：刊於《苦樂》月刊一九二五年十一月號，原文約一萬七千字，為亂步之第二十一篇短篇。寫一位有名的女性作家，收到一封很厚的來信，內容是一名椅子工匠的告白，他說曾經躲進親自製作的豪華椅子，最初在飯店觀察並接觸各式各樣的人，幾個月後椅子易主，變為一位富裕的外交官，其夫人是有名的作家，工匠愛上了作家……是一篇異想天開的獵奇小說傑作。

〈接吻〉（接吻）：刊於《電影與偵探》月刊一九二五年十二月號，原文約九千字，亂步之第二十二篇短篇。寫夫妻的誤解所引起的悲劇。一對新婚夫妻相親相愛，公司下班時間一到，丈夫立即回家，有一天丈夫欲知妻子平時在家裡幹什麼，偷偷地進入屋內，看到妻子正在拿著一張相片接吻……

〈跳舞的一寸法師〉（踊る一寸法師）：刊於《新青年》月刊一九二六年一月號，原文約一萬字，亂步之第二十三篇短篇。馬戲團散戲後，團員聚集餐飲，扮小丑的侏儒總是團員取笑、欺負的對象，這天大夥一樣使喚他做東做西，並逐個取笑，最後引來一場無法收拾的悲劇。

〈毒草〉（毒草）：刊於《偵探文藝》月刊一九二六年一月號，原文約五千字，亂步之第二十四篇短篇。有一天「我」與友人在郊外的小丘上閒談，我發現一株有助墮胎的毒草，並向友人說明使用方法，不料被在附近的婦女聽到，故事意外發展。

〈覆面的舞者〉（覆面の舞蹈者）刊於《婦人之國》月刊一九二六年一月號與二月號，原文約一萬七千字，亂步之第二十五篇短篇。祕密俱樂部會員的活動是享受非日常的娛樂，這次他們舉辦了一場不尋常的化裝舞會，悅樂之後，故事意外展開。

〈灰飛四起〉（灰神）：刊於《大眾文藝》月刊一九二六年三月號，原文約一萬六千字，亂步之第二十七篇短篇。寫一名自作聰明的人自掘陷阱的故事。主角為了向友人借錢，發生口角，而誤殺對方，他偽裝凶殺現場，欲嫁罪他人。但遺留的物證卻證實他是凶手，假造現場的確是多此一舉。

〈火星運河〉（火星の運河）：刊於《新青年》月刊一九二六年四月號。原文約五千五百字，亂步之第二十八篇短篇。亂步對火星運河抱有很大興趣，他在隨筆也曾提到。本篇可說是充滿抒情的幻想散文詩，與其他變格推理另成一格。

〈花押字〉（モノグラム）：刊於《新小說》月刊一九二六年六月號，原文約一萬二千字，亂步之第二十九篇短篇。故事體之密碼小說。講述者栗原一造有一天在淺草公園內，遇到自稱田中三良的青年，兩人互相認為見過面，但想不起於何時何處相識，一飲各自詳細回憶過往，卻找不出交織的時空，這究竟怎麼回事？

〈阿勢登場〉（お勢登場）：刊於《大眾文藝》月刊一九二六年七月號，原文約一萬五千字，亂步之第三十篇短篇。是一篇毒婦為主題的惡女小說。阿勢有外遇，有一天利用偶然的機會，殺害丈夫，完成完全犯罪，亂步要寫的是「偶然的完全犯罪」。所以本篇毫無勸善懲惡的要素，亂步怕遭讀者批評，預告要撰寫續篇，最後沒有下文。

〈非人之戀〉（人でなしの戀）：刊於《星期天每日》周刊一九二六年十月秋季特別號，原文約二萬字，亂步之第三十一篇短篇。寫一名富裕的青年，自少年時就狂戀人偶，結婚後無法愛上妻子，婚後半年遭妻子識破，最終招致一場情死事件。

〈鏡地獄〉（鏡地獄）：刊於《大眾文藝》月刊一九二六年十月號，原文約一萬八千字，亂步之第三十二篇短篇。一篇追求球體鏡的獵奇小說。主角自小對透鏡就有特殊嗜好，長大後利用雙親留下的遺產，在庭院的一角蓋一座透鏡研究所，試做各類機械。不久，他同樣在庭院一角設立透鏡鏡頭的製造工廠，命員工製作一個球體鏡，完成後自己進入裡面，究竟痴人痴夢的結果是……？

〈旋轉木馬〉（木馬は廻る）：刊於《偵探趣味》月刊一九二六年十月號，原文約一萬一千字，亂步之第三十三短篇，寫一名在淺草遊藝場的中年喇叭手，暗戀一名賣門票的少女，內容充滿人生的哀愁。

〈芋蟲〉（芋虫）：最初以〈惡夢〉之名刊於《新青年》月刊一九二九年一月號，原文約一萬八千字，亂步之第三十五篇短篇。本篇發表時為中日戰爭前夕，作者考慮到時局，擔心遭禁止出版，於是事先自我檢閱，敏感的語句都以「×××」取代。一九三一年五月，以〈芋蟲〉收入單行本後即被查禁，是一篇傑出的反戰主義殘酷小說。

〈帶著貼畫旅行的人〉（押絵と旅する男）：刊於《新青年》月刊一九二九年六月號，原文約二萬字，亂步之第三十六篇短篇。故事以第一人稱敘述。但這故事到底是「我」的實際經驗，抑或一場「白日夢」，連我自己也弄不清。我去魚津看海市蜃樓歸途，在二等車廂內遇到一名如西洋魔術師的中年男子。他拿著一幅二、三尺寬的貼畫。畫中有兩個人，一個是穿西裝的老人，老人旁邊有個穿和服的十七、八歲的少女。仔細一看，他們如活人會動作……充滿獵奇、耽美、夢幻氣氛的傑作，是亂步最喜愛的短篇。

〈目羅博士不可思議的犯罪〉（目羅博士の不思議な犯罪）：刊於《文藝倶樂部》月刊一九三一年四月增刊，偵探小說與滑稽小說特集。原文約二萬字，亂步之第三十九篇短篇。東京丸之內的辦公大廈某室，連續發生月夜自殺案件，為具本格推理風格的作品，但作者要寫的是「月光」奇異的魔力。

二〇一〇年十月二十五日

追蹤偉大的偵探作家——江戶川亂步的生涯

文／山前讓

●過度談論自我的男人

他的本名叫平井太郎，一八九四年十月二十一日，生於三重縣名張町（現今的名張市）。父親是三重縣名賀郡公家機關職員平井繁男，母親名菊。自小學起，他便對鉛字心懷憧憬，舊制中學時代，已利用活版印刷出版少年雜誌。由於父親經商失敗，曾一度放棄升學，但歷經一番苦學後，進入早稻田大學經濟部就讀，一九一六年畢業。

我聽過他上廣播節目的錄音帶和《城島之雨》的唱片，在錄影帶中看過他在江之島游泳的身影，像我這樣一個人，要談論江戶川亂步的一生，實在是自不量力。況且，無論是超過五百頁的自傳《偵探小說四十年》、以編年體整理身邊雜記隨筆的《我的夢與真實》，或分析幼時自我的〈他〉等，亂步談論自我的資料多如牛毛。以剪貼簿而言精細過頭的《貼雜年譜》，第一集與第二集也已由東京創元社重新再版。不僅就偵探作家而言，如此縝密刻畫自身經歷的作家相當罕見吧。

亂步自一九二三年起發表的〈兩分銅幣〉等作品，是日本推理小說史上不可或缺的一塊，長年來不斷被人閱讀、從各種角度評論。同時，亂步不愧直到晚年都是推理小說界的中堅分子，他收藏的參考文獻龐大無比。名張市出版了大部頭的亂步收藏文獻目錄，若想全部看過，或許比讀完亂步作品更耗時。

關於亂步，我不知道什麼特別新奇的事實，因而這無疑是畫蛇添足之舉，不過身為有幸窺見現存非公開資料的一員，希望融入我的評論，來追溯偉大的偵探作家——江戶川亂步的一生。願本文能成為各位探訪亂步土倉庫時的參考。

●覓職的男人

談論江戶川亂步時，最基本的資料是《貼雜年譜》（也稱《貼雜帳》）。這份剪貼簿是亂步在戰時體制下無法隨意執筆時著手製作，於一九四一年完成第一集和第二集，最後共完成九集，十分珍貴。基本上是以亂步自身相關報導為中心，同時也是一份日本推理史的紀錄。亂步以《貼雜年譜》為基礎，一九四九年開始撰寫《偵探小說三十年》，後改名《偵探小說三十五年》，一九六一年單行本化時，重新命名為《偵探小說四十年》，他在自序中敘道：

我沒有持之以恆寫日記的耐性，因此習慣只要是關於自己的紀錄，無論什麼都加以蒐集，我慎重地保存報紙、雜誌的文章，大部分收在幾本叫《貼雜帳》的剪貼簿。這份回憶錄主要根據貼雜帳的資料寫成，或者更正確地說，是拿著剪刀和漿糊拼湊這些資料，在空白處寫下心得。我的記憶力極差，若缺少這樣的資料，實在寫不出長篇回憶錄。不過仔細想想，將一切透過當時的報導記錄下來的方法，雖然無法修正其中的錯誤，但在防止作者記憶錯置、留下盡可能接近眞實的紀錄這點上非常有效，我想這種形式的回憶錄也是種可行的方法。

然而，即使是亂步，也沒有出生時的報紙和雜誌剪貼。當年好像也沒有現今的母子手冊制度，因此無法得知亂步呱呱落地時的身高和體重，但就像平井太郎這個平凡的名字，亂步應該是非常普通的嬰兒吧。不過《貼雜年譜》對亂步誕生前後的事，也花相當多的篇幅介紹。上面貼有祖父和父親的筆跡，詳盡記下他出生後居住的屋子簡圖，可一目了然地看出平井太郎出身什麼樣的家庭，及如何成長。

平井家的族譜源頭據說是靜岡縣伊東的農家。亂步曾調查祖先是出於什麼經緯而遷到三重，那模樣十足是個偵探（〈祖先發現記〉）。父親繁男是關西法律學校（現為關西大學）的第一屆畢業生，立志當上司法官而發憤念書，後來卻回到獨居的母親（亂步的祖母）家，成為名賀郡的書記。很快地，他與本堂菊結婚，生下四男二女（一男二女夭折），長男即是亂步。亂步出生翌年，父親轉職鈴鹿郡，舉家遷至龜山，所以亂步居住在名張的時期極短，但一九五五年由有志之士建起亂步誕生紀念碑，從此名張成為亂步誕生地，受到推理迷矚目。

父親一八九九年轉職到名古屋商工會議所，也與人合著《改正日本商法詳解》，亂步說，他從父親那裡繼承自由主義的思想、愛好邏輯與機敏，而從母親那裡繼承理解「夢」與「藝術」的心。此外，他還分析自己間接從外祖父那裡繼承不理會生計只顧沉迷嗜好的性格，還有流浪性情。據說亂步住在龜山的時期，才兩三歲就能像即興詩人般描繪眼前的風景，無疑天生就具備文學才華。

小學三年級的時候，亂步透過母親念誦的報紙小說，菊池幽芳翻譯的《祕中之祕》，首次領略偵探小說的樂趣。亂步的藏書裡，有《祕中之祕》一九三六年出版的單行本。小學時代，他嗜讀《日本少年》和《冒險世界》等雜誌，也讀遍押川春浪的冒險小說，並以謄寫方式製作雜誌出版。中學一年級，他接觸到黑岩淚香小說的精采，亦閱讀漱石、紅葉、露伴、鏡花等人的作品。亂步蒐購鉛字，甚至出版活版雜誌，與朋友合寫偵探小說。他對鉛字的執著畢生不渝，僅在十五歲後一度遠離鉛字世界，因為當時他光上學已十分勉強。

中學畢業那年，亂步的父親在名古屋經商失敗，以致他無法參加高等學校的入學考。亂步放棄升學，在朝鮮半島與父親嘗試創業，但他仍割捨不下求學的渴望，於是隻身前往東京，一九一二年九月插班進入早稻田大學預科，隔年進入經濟學系就讀。他在印刷廠等處打工，完全是個苦學生，沒錢買書，也沒閒暇看書。有關這時期的資料，《貼雜年譜》裡幾乎一片空白，不過亂步並未捨棄出版雜誌的熱情，仍計畫出版《帝國少年新聞》，最後因資金問題而落空。

父親放棄朝鮮半島的事業，回到東京，過起一家團圓的生活，亂步的學生生活似乎從此穩定下來。大學三年級時，亂步閱讀愛倫．坡及柯南．道爾，體會到短篇偵探小說的妙趣。他擔任政治雜誌的編輯部人員、圖書館的櫃台人員或家教，依舊打工度日，沒有閒錢買書，但他四處造訪圖書館，遍讀偵探小說。他將當時的知見整理成《奇譚》一書（復刊於講談社版《江戶川亂步推理文庫》第五十九集）。這是一本連封面都由亂步親手繪製的手工偵探小說解說書，個人風格躍然紙上。如今雖然封面褪色得厲害，綴繩也鬆脫，但經過將近九十個年頭的現今，《奇譚》仍散發出懾人的熱情。

同一時期，亂步除翻譯夏洛克．福爾摩斯的短篇外，亦書寫短篇〈火繩槍〉（初次收錄於平凡社版《江戶川亂步全集》第十一集）。此外，亂步還出版肉筆回覽雜誌（註）《白虹》，發表幻想小品〈夢的神祕〉等。他參與編輯的《自治新聞》、接續三津木春影中斷的小說寫下的〈惡魔岩〉及課堂筆記等，大學時代的資料亦多所留存。亂步有個筆名「笹船」，似乎更早以前就開始使用。

亂步醉心偵探小說，終於興起遠渡美國成為偵探作家的野心。當時的日本如同橫溝正史所稱的「偵探小說黑暗時代」，偵探小說的出版完全衰退，頂多只有一些夏洛克．福爾摩斯系列的翻譯，沒有任何像樣的創作，亂步於是放眼海外。美國雖然出版許多偵探雜誌，卻沒有特別出色的作品，他認為自己能夠寫出更具獨創性的作品。亂步成為偵探作家後，因厭惡自作休筆好幾次，但他也有過這樣自信十足的時期。

然而，亂步籌不出出國費用。一九一六年早稻田大學畢業後，亂步成為大阪貿易商加藤洋行的店員。由於苦學的經驗，亂步強烈希望經濟上能寬裕些，實際上他似乎也相當能幹，只是他發現自己無法承受日復一日、一成不變的上班族生活。約一年後他就辭職，過起流浪生活。期間他注意到谷崎潤一郎的作品，並沉溺其中。

不能老是流浪，為了生活還是需要錢。從打字機銷售員起，亂步換過許多職業，但都持續不久。鳥羽造船所電氣部、舊書店、《東京派克》漫畫雜誌編輯、拉麵攤、東京市公所職員、大阪時事新報記者、工人俱樂部書記長、髮油製造所監工、律師事務所、大阪每日新聞廣告部，若將短期工作也計算在內，亂步從事過十種以上的職業。當然中間也有失業的時期，工作無法持久的原因或許不全在亂步身上，但亂步的生活完全符合「輾轉流離」這四個字。何況他途中結了婚，日子更是難熬。相對於此，亂步的作家職業感覺持續很久，可是他也經常休筆，或熱中於評論、研究，並非專心一意在撰寫小說上。

眾多經歷中，為亂步後來創作活動帶來重大影響的，要屬鳥羽造船所和舊書店吧。在鳥羽造船所，亂步主要的工作是編輯雜誌《日和》。他在此認識井上勝喜、二山久、松村家武、野崎三郎、本位田準一，這些人在他成為作家後，有時也擔任他的助手，交情皆十分長久。此

註　以手稿裝訂而成，在同好間傳閱的雜誌。

外，亂步奔波組成鳥羽故事會時，於鳥羽灣的坂手島結識後來的妻子村山隆，當時的筆記本留下許多隆的側臉素描。亂步曾在《日和》畫插圖，只編輯三期的《東京派克》裡，他也親自繪上諷刺漫畫。亂步似乎沒有談論過他的繪畫興趣，但他擁有不少這方面的才華。在鳥羽時，他熟讀杜斯妥也夫斯基作品，獲得〈天花板上的散步者〉的靈感。亂步在鳥羽造船所有許多知心朋友，也能盡情編輯雜誌，應該毫無不滿，卻約一年就離職，留下許多債務，前赴東京。

亂步能在東京本鄉的團子坂和兩個弟弟開設舊書店「三人書房」，是因獲得外祖母的一千圓遺產。那是一九一九年的事，但亂步將生意交給弟弟，似乎完全沒有參與。這家舊書店就是〈D坂殺人事件〉的舞台。當時亂步一有空就和井上勝喜談論偵探小說，思考〈兩分銅幣〉、〈一張收據〉的情節，因此團子坂可說是偵探作家江戶川亂步的誕生地。這個時候的〈兩分銅幣〉大綱也保留下來，但結構完全不同。

或許是毫無經驗就貿然開業，舊書店生意低迷不振，無書可賣，連那本《奇譚》都以十圓標價陳列在店面。雖然非常昂貴，但幸好沒賣掉。亂步在「三人書房」時代與隆結婚。由於缺乏生活費，亂步開始工作，不過他出版雜誌的熱情依舊不衰，計畫了一個知性小說刊行會，打算出版雜誌《Grotesque》。他想以江戶川藍峰的筆名書寫〈石塊的祕密〉（後來的〈一張收據〉），最後也未能出版。

●成為作家的男人

亂步身兼「三人書房」一員，不停地更換職業。一九二〇年，博文館創刊《新青年》雜誌。主編森下雨村有意識地納入偵探小說，隔年出版全是偵探小說的增刊號。亂步看到這樣的狀況，興奮不已，認為終於到能撰寫偵探小說的時代。一九二二年，亂步再次失業，投靠大阪的父親。當時亂步已有孩子，面子上十分過不去，不過他在那裡完成〈兩分銅幣〉和〈一張收據〉。

最初，亂步將稿子寄給支持偵探小說的馬場孤蝶，但馬場因生病等緣由，並未讀稿，於是亂步再將稿子送到《新青年》，可是感覺編輯部也無法很快看稿，亂步便去信要求送還稿子。亂步強勢的態度讓主編森下雨村感到非比尋常，急忙讀稿，一讀之下驚為天人。一九二三年四月號，《新青年》刊登亂步的出道作〈兩分銅幣〉。森下主編也準備其他的創作偵探小說，企畫成一本創作特集號，包括保篠龍緒的〈山又山〉、松本泰的〈詐欺師〉、山下利三郎的〈笨漢〉等三部作品，最後都淪為〈兩分銅幣〉的陪襯。

一九一七年，岡本綺堂的三河町半七以「江戶的夏洛克．福爾摩斯」身分登場，谷崎潤一郎與佐藤春夫等人亦發表具有偵探小說風味的作品，但偵探小說創作界依舊蕭條。《新青年》自創刊以來便以有獎徵稿方式徵求偵探小說，有八重野潮路（西田政治）、橫溝正史、水谷準等人獲獎。此外，一九二二年創刊，以偵探小說為中心編輯的《新趣味》有獎徵稿中，也有山下利三郎和角田喜久雄得獎。可是這些作品都只有十到二十頁四百字稿紙的篇幅，沒有夠分量的偵探小說。奇怪的是，編輯部都沒有向這些得獎者委託撰寫更長的作品的跡象。此外，當時的大眾小說雜誌上也有不少標榜偵探小說的作品，但都只是解決犯罪，幾乎不具備偵探小說獨特的妙趣。

唯一的例外是自英國遊學歸來後，寫起偵探小說的松本泰。一九二一年他在《大阪每日新聞》連載〈濃霧〉，隔年出版《三枚指紋》、《詛咒之家》兩本全新作品。這是創作偵探小說的先驅著作，森下雨村會尋求能與〈兩分銅幣〉並駕齊驅的作品是理所當然，但充滿英國情調的松本作品並沒有太多解謎要素。他與妻子松本惠子一同出版《祕密偵探雜誌》、《偵探文藝》等雜誌，但都是玩票性質。松本泰在《新青年》執筆的機會很少，與亂步也幾乎沒有交流，因此他的為人與作品不太受大眾所知，實在可惜。

小酒井不木發表《毒藥及毒殺之研究》，翻譯德傑的長篇，並在《新青年》積極參與偵探小說相關工作，但當時也還未著手創作。森下雨村本身雖然寫作青少年取向的偵探小說，卻不好在《新青年》上發表作品。儘管有許多翻譯作品，但即使是《新青年》，創作陣容亦勢單力薄。在這樣的狀況中，亂步登場了。

不愧是大學時代進行過研究，亂步精通偵探小說的骨法。〈兩分銅幣〉的題材是亂步特別感興趣的暗號，他精巧構築出日文的暗號。而〈一張收據〉情節發展儘管古典，最後卻充滿大逆轉的意外性。文章也四平八穩，與以往的日本創作偵探小說水準是天壤之別。一方面是寫作時沒有頁數限制，不過亂步當時已二十九歲，應該也是重要因素之一。就如橫溝正史及水谷準當時才十幾歲，徵稿得獎者多是較年輕的世代。相形之下，亂步的作品是大人的小說，是已經完成的小說世界。

〈一張收據〉也在三個月後刊登在《新青年》上，但亂步並非立刻成為專職作家。〈兩分銅幣〉的稿費是一頁一圓多，亂步在一九二三年七月開始任職的大阪每日新聞社廣告部，包括績效獎金在內，一個月有五、六百圓的收入。假如寫作一則短篇收入不到百圓，實在沒辦法養活一家老小。亂步打算完全將小說當成業餘興趣。一九二三年十二月有〈可怕的錯誤〉、隔年六月有〈二廢人〉、十月有〈雙生兒〉，亂步慢慢地發表作品。

然而經過一年，亂步又無法忍受每天上班的日子。恰好那個時候，刊登在《新青年》增刊號上的久米正雄、加藤武雄、佐藤春夫等人對偵探小說的正面評論刺激了亂步，下定決心的時刻來臨。亂步在一九二四年秋天到冬天撰寫明智小五郎登場的〈D坂殺人事件〉、〈心理測驗〉、〈黑手組〉等作品，將前兩作寄給小酒井不木，請他判斷自己是否能靠偵探作家混口飯吃，獲得絕無問題的保證。亂步信心倍增，將稿子寄給森下雨村。十一月，亂步終於成為專職作家。從一九二五年一月增刊號刊登的〈D坂殺人事件〉開始，《新青年》連續五期刊登亂步作品。當然，這是史無前例之事。

直到翌年，也就是剛當上專職作家的兩年之間，亂步迎向創作生涯的第一次巔峰。一九二五年，除《新青年》外，亂步還在《寫真報知》、《苦樂》、《新小說》等雜誌刊登作品，擴大發表作品的舞台。這當中他寫下〈天花板上的散步者〉、〈人間椅子〉、〈一人兩角〉等代表性短篇，讓偵探小說讀者大飽眼福。亂步轉眼成為偵探文壇的第一人。亂步的作品饒富變化，有以解謎為中心的本格作品，也有怪奇幻想小說，即是所謂的變格；但評價較高的反而是變格作品。比起名偵探明智小五郎的邏輯解謎，當時的偵探小說讀者更偏好妖異詭奇的世界。

一九二五年七月春陽堂出版亂步的短篇集《心理測驗》，隔年一月則出版《天花板上的散步者》。亂步在《苦樂》發表〈蠢動於黑暗之中〉，在《星期天每日》發表〈湖畔亭事件〉、在《寫真報知》發表〈兩個偵探小說家〉（後來改題為〈空氣男〉），一九二六年一月起，還展開多達三篇的長篇連載。忙碌於這些連載的一月，亂步遷居到東京。前一年九月父親繁男過世，亂步成為一家之主。除〈阿勢登場〉、〈非人之戀〉、〈鏡地獄〉等短篇外，亂步九月起在《新青年》連載《帕諾拉馬島綺譚》（後改名為《帕諾拉馬島奇談》）、十二月起在《朝日新聞》連載《一寸法師》等長篇。

創作之外，此一時期亂步在其他方面亦相當積極。亂步經常受人指出具有雙面性格，主要是因為他在戰前與戰後，彷彿換個人似地性格大變。戰前他極其孤僻，但剛成為專職作家的一年左右，可能是精神亢奮，對外交際相當積極。一九二五年一月，亂步到名古屋拜訪小酒井不木，並前往東京會見森下雨村及其他偵探作家。四月左右（《偵探小說四十年》如此記載，但仔細分析各種時程，應該是三月才對），亂步會晤大阪每日新聞社會部副部長，及同樣是偵探作家兼翻譯家的春日野綠，討論設立「偵探趣味會」。亂步向森下雨村打聽關西的作家住址，馬不停蹄地見了西田政治和橫溝正史，邀請他們入會。

這就像是戰後的「偵探作家俱樂部」，但關西的偵探作家不多，亂步也邀集律師和報社記者。四月起，每個月舉辦大規模的演講會和電影欣賞會，招攬許多觀眾。但演講的主題比起偵探小說，似乎多偏向實際的犯罪（且是所謂獵奇的話題），西田政治和橫溝正史曾對趣味會的運作方式表達過不滿。當時偵探趣味這個詞被以相當廣泛的範圍來看待，彷彿要弭平這樣的不滿，也舉辦以偵探小說創作為中心的集會。九月創刊會誌《偵探趣味》，內容亦以偵探小說相關為主。

這個趣味會的發起者亂步積極參加活動，也參與《偵探趣味》的創刊號編輯（身為一貫的鉛字愛好者，這是理所當然的事吧）。一九二五年十一月，亂步與橫溝正史一起上東京，與許多人歡談，甚至答應廣播演講。這個時期，亂步不由自主地想談論偵探小說，是亂步為推廣偵探小說鞠躬盡瘁、東奔西走的時代。當時偵探小說界的專職作家大概只有亂步和松本泰而已。偵探小說獲得更廣大的讀者群，也意味著鞏固自己身為作家的地位。

偵探小說界受亂步的活躍刺激，逐漸朝氣蓬勃起來。甲賀三郎、大下宇陀兒、城昌幸、山下利三郎、本田緒生、水谷準、牧逸馬、橫溝正史等人陸續發表創作作品，小酒井不木則終於正式投入創作。日本總算進入偵探文壇成立的時代，而亂步本人就立於這股熱潮的中心。

●竟已休筆的男人

不過，亂步這種積極的態度持續不久。當時他同時連載三部長篇，但非經確切的構思後執筆。〈兩個偵探小說家〉短短四回就夭折（《偵探小說四十年》寫的是因雜誌停刊而中斷，此為筆誤）、〈蠢動於黑暗之中〉在接近完結時中斷（收錄為單行本時加寫結局）。只有《湖畔亭事件》雖然休載幾次，仍總算完結。亂步遷居東京後，稿約蜂擁而至，他的靈感卻很快枯竭。《偵探小說四十年》說他希望「每部作品都益發貪婪地追求更意外、更怪奇、更異常的內容」，卻力不從心，「眼高手低的絕望一天比一天更深」，孤僻的毛病一下又冒出頭。

亂步也曾因寫不出連載，不想見到編輯而逃到伊東的溫泉，也有過幾次休載。儘管是救火性質，但報紙連載偵探小說創作是相當稀奇的事，亂步在東京朝日新聞的邀稿下動筆的《一寸法師》一如以往，沒有切確的構想，他寫著寫著便陷入自我厭惡。一九二七年三月，亂步成為專職作家僅兩年數個月，竟已宣布休筆。同時連載的《帕諾拉馬島綺譚》內容是亂步才寫得出的獨特世界，卻也休載。眼高手低的自我評價完全支配亂步。

負責《帕諾拉馬島綺譚》連載的編輯是橫溝正史。兩人初次邂逅在一九二五年四月（《偵探小說四十年》的記述是四月十一日，很可能其實更早），一下子便意氣投合，要好到拜訪彼此的家。當時橫溝正史在自家藥局擔任藥劑師，他是個狂熱的偵探小說讀者，自中學起，就在舊書店到處蒐購國外雜誌。兩人聊起偵探小說，想必話匣子怎麼也關不上吧。亂步也曾把寫作中的〈天花板上的散步者〉念給橫溝聽。

亂步喜歡將構思中的作品或完成的作品念給別人聽。之前他擔任家教時曾經講故事給小學生聽，在鳥羽工作的時代也說過故事。打算成為專職作家時，也曾對父母朗讀〈心理測驗〉以獲得理解。這種朗讀是亂步作品的魅力根基所在。在亂步前後出道的偵探作家雖然不少，卻沒有人像亂步這樣，初期作品不斷受到傳誦。發想和構成的巧妙確實是亂步作品的魅力之一，但主要還是亂步現今讀來一點也不過時的文章不斷吸引著新讀者（有些作品在收入全集時做過修改，不過本質上沒有改變）。巧妙的敘述將讀者深深拉進故事，引導出這種魅力的，是否就是朗讀？能夠順暢讀出的文章，也一樣易於閱讀。倘若文章佶屈聱牙，自然也難以朗讀。亂步作品證明了這一點。

亂步自作朗讀的聽眾之一橫溝正史，曾在一九二一年以〈可怕的四月傻瓜〉在《新青年》的有獎徵稿中奪冠，並發表數篇短篇，但未積極投入創作活動，然而與亂步的邂逅刺激了他，致使他的創作熱情再次熊熊燃起。雖然似乎在私領域有過某些糾紛，橫溝依舊十分積極，甚至請亂步為他介紹《苦樂》等執筆園地。亂步遷居至東京時，曾令橫溝一度消沉無比，一九二六年六月，他接到亂步「總之立刻過來」的電報，前往東京，就這樣進入博文館的《新青年》編輯部。橫溝身為編輯，曾經手亂步的《帕諾拉馬島綺譚》和《陰獸》等作品，也因彼此是關西人，直到亂步逝世，兩人都是最親密無間的好友。

橫溝正史曾為亂步代寫過三次作品。第一次是橫溝剛到東京的時候，算是給予橫溝經濟上的支援。在戰前，代作並不稀奇，而亂步已炙手可熱到只求他掛名也好。例如一九二六年，就確認〈戰車〉及〈陰影〉是別人的代作。亂步這年的記事本還保留著，明確記載執筆作品和稿酬（記事本的內容類似業務日誌），執筆者真面目令人議論紛紛的〈陰影〉則記載是水谷準所作。由於亂步執著於記錄，關於其他的代作者，一定也記錄在某處。至於代作的稿酬，似乎全部付給了撰稿者。

●獲得虛名的男人

發布休筆宣言後，亂步展開沒有目的地的旅行。他孤僻的毛病變得非常嚴重，不願意別人知道他就是亂步，於是避人耳目，前往魚津、新潟、大阪、淺草等地，完全是漂泊之旅。一九二七年十月，他在京都落腳一陣子，即使如此，還是提不起勁寫小說。這一方面也是他讓家人在早稻田出租房屋，而且平凡社大眾文學全集的《江戶川亂步集》賣出十六萬本，經濟方面無虞之故。

名古屋的小酒井不木看不下去亂步如此，為了讓他提筆，邀他參加合作工會「耽綺社」。「耽綺社」還有國枝史郎、長谷川伸、土師清二參加（稍晚平山蘆江亦加入），雖然作品方面並沒有特別出色的成果，但每個月一次的談天說地十分有趣。面對偵探小說方面的恩人小酒井不木，亂步能夠推心置腹。

在「耽綺社」擔任書記的是岩田準一。亂步與岩田自鳥羽時代即已相識，這是亂步出道後兩人初次再會。知曉彼此對同性戀史都有興趣後，亂步休筆期間，兩人便結伴涉獵文獻，也經常一起旅行。岩田準一著手研究日本的同性戀文學史，亂步便搜集西洋文獻，逐漸溯及古代希臘研究。關於古代希臘男色史，亂步說濱尾四郎算是他這方面的師父，這裡顯現出亂步身為研究者的一面。他的藏書中有許多日本古典文學及海外文獻，上面加注許多筆記。和偵探小說一樣，同性戀是亂步畢生的研究主題。

經過一年數個月的沉寂後，一九二八年，亂步在《新青年》發表〈陰獸〉。這是將作者本身亦納入詭計的本格中篇，稱之為偵探作家江戶川亂步的巔峰之作亦不為過。此外，亂步還發表〈惡夢〉（後來改名為〈芋蟲〉）及〈帶著貼畫旅行的人〉等短篇，及加入伊勢、志摩一帶風土及同性戀要素，以長篇來說最為完整的〈孤島之鬼〉。亂步完全復活，然而他的自我厭惡變本加厲。世間對亂步的評價絕對不差，他卻極其悲觀，認為自己的作品了無新意。一九二九年，有四種偵探小說全集開始出版，雖然沒有偵探小說專門雜誌，但不只《新青年》，各種雜誌都有偵探小說發表，迎向偵探小說的第一次興盛期。渴望亂步作品的呼聲高漲，不過總是求新求變的亂步就是提不起創作熱情。

亂步在自暴自棄心境中接下《講談俱樂部》的連載。講談社很早以前便曾向他邀稿，欲刊登在目標讀者比《新青年》更多的雜誌《國王》和《講談俱樂部》上。亂步沒自信寫出老少咸宜的小說，但講談社的盛情難卻，他不得不答應。而第一部作品便是《蜘蛛男》。

> 《蜘蛛男》當然不是老少咸宜的作品，話說回來，對偵探小說讀者而言，這又只是部荒誕無稽的冒險怪奇小說，卻意外地頗受歡迎。純真的讚賞如雪片般蜂擁而至。講談社旗下的各種

雜誌經常舉辦讀者投票，調查讀者的反應，而《蜘蛛男》獲得最高票數，記者亦不斷吹捧作者。我一定是有些飄飄欲仙了。

——〈偵探小說十年〉（引用自《偵探小說四十年》）

亂步明明討厭蜘蛛，卻以《蜘蛛男》做為標題，相當自虐。這部作品被認為是一部通俗偵探小說，但內容充滿各種詭計（即使沒什麼獨創性），且情節懸疑刺激，不愧是亂步，寫來駕輕就熟。文章和故事節奏也維持過去的水準。《講談俱樂部》並非初次刊登偵探小說，然而亂步作品就是與眾不同，出類拔萃。亂步的作品一方面具備偵探小說的純粹性，另一方面又蘊含虜獲無數讀者的大眾性。這裡也顯現出亂步的雙面性格。

受到讀者熱烈歡迎，亂步繼續寫下以大眾為對象的長篇。他在《講談俱樂部》連載〈魔術師〉、〈恐怖王〉，在《國王》連載〈黃金假面〉，在《文藝俱樂部》連載〈獵奇的結果〉，在《報知新聞》連載〈吸血鬼〉，在《朝日》連載〈盲獸〉，在《富士》連載〈白髮鬼〉，偵探作家江戶川亂步之名享譽全國。亂步自認這只是浪得虛名，但若沒有這番虛名，戰後他也無法專注於評論和研究吧。這絕非虛名，眾多讀者都支持著亂步作品。

剛開始撰寫《蜘蛛男》時，亂步在《時事新報》連載〈何者〉。這是一部本格中篇，算是篇穩紮穩打的作品，卻幾乎沒有任何迴響，這使得亂步重新認識到純粹的解謎作品在日本果然還是不受青睞。話雖如此，亂步也未滿足於大眾取向的偵探小說。他依然是老樣子，極度厭惡自作，再次於一九三二年三月發表休筆宣言。當時房屋出租因糾紛而歇業，但前年五月起陸續出版的平凡社「江戶川亂步全集」十分暢銷，因此經濟上不虞匱乏。

這部《江戶川亂步全集》出版時，亂步簡直變個人似地積極參與。他發揮天生的鉛字嗜好與生意人性格，進入一種瞬間的躁狀態。審視各卷內容自不用說，他甚至率先對銷售和宣傳手法出主意。像是製作黃金假面的賽璐珞面具、升起廣告氣球、僱用化裝遊行宣傳隊伍滿街走等，使這部全集的發售過程熱鬧得有如嘉年華會。亂步正同時連載四部作品，卻又在全集的附錄雜誌《偵探趣味》連載〈地獄風景〉。負責編輯《偵探趣味》的，是亂步鳥羽時代的舊友井上勝喜，他募集極短篇，不僅由亂步親切詳盡地評論，刊登時還加以潤飾修改。這裡也顯現出亂步對編輯雜誌的強烈憧憬。

全集出版期間，《新青年》的出版社博文館發生一些問題。森下雨村離職，橫溝正史等與亂步交好的編輯群也於稍晚離職。水谷準留任《新青年》主編，但社內體制完全更新。不過亂步並未多談這部分的事。他一直感到自己的作品和《新青年》的編輯方針不合，或許對此不怎麼關心也說不定。

亂步為平凡社的《江戸川亂步全集》第十三卷寫下〈偵探小說十年〉，內容是將小說和隨筆依執筆順序羅列，並加以詳細回顧。亂步說他寫日記總是三分鐘熱度，不過仍留下一些片段的日記和筆記。〈偵探小說十年〉便活用這些資料，可是不知為何，《偵探小說四十年》中反而有許多曖昧不明的地方。

第二次休筆期間，亂步也時常旅行，這次多是全家出遊。雖然宣布休筆，但一九三二年十一月，做為新潮社的新作偵探小說全集的一冊，亂步出版《蠕動的觸手》。眾所周知，這部作品是由岡戶武平所代筆。一直支持著亂步的小酒井不木令人遺憾地在一九二九年離世，夢野久作、海野十三、濱尾四郎等獨特的新人登場。此時有套戰前唯一的全新偵探小說全集企畫，總共十卷，由甲賀三郎提案，以作家兼新潮社編輯的佐左木俊郎為中心進行。

第一本是甲賀三郎的《無影怪盜》，一九三二年四月出版。《偵探小說四十年》中記錯月份，使記述出現矛盾，不過無論如何，休筆中的亂步不可能寫得出作品，因此是岡戶武平（他是小酒井不木的助手，後來成為博文館編輯）代作。據說一頁二圓的稿酬（不是版稅）全部付給了代作者。亂步提過這部全集中尚有其他的代作，但應該沒有其他讓出版社用代作也希望能加入陣容的作者了，再說當時的偵探文壇根本找不到能夠代寫出具一定水準的長篇作家。甚至請人代作也想要的，應該只有亂步一個人的名號吧。

這次的休筆約莫一年七個月。復活舞台是出人意料的《新青年》。亂步似乎終於拗不過水谷主編三番兩次的催促，但一九三三年十一月起連載的〈惡靈〉短短三回就夭折。接著連載的《妖蟲》、《黑蜥蜴》、《人間豹》這些大眾取向的長篇雖然勉強算完結，意識要寫成本格作品的〈惡靈〉卻走進死胡同。亂步依舊無法先做好綿密的構想來執筆。一九三四年九月發表、以本格作品為目標的中篇〈石榴〉評價也不佳。亂步再次失去創作熱情，加上為動蓄膿症手術，翌年進入休筆狀態。可是亂步對偵探小說的熱情，以另一種形式燃燒起來。

●以少年偵探系列風靡一世的男人

一九三三年八月，京都創刊偵探雜誌《Profile》。雖然近似於同人誌，但其中的評論和研究有許多值得注目之處。這年有小栗虫太郎、隔年有木木高太郎等掀起話題的新人登場。值此偵探小說界加入新血的時期，亂步也受到刺激。他與年輕讀者松村喜雄及石川一郎等人談論偵探小說，並與名古屋的井上良夫魚雁往返。盤踞在亂步心中的「偵探小說之鬼」，就像大學時代時那般復活了。

亂步在井上良夫推薦下閱讀《紅髮雷德梅因家》（The Red Redmaynes），深有感觸，沉迷於海外新出版的偵探小說。他編纂《日本偵探小說傑作集》，寫下長篇評論〈日本的偵探小說〉，企畫柳香書院的《世界偵探名作全集》，同時主動攬下《世界文藝大辭典》的偵探作家項目。做為評論家、研究家，亂步前所未見地活躍。一九三五年，亂步首次揭示自身的偵探小說定義。亂步也與甲賀三郎、木木高太郎等人興起偵探小說藝術論爭，偵探小說界熱鬧滾滾，亂步也神采飛揚。

創作方面，亂步不再撰寫短篇，創作的全是大眾取向的長篇，不過一九三六年一月起在《少年俱樂部》連載的《怪人二十面相》決定了亂步後來的方向，值得一提。怪人與少年偵探團的對決大受青少年讀者的歡迎，亂步戰後也不斷撰寫此一系列，成為亂步經濟的基礎。不少讀者是透過這個系列才領略偵探小說的魅力。過往並非沒有少年少女取向的偵探小說，但在這個領域，亂步的構成力和文采仍不同凡響。假如亂步沒寫下《怪人二十面相》，後來的亂步及日本偵探小說（推理小說）的發展也會大為不同吧。

接續《Profile》，《偵探文學》和《月刊偵探》創刊，到了一九三六年，春秋社等出版社陸續出版偵探小說的單行本。日本的偵探小說迎接第二個興盛期，但好景不常。一九三七年七月中日戰爭爆發，戰事一久，以殺人題材為娛樂的偵探小說便逐漸無法見容於社會情勢。

一九三九年三月，〈芋蟲〉（另題〈惡夢〉）遭受警視廳檢閱課的刪除處分。像橫溝正史的〈鬼火〉等，雜誌上刊登的偵探小說亦有不少遭到刪除處分（大部分問題都出在情色描寫），但這次對亂步造成相當大的打擊。自前年便由新潮社陸續出版的《江戶川亂步選集》也三番兩次被勒令修改。亂步自覺無法書寫過去那樣的偵探小說，主動將一些反時局的小說絕版。也有許多偵探作家開始改寫冒險小說、間諜小說、SF或捕物帳（註），但亂步沒這麼八面玲瓏。一九三九年，亂步還在連載長篇便決意退隱。

一九四一年，亂步像要為以往的人生做出區隔，完成《貼雜年譜》兩冊。亂步並非總是留下綿密的資料，且還搬家超過四十次以上，儘管如此，依然蒐集為數龐大的資料。從這裡可清楚地看出亂步那極端一絲不苟的性格。當時留下來的筆記裡，詳細記載〈心理測驗〉後的著作

註　以江戶時代為舞台，由捕快、捕吏等解決案件的故事，算是推理小說與時代小說的合體，以岡本綺堂的《半七捕物帳》為嚆矢。

出版數量。年收及支出多少，每個年度都計算得一清二楚，不愧是經濟學系畢業生。不過這種一絲不苟卻沒有運用在本格偵探小說的創作上，真不可思議。

製作《貼雜年譜》後，不曉得是否看開了，亂步積極地參與町內會的工作。原先亂步因為孤僻，幾乎不與鄰居相往來，此時卻陸續接下當地的各種委員工作。一九三四年，亂步搬到池袋一戶附土倉庫的租賃屋，直到過世都住在那裡，一九四一年，亂步第一次出席鄰組（註）的定期會議，由於他白天都在家，被指派為防空群長。意外的是，亂步在防空演習的出色指揮受到認可，又被交付防空指導員、町會副會長、翼贊壯年團豐島區副團長等職位，俐落地完成分內工作。不僅是俐落，亂步在這些職位也發揮嚴謹且講求合理的工作態度。《貼雜年譜》第三卷中，包括亂步自製的謄寫版資料在內，貼滿戰時的各種資料。在理解當時的生活情形上，也是十分貴重的材料。

身為國民之一，亂步毫不逃避地面對戰爭時局，卻未忘懷偵探小說。這段期間，亂步的小說只有以小松龍之介名義發表的青少年取向短篇連作，及標榜為科學間諜小說的《偉大的夢》，一九四三年年初，他與井上良夫書信來往，以長文交流偵探小說論。此外，他亦持續以卡片分類整理翻譯作品的調查等。

一九四五年，戰局每況愈下，東京開始遭到空襲，池袋也受過兩次大空襲，但亂步邸奇蹟似地幾乎毫無損傷，保存藏書的土倉庫也總算逃過燒夷彈的浩劫。可是糧食狀況極糟，亂步的健康惡化。到了六月，亂步終於決定與先一步疏散到福島的家人相聚。他弄來一輛貨車，但實在無法將土倉庫裡的藏書全部載走，《新青年》等全集類似乎處理掉不少，因此戰前究竟收集多少書籍，無法確知。黑岩淚香這類亂步喜愛的作家是例外，以偵探小說來說，亂步似乎沒有積極完整蒐集的打算。對於自己的著作，亂步也不拘泥於初版。他對書誌學方面正式產生興趣，似乎是在戰爭的時候。

最後要疏散時，亂步前往附近的大下宇陀兒家，和水谷準三個人一起舉辦道別會。當時甲賀三郎已逝，和其他作家也難以聯繫。三人在幽暗的半地下壕交杯歌唱，感覺這是重逢無期的永別之日。日本偵探小說史上，再沒有比這更悲壯的場面。每當讀到《偵探小說四十年》的這幕情景，總教人心潮澎湃不已。

亂步前往福島，也是為了求職。一九四一年起，他的著作就沒繼續再版，存款亦已見底。

註　二次戰爭時的保甲組織，以數戶為一單位，配給糧食及生活必需品等。

亂步靠關係在福島的食料公團謀得一職，但就在他營養不良病倒的一九四五年八月十五日，戰爭告終。

●成為評論家的男人

因健康狀況不佳，亂步十一月才回到東京。遍地焦土上出現許多小攤販，也販賣美軍讀完就丟的書，其中有為數驚人的偵探小說。對海外資訊如飢似渴的亂步四處蒐購，沉溺其中。在找來大下宇陀兒和水谷準的歸京招呼會上，亂步大喊復興偵探小說，手舞足蹈，搞得兩人拿他沒轍，不過亂步的預言成真。不斷有出版社向他提出企畫。雖然未能實現，但也有人請他擔任偵探雜誌主編。隔年二月，城昌幸為創刊偵探小說雜誌《寶石》前來致意。

先於《寶石》，有《Lock》創刊，《Profile》和《偵探讀物》尾隨在後，偵探小說雜誌界熱鬧非凡。當然，各家雜誌都向亂步邀稿。可是亂步沉迷於眼前的海外偵探小說。他為《魅影女子》（*Phantom Lady*）感動，看見克蕾格．萊斯（註一）登上《時代》封面，大感震驚。亂步就像一片喜獲甘霖的沙漠般，貪婪地讀著海外作品。他當時的讀書筆記上寫滿為數驚人的海外偵探小說感想。對於主要的作家，亂步都會先製作著作表。一九三九年左右起，來自國外的資訊就全面斷絕，為填補這段漫長的空白，時間再多都不夠用。比起令他陷入無數次自我厭惡的創作，閱讀海外偵探小說愉快得多。亂步歡欣雀躍，將海外發展狀況整理成評論，甚至親自翻譯一些作品，加以介紹。

儘管沒有新的創作，但亂步戰前的作品以所謂的仙花紙本（註二）形式陸續復刊。當時為只要是鉛字，什麼都暢銷的時代，不過亂步作品仍然與眾不同。亂步這個作家依舊是偵探小說界的中心。他的人脈極廣，資訊也匯聚到他身邊。亂步也以甲賀三郎、小酒井不木等已故作家的家屬代表身分，或做為疏散到岡山的橫溝正史代理人與出版社交涉。對於一九四六年二月驟逝的小栗虫太郎的遺族，亂步也安排讓他們收到名義上翻譯的版稅（雖然未能實現）。在戰後日本動盪的社會中，亂步為復興偵探小說鞠躬盡瘁。

一九四六年六月的星期六，亂步租下出版《寶石》的岩谷書店為會場，舉辦談論偵探小說的聚會。翌月起命名為「土曜會」，吸引大批作家及同好。「土曜會」繼續發展，隔年六月成立「偵探作家俱樂部」（一九五四年改名為「日本偵探作家俱樂部」）。第一代會長當然是亂

註一　Craig Rice（1908-1957），美國女作家。
註二　一種劣質再生紙，不易保存。

步，但這並非名譽職。如同過往的「偵探趣味會」，亂步總是率先參與實務，每個月的定期會議也一定參加。一九四七年十一月，亂步花半個月巡迴關西，在各地舉行演講會，拜訪位於岡山的橫溝正史家，戰前的孤僻症銷聲匿跡。亂步自己分析，是因戰爭時期透過町內會的工作熟悉人群，習慣喝酒應酬的緣故，但亂步並非完全變個人。只要不寫小說，亂步就不會陷入自我厭惡，與人應酬交際也不引以為苦，且亂步性格中原本就有喜歡熱鬧的部分。

《寶石》的第一屆有獎徵稿中，有飛鳥高、香山滋、山田風太郎、島田一男等新人登場，一九四八年，亂步推薦的高木彬光以《刺青殺人事件》出道。偵探雜誌的數量變得更多，偵探小說蔚為潮流，期待亂步創作的呼聲愈來愈大。亂步本身也受橫溝正史的《本陣殺人事件》（一九四六年於《寶石》連載）刺激，準備寫下非連載的本格長篇作品，然而好一段期間他依舊只介紹海外偵探小說，負責各種小說獎的評審工作。

亂步戰後小說的第一作，是一九四九年一月起在《少年》連載的《青銅魔人》。出版單行本後十分暢銷，給予亂步不少經濟上的支持。雖說時值偵探小說浪潮巔峰，但光靠小篇幅的評論，稿酬收入可想而知。因為有少年作品的基礎，亂步才能專注於評論及研究。戰後十年間，亂步以偵探小說的外文書為中心，購入數量驚人的著作。他打算整理日本與海外的偵探小說史，所以資料愈多愈好。

一九五〇年，《新青年》為三十一年的歷史畫下句點。出版界碰上大蕭條時期，偵探雜誌接連停刊，偵探小說風潮也退去。這一年，亂步發表的戰後第一部成人取向小說，是登在《報知新聞》的短篇〈斷崖〉。只是，這亦是屈服於熱烈的邀稿而寫，並非出於高昂熱情的創作。隔年亂步發表長篇《三角館的恐怖》，不過這是羅傑・史卡雷德（註）的《天使家凶殺案》（*Murder Among the Angells*）的改編作品。

戰後的亂步，仍算是評論家和研究者。一九五一年，亂步出版評論集《幻影城》。開頭的〈偵探小說的定義與類別〉，是以海外作品為中心的長篇評論。媒體經常報導本作，其在隔年獲得偵探作家俱樂部獎。亂步也開始與艾勒里・昆恩（Ellery Queen）等海外作家通信，交換資訊。一九五三年「早川口袋推理系列」創刊時，亂步參與作品挑選，甚至攬下直到隔年年底出版的作品解說工作。且他擔任各種企畫監修者的任務也逐漸增加。雖然有植草甚一等智囊團，但在評論、研究方面，亂步總是立於領導者之位。一九五四年，亂步整理出《續・幻影

註　Roger Scarlett，美國推理作家，為布蕾亞（Drothy Blair，1903-1976）和佩姬（Evelyn Page，1902-1977）這兩名女作家的合作筆名。

城》。當中最值得矚目的，當然是「類別詭計集成」吧。這是亂步在中島河太郎等人協助下，將戰後便逐一整理出來的詭計分類集大成之作。

《偵探小說四十年》中的一張照片令人印象深刻。那是昭和三十年，亂步坐在工作室的照片。戰爭爆發後，亂步就不在土倉庫工作。土倉庫前的房間成為亂步的辦公室，但周圍的書架塞滿參考書和事典等資料，還有現今依然保留的整理照片用抽屜。這不是作家的寫作室，而是研究者的研究室。

亂步戰前的孤僻症似乎完全治癒，也因訓練出酒量，他經常與偵探作家把酒言歡到深夜。由於少年讀物受到好評，經濟上毋需憂慮。亂步為管理偵探作家俱樂部及支援經營困難的偵探雜誌，常用掉私房錢。亂步身旁總是十分熱鬧，話說回來，偵探小說界是以亂步為中心運轉，熱鬧也是當然的。編輯一有問題便來找亂步商量。許多事都是亂步一句話就決定了吧。姑且不論戰前派大師的身分，還是有許多人依賴著亂步。

偵探文壇外，亂步亦交遊廣闊，領域遍及各界。除了每個月一次的偵探作家俱樂部聚會，他也出席各種場合，演講、廣播、電視的演出邀約亦來者不拒。一九五一年，亂步在新橋演舞場的文士劇登場後，對上台表演不再感到排斥，不僅如此，他甚至樂在其中。根據一九五七年初發表的散文，亂步一個月有三分之二都在外出、熬夜。

●迎接還曆的男人

《幻影城》的出版紀念會等宴會，亂步也樂在其中。一九五四年十月三十日舉辦的還曆祝賀會上，多達五百人出席，盛況空前。《偵探小說四十年》出版紀念會、紫綬褒章（註）受章祝賀會，或最後出席者超過百名的慣例新年會等，亂步都享受著歡談與酒宴。

遊玩過度，亂步幾乎快沒有讀書的時間，但以迎接還曆為契機，亂步有了新動向。首先是長篇小說的執筆。戰後除青少年取向的作品外，亂步只寫下一些短篇和參與連作，此時他陸續展開《化人幻戲》及《影男》的連載。這兩篇可說是本格與大眾取向長篇的集大成，然而這次嘗試，只讓亂步重新體認到自己不適合長篇連載而已。兩部作品都收錄在春陽堂出版的《江戶川亂步全集》中。這是亂步戰後的第一部全集，做為文本仍有許多值得檢討的地方。

一九五五年，做為大日本雄辯會講談社的全新偵探小說全集的第一卷，亂步的《十字路》

註　日本政府頒發給在學術、藝術方面有卓越成就者的褒章。於一九五五年制定。

出版。這部作品的大綱情節獲評論家渡邊劍次的協助，異於亂步從前的作風，頗受好評，但就算不到代作的程度，大半借助他人之力完成的作品受到稱讚，還是不怎麼令人高興。儘管亂步研讀許多海外作品，卻不一定反映在創作上。創作手法是很難改變的。翌年，亂步的作品在詹姆斯・哈利斯的翻譯下，出版英譯短篇集。在美國成為偵探作家的夢想雖未實現，但亂步之名也逐漸在海外傳播開來。

亂步於還曆祝賀會上發表設立江戶川亂步獎的消息。當初是以在偵探小說各領域有顯著功績者為對象，第一屆頒給中島河太郎，第二屆頒給早川書房的社長早川清，不過自第三屆起便公開徵求長篇作品，一九五七年由仁木悅子的《只有貓知道》獲獎。這部作品締造十萬本以上的銷售佳績，就偵探小說來說是破天荒的數字。另外，松本清張的《點與線》、《眼之壁》成為暢銷書，以此為契機，推理小說迎接前所未見的熱潮。

偵探小說界（差不多該以推理小說、懸疑小說的稱呼取而代之了）的中心依然是亂步，但《寶石》的衰頹令人擔憂。自一九四六年創刊，《寶石》這專門雜誌便是斯界的中心，經營狀況卻陷入連稿酬都發不出的窘境。此時被請來擔任總編，試圖讓《寶石》東山再起的便是亂步。周遭或許是期待亂步資金方面的支援及他的知名度，但亂步從小就對編纂雜誌極有興趣，不可能甘於當一個虛有其名的總編。亂步革新雜誌構成，親自四處拜會作家邀稿，還以快遞委託執筆或催稿。亂步特別積極邀請一般文壇的作家，且幾乎無人能拒絕亂步的邀稿。《寶石》逐漸擺脫只屬於偵探小說界封閉小圈子的印象。

亂步不是弄到稿子就罷休。他那稱為rubric的作品短評相當有名，連讀者欄等瑣碎的小地方都是亂步親自編輯。當時的原稿留下不少，可看出亂步剪貼讀者投稿，加以編輯的狀況。對於這樣的作業，亂步應該完全不以為苦吧。在推理風潮中，新人陸續登場，作品樣貌變得多彩多姿。處在這樣的狀況下，能夠每月親手製作一整本雜誌，再沒有比這更美好的事。此外，從亂步編輯的情況，亦隱約能看出亂步不怎麼公開的、對日本戰後派偵探作家的評價。

在資金上大力援助《寶石》的亂步，也注意到會計方面。亂步留下整理創刊以來的出版冊數及實際銷售數字的表格。未賣出去的雜誌會交給專門業者回收，亂步連這部分都謹慎管理。他確實地把握收入與支出，努力避免赤字。有段時期下滑到一萬冊左右的《寶石》印刷量，靠亂步的編輯增加到三萬冊左右，稿酬當然也開始按時付款。附帶一提，偵探作家的稿酬一頁是三百圓，一般文壇的作家則似乎是一頁五百圓。不過，就算推理小說風潮再鼎盛，購買專門雜誌的人還是有限。

●患病的男人

參與《寶石》編輯、出席各種場合，亂步過著忙碌的每一天，病魔卻在此時悄悄找上他。亂步孩提時代體弱多病，但戰後幾乎沒生過什麼大病，相當健朗。可是一九五八年，亂步出現高血壓的症狀。一九六〇年，亂步為算是痼疾的蓄膿症動手術。他辭掉《寶石》的編輯工作，也戒了酒。隔年，亂步整理《偵探小說四十年》，且桃源社陸續出版經他親自綿密校訂、可謂決定版的全集，然而亂步這次得了帕金森症，行動不便，字跡也變得凌亂不堪。一九四九年以來執筆不輟、一時之間甚至有四作同時連載的青少年取向作品，最後由一九六二年的《超人尼可拉》畫下句點。（有人說是口述筆記，不過確實有亂步字跡凌亂的親筆手稿保留下來。）

亂步連外出都無法隨心所欲，《貼雜年譜》上的剪貼也出現疏漏。即使如此，亂步依然是日本偵探小說的招牌。「日本偵探作家俱樂部」要改組為社團法人時，讓面有難色的文部省官員最後點頭答應的也是亂步。一九六三年一月，「日本推理作家協會」成立，初代理事長依然是亂步。只是亂步雖然出席了五月的成立祝賀會，卻已是無法執行職務的狀態。事實上，八月就由松本清張接任第二任理事長之位。即使如此，第一任理事長仍非是亂步不可。

亂步以特別訂做的箱子，依出版順序整理自己的著作，不過這在一九六二年中斷，《貼雜年譜》也結束在一九六四年的剪貼。亂步借助家人之力，燒毀私人信件（但信件和日記並未全數處理掉）。然後，一九六五年七月二十八日，亂步由於腦出血撒手人寰，偉大的生涯畫下句點，享年七十歲。罕異的是，就在兩個月前，提拔亂步出道的恩人森下雨村過世，兩天後，亂步欣賞的谷崎潤一郎跟著辭世。八月一日，在青山葬儀所舉行推理作家協會葬。法名生前已決定，為智勝院幻城亂步居士。

宛如平仄配合著亂步的死亡般，推理風潮告終。好像有段時期連亂步的作品都無法輕易讀到，但一九六九年講談社出版亂步全集，使亂步作品重新問世。亂步全集大受歡迎，甚至追加出版卷數，角川文庫和春陽文庫也出版可輕鬆購得的文庫版。一九七八年到隔年，講談社整理出二十五卷的全集，一九八七年起出版全六十五卷的江戶川亂步推理文庫。春陽文庫也出版合作、連作，及代作的《蠢動的觸手》。現在創元推理文庫收錄了亂步大部分的作品。少年作品則是白楊社（POPLAR社）的長銷書。一九九四年亂步的百歲誕辰熱鬧非凡，許多作品改編為電影、電視劇。偵探作家江戶川亂步隨著名偵探明智小五郎的名字，永垂不朽。

●不斷追尋真正自我的男人

關於江戶川亂步，人們經常提到他的雙面性格。戰前的孤僻症和戰後的愛熱鬧即是其中的典型。雖然本人也這麼承認，但就像在戰前，亂步剛成為專職作家時，曾為設立「偵探趣味會」而四處奔走，並非完全沒有躁狀態的時候。當時亂步正接連發表出自信作，工作上的充實影響了精神層面，任誰多少都有這樣的經驗吧。

江戶川亂步這個人不能只用雙面來衡量。發揮想像力的創作活動，與編輯《寶石》時表現出的務實面，這兩部分的特質更要背道而馳，其中的落差更讓人感覺到雙面性格；身為「宇宙旅行協會」、「世界聯邦會」的會員，亂步曾發表意見主張地球該合而為一，各國不應彼此戰爭；他也對語言的統一感興趣，甚至以羅馬拼音出版自己的作品，這一面更值得進一步研究吧。相反之處、類似之處，亂步擁有各種面貌。

或許亂步才是怪人二十面相。從他的戲劇愛好，看得出他對變裝樂在其中。這個稀世的偵探小說家戴上各種假面欺騙著世人嗎？不，那絕非為了偽裝。亂步是為隱藏自己真正的面貌，才戴上面具。

再沒有比自己更討厭的東西。有自我嫌惡、同類相斥這樣的詞彙。我能逃離自己以外的可厭之物，卻無法逃離自己——除了一死。所以人活著，終究只是勉強敷衍著對自己的恐懼及厭惡。爲此，人發明許許多多的物事，「面具」也是其中之一。

——〈厭惡的東西〉

亂步的藏書中有好幾冊面具的研究書。亂步的孤僻症和愛熱鬧，會不會只是面具之一？亂步曾說，他天生無法由衷為任何事悲傷、歡喜、憤怒、驚奇。亂步總是意識著假面具。為了在面具底下找到自我真正的形姿，江戶川亂步——平井太郎掙扎著。偵探作家亦只是虛假的樣貌之一。亂步甚至溯祖尋根，試圖了解自己的精神根底。他蒐集有關自己的一切，嘗試找到客觀的自己，直到最後都不斷地自我分析。倘若亂步知道DNA這東西，一定會率先分析自己的基因吧。這是邏輯的部分、這是愛好怪奇的部分、這是商人的部分……，如果有科學上的結論，亂步是否就能夠信服？

因西默農可能訪日而在一九五七年加蓋的會客室裡，掛飾的圖畫雖有若干不同，卻依然保留著眾多作家造訪的往昔氛圍。往據說是亂步專用的椅子上一坐，彷彿時空跳躍到亂步擔任《寶石》總編的時代。江戶川亂步是否成功找到自我的真實之姿？他成功摘下所有的假面具了嗎？朝掛在壁爐架上松野一夫所畫的亂步肖像畫一望……

本文發表於《幻影の蔵》（新保博久、山前讓編著）二〇〇二年十月出版

本文作者簡介

山前讓（やままえ・ゆずる）

推理文學評論家。一九五六年一月七日出生，北海道人。北海道大學理學部畢業後，任職於土木建設公司。七年後從事推理小說研究，為日本推理作家協會會員。

著有《日本ミステリ——の一〇〇年》，編著《戰後推理小說著者別著者目錄》，編選《幻の探偵雜誌》十集、《甦る推理雜誌》十集。與新保博久編《亂步》、《江戶川亂步・日本探偵小說事典》、《幻影の蔵》等。

人間椅子——江戶川乱步作品集 02

原著書名：人間椅子
作者：江戶川亂步
翻譯：王華懋
特約系列主編：傅博
責任編輯：張麗嫺
編輯總監：劉麗真
事業群總經理：謝至平
榮譽社長：詹宏志
發行人：何飛鵬

出版：獨步文化
城邦文化事業股份有限公司
115 台北市南港區昆陽街 16 號 4 樓
電話 (02)2500-7696 傳真 (02)2500-1951

發行：英屬蓋曼群島商家庭傳媒股份有限公司城邦分公司
115 台北市南港區昆陽街 16 號 8 樓
讀者服務專線 (02) 2500-7718；2500-7719
24 小時傳真服務 (02) 2500-1990；2500-1991
服務時間 週一至週五 上午 09：30-12：00 下午 13：30-17：00
讀者服務信箱 E-mail service@readingclub.com.tw
劃撥帳號 19863813 戶名 書虫股份有限公司

香港發行所：城邦（香港）出版集團有限公司
香港九龍土瓜灣土瓜灣道 86 號順聯工業大廈 6 樓 A 室
電話 (852) 25086231 傳真 (852) 25789337
E-mail hkcite@biznetvigator.com
馬新發行所：城邦（馬新）出版集團【Cite (M) Sdn Bhd】
41, Jalan Radin Anum, Bandar Baru Seri Petaling,
57000 Kuala Lumpur, Malaysia.
電話 (603) 90563833 傳真 (603) 90576622
E-mail services@cite.my

美術設計：高偉哲
封面繪圖：中村明日美子
排版：游淑萍
印刷：中原造像股份有限公司

2016 年 9 月二版一刷
2024 年 8 月 28 日二版十六刷
售價：380 元
ISBN 978-986-5651-70-1

國家圖書館出版品預行編目資料

人間椅子／江戶川亂步著；王華懋譯. -- 二版. - 台北市：獨步
文化：家庭傳媒城邦分公司發行，2016〔民 105.09〕
　面；　公分. --（江戶川亂步作品集：02）
譯自：人間椅子
ISBN 978-986-5651-70-1（平裝）

861.57　　　　　　　　　　　　105014840